古典詩歌研究彙刊

第二七輯

龔鵬程 主編

第 **14** 冊

同光體代表詩人心路歷程研究（上）

孫 豔 著

國家圖書館出版品預行編目資料

同光體代表詩人心路歷程研究（上）／孫豔 著 — 初版 — 新北市：花木蘭文化事業有限公司，2020〔民 109〕

目 2+162 面：17×24 公分

（古典詩歌研究彙刊 第二七輯：第 14 冊）

ISBN 978-986-485-984-9（精裝）

1. 清代詩 2. 詩評

820.91　　　　　　　　　　　　　　　　　109000192

ISBN-978-986-485-984-9

9 789864 859849

古典詩歌研究彙刊
第二七輯　第十四冊　　　ISBN：978-986-485-984-9

同光體代表詩人心路歷程研究（上）

作　　者	孫　豔
主　　編	龔鵬程
總 編 輯	杜潔祥
副總編輯	楊嘉樂
編　　輯	許郁翎、張雅淋　美術編輯　陳逸婷
出　　版	花木蘭文化事業有限公司
發 行 人	高小娟
聯絡地址	235 新北市中和區中安街七二號十三樓
	電話：02-2923-1455／傳眞：02-2923-1452
網　　址	http://www.huamulan.tw 信箱 hml810518@gmail.com
印　　刷	普羅文化出版廣告事業
初　　版	2020 年 3 月
全書字數	279265 字
定　　價	第二七輯共 19 冊（精裝）新台幣 32,000 元　版權所有・請勿翻印

同光體代表詩人心路歷程研究(上)

孫豔　著

作者簡介

孫豔，1975 年 12 月生，內蒙古巴彥淖爾人。碩士就讀於內蒙古大學人文學院中國古代文學專業，師從馬冀教授，研究方向爲明清文學。博士就讀於蘇州大學文學院中國古代文學專業，師從馬亞中教授，研究方向爲近代文學。現任教於呼和浩特民族學院。發表過《明、清遺民詩人評價褒貶懸殊原因簡析——以顧炎武、沈曾植爲例》、《淺析親緣關係對鄭孝胥功名思想的影響》等文章。

提　　要

清末民初是一個前所未有的大變動時期，新舊交替，中西撞擊，最後一個封建王朝結束，傳統文化也歷盡劫波。「同光體」是清末民初詩壇影響較大的傳統詩派，清亡後，其代表詩人大多爲遺老。由於「同光體」詩人在政治態度上的保守和文化立場上的守成，導致他們從清末起就迭遭抨擊，從南社到新文化運動，批判風潮，一浪高過一浪。而這些本來就處境維艱的遺民詩人又因個別人的圖謀復辟甚至走上叛國之路，而更爲人所詬病。民國以後，以政治標準評判一切的趨勢愈演愈烈，這些遺民詩人最終被打入另冊，長期受貶斥、被忽略，失去了其本來的眞實面目。

由於清末特殊的中外形勢，這批遺民詩人成爲最後一代傳統意義上的士人——傳統文化的擔承者。他們處於封建時代的完結時期，看著舊時代的結束，感受著西學洶湧的大潮。新舊交替、中西撞擊之下，最終選擇固守傳統。這種歷經變局之後的選擇，不僅僅是一種政治態度，更多的是一種文化選擇。本選題選取陳寶琛、沈曾植、陳三立、鄭孝胥四位同光體詩人爲個案，將他們放置在傳統儒家思想文化爲主導的特定時代背景下，希望通過個體不同生平經歷的剖析，闡明他們在清末民初之際面臨政治、文化雙重抉擇之必然取向。藉以管窺清末民初傳統士人心路發展變化之軌跡。

緒論介紹了選題緣起、研究概況、研究意義及難度。

第一章概述了儒家思想文化價值體系的形成、發展和強化，以說明傳統儒家思想文化積澱對傳統士人積久深重的影響，及近代以來隨著清王朝的衰落，西學東漸進程的加速，爲應對「數千年未有之變局」，傳統士人固有思想的鬆動、調整、及最終分化的嬗變過程。

第二章到第五章以個案研究的形式，通過對陳寶琛、沈曾植、陳三立、鄭孝胥四位「同光體」遺民詩人不同人生經歷的剖析，闡明其在共同的傳統儒家思想文化主導下，雖歷經變局，但政治態度和文化立場最終都歸於傳統的必然性。

第六章是結論。隨著傳統文化的沒落，這些堅守傳統的遺民詩人最終也難以避免黯然消逝的命運。然而即使在南社、新文化運動的相繼抨擊批判之下，斯人已矣，而其影響卻並未就此絕跡，還是通過其後輩子弟的薪火相傳得以延續。在民主共和的時代，不能順應時代潮流的清遺民已然脫離主流社會。作爲封建王朝的孤臣孽子，他們無疑會隨著舊時代而消逝。尤其是其中附逆變節，賣國求榮者，理固亦然遭千夫所指，萬人唾棄。然而作爲傳統文化的擔承者和殉道者，他們面對著巨大的輿論壓力，無視功利得失，堅持自己的道德操守和文化信念，苦心孤詣地守護傳統文化，他們的堅持和努力卻是值得欽敬。而且他們在學術和詩歌上的成就和貢獻也不應該被抹殺。把他們置於當時的歷史環境下，還他們本來的面目，不以今人之眼光苛求，他們應該得到客觀的評價。

緒　論

　　1911 年柳亞子在爲胡寄塵之詩集作序時曾敍及清末詩壇風尚：「囊者畏廬老人序林先生述庵詩曰：『近十年來，唐詩祧矣。一二鉅子，尚倡爲蘇、黃之派；又降則力摹臨川；又降則非後山、簡齋眾咸勿齒。憶壬寅都下與某公論詩，竟嚴斥少陵爲頹唐。余至噤不能聲，知北地、信陽在今更芻狗耳。』嗚呼！何其言之痛也」〔註1〕。清末民初之際，「同光體」詩盛行一時。柳亞子此言即是針對其時詩壇現狀有感而發。在此篇序文中，柳亞子除以詩歌宗尚之分歧批評「同光體」詩「造爲艱深，以文淺陋」〔註2〕之外，更以「同光體」之代表詩人乃清室舊臣爲由，對其大肆批評：「蓋自一二罷官廢吏，身見放逐，利祿之懷，耿耿勿忘。既不得逞，則塗飾章句，附庸風雅……而今之稱詩壇渠率者，日暮途窮，東山再起，曲學阿世，迎合時宰，不惜爲盜臣民賊之功狗」〔註3〕。未幾，清王朝滅亡。而柳亞子深爲不滿的這些「罷官廢吏」皆以亡清遺民自許，不仕民國，成爲傳統社會最後一代遺民。而隨著科舉制度的廢除、封建社會的結束，這些昔日

〔註1〕柳亞子：《胡寄塵詩序》，柳亞子著：《柳亞子選集》，人民出版社1989，
　　　　第100頁。

〔註2〕柳亞子：《胡寄塵詩序》，柳亞子著：《柳亞子選集》，人民出版社1989，
　　　　第100頁。

〔註3〕柳亞子：《胡寄塵詩序》，柳亞子著：《柳亞子選集》，人民出版社1989，
　　　　第100頁。

讀聖賢書、走科舉路的末代遺民亦同時成為傳統文化的擔承者。

作為封建時代最後的遺民，相比於傳統社會中前代遺民受到的高度推崇，這些同樣忠於前朝故主的士人得到的評價截然相反，從褒義的「遺民」變成貶義的「遺老」，由受欽敬推崇的道義風標變成受鄙夷被唾棄的反面形象，一降而為保守倒退的代稱。遭到了前所未有的貶斥抨擊；作為擔承傳統文化的最後一代士人，他們深受傳統儒家思想濡染，在西學東漸的大背景下，經歷了中西文化的撞擊、交融之後，思想價值取向和文化信念仍然歸於傳統。卻在西化的浪潮中被冠以謬種、妖孽之名，受到無情打擊，終至淹沒於歷史大潮中。

「同光體」作為上接道咸宋詩派的近代詩歌流派，是清末民初詩壇上頗具影響力的舊體詩派。清王朝滅亡後，「同光體」詩人多為遺老。清末民初之際是一個前所未有的中與西、新與舊交替的時代，在這個政治與文化的雙重轉型期，「同光體」代表詩人如陳寶琛、沈曾植、陳三立、鄭孝胥諸人，無論在政治態度還是文化立場上都以「守舊」的面目出現，從而遭到南社和新文化運動的猛烈批判，並在五四以來新陳代謝的歲月中長期受到貶斥，面目全非。

作為封建王朝的孤臣孽子，這批遺民無疑會隨著舊時代而消逝。尤其是其中附逆變節，賣國求榮者，理固亦然遭千夫所指，萬人唾棄。然而，換一個角度來看，雖然他們的應對方式最終沒有跟上時代的步伐，但他們作為傳統儒家文化的擔承者、殉道者，面對著巨大的輿論壓力，無視功利得失，忠於自己的操守，忠於自己的選擇，比之於民初那些政治「騎牆派」，那些隨風而靡的投機政客，那些斷了脊樑的民族虛無主義者，也自有其可敬可貴之處。而且他們在學術和詩歌藝術方面的成就和貢獻，也是可以討論，不應該一筆抹殺的。

本文以陳寶琛、沈曾植、陳三立、鄭孝胥四位「同光體」代表詩人為研究對象，試圖將他們放置在近代以來儒家思想文化為主導，但已日益受到衝擊的大背景下，希望通過個體不同生平經歷的剖析，來管窺他們在清末民初大變局之下心路發展變化之軌跡，藉以探尋其最

終在政治態度和文化立場上歸於傳統的必然性。以知人論世，給予他們應有的評價。

一、本論題的研究現狀

同光體詩人因其保守的政治態度和文化立場，倍受訾議詬病。故而一直不被學界注意，歷來研究較少。直到二十世紀八九十年代才逐漸受到重視。目前，對同光體之研究，多集中在詩學理論；詩文研究、比較研究；年譜、交遊考等方面，而與本論題相關的研究主要包括兩方面：一是與清遺民心路歷程相關之研究；二、是與「同光體」詩人群體及個案相關之研究。現擇其要梳理如下：

（一）與清遺民心路歷程相關之研究

清遺民作為一個保守倒退的代名詞，一直以來不被學界所關注。發表於 1964 年的《民國初年清朝「遺老」的復辟活動》是較早的一篇論及遺老的文章。其文政治色彩鮮明，對遺老們的評判未脫以政治立場為標準的窠臼〔註4〕。2001 年熊月之的《辛亥鼎革與租界遺老》出現，表明學界已經較為客觀的開始對清遺民的研究。其文側重於考察前清遺老與上海租界這個特殊生存空間的關係，文章列舉了諸多避居上海的遺老，但並未深入敘述，為之後具體研究遺老與租界的關係提供了思路〔註5〕。2003 年王雷的《民國初年生存空間的歧異——前清遺老圈裹的生死節義》一文則通過敘述前清遺老在民初社會固守遺民傳統的態度和行為，展現出一個與民初主流社會迥異的另類空間〔註6〕。2004 年以來諸如《空間的想像和經驗——民初上海租界的殉清遺民》、《民初前清遺老圈政治心態淺析》、《民國初年前清遺老圈生存心態探析》、《民初遺老圈傳統文化情愫探析》、《清末民初遺民話語

〔註 4〕　章開沅、劉望齡撰：《民國初年清朝「遺老」的復辟活動》，《江漢學報》1964 年第 4 期。
〔註 5〕　熊月之撰：《辛亥鼎革與租界遺老》，《學術月刊》2001 年第 9 期。
〔註 6〕　王雷撰：《民國初年生存空間的歧異——前清遺老圈裡的生死節義》，《安徽師範大學學報》，2003 年第 1 期。

系統的文化解析》等探討前清遺老政治態度與文化立場的文章紛紛出現。

　　學位論文方面，2003 年王雷的《民國初年前清遺老群體心態剖析》從遺老自身的認知與世俗社會的眼光兩方面來考察遺老們的群體心態，將其作為一種與主流社會背離的文化現象來闡述，展現了遺老們在特殊社會環境下的生存狀態和尷尬處境〔註7〕。2005 年林誌宏則以《民國乃敵國也：清遺民與近代中國政治文化的轉變》為題，力圖突破以往政治為衡量標準的價值觀，以同情之筆敘述了清遺民在民初的與文化緊密相關的「政治認同和態度」〔註8〕。此後以清遺民為研究專題的還有陳晶華的《民國社會的異度空間──談晚清遺民》（2006 年吉林大學碩士學位論文）、袁家剛《舊人物入新世界──民國初年上海遺民摭論（1911～1917）》（2009 年上海社會科學院碩士學位論文）等。只是這些學位論文均是從史學研究的角度出發，從文學研究的視域來看未免有些遺憾。2009 年朱興和的《超社逸社詩人群體研究》則將關注點放到了超社逸社這兩個由前清遺民組成的文學社團上，論文以超社逸社詩人活動為重點，詳細敘述了詩社的形成、發展到解體的全過程。並選取了陳三立、沈曾植、鄭孝胥、陳曾壽、樊增祥、梁鼎芬六位詩人為個案，分析其人格特質和詩學品質。由於體例原因，對於詩社成員的論述限於與詩社有關的內容〔註9〕。

　　與對前清遺老的整體研究相呼應，學界對清末民初傳統士人的個案研究也有所進展。2002 年傅道彬、王秀臣發表的《鄭孝胥和晚清文人的文化遺民情結》從文化情結的全新視角解讀前清遺民。文章以鄭孝胥為個案進而延展到深受傳統文化濡染的清遺民群體，認為除卻

〔註 7〕王雷撰：《民國初年前清遺老群體心態剖析》，廣西師範大學 2003 年碩士學位論文。

〔註 8〕林誌宏撰：《民國乃敵國也：清遺民與近代中國政治文化的轉變》，臺灣大學 2005 年博士學位論文。

〔註 9〕朱興和撰：《超社逸社詩人群體研究》，華東師範大學 2009 年博士學位論文。

政治立場的選擇，清遺民更多的具有著文化遺民的特徵〔註10〕。涉及到同光體諸人的文章還有孫明的《清遺民關懷中的治統與道統——以沈曾植、曹廷傑爲個案》（2003 年）、孫虎《任道・救亡・修己——陳三立政治詩主題思想研究》（2009 年）、楊劍鋒《斷裂的焦慮——陳三立心態管窺》（2009 年）、孫虎《陳三立「遺民」身份之爭與清末民初遺民心態》（2010 年）等文章。此外以民初其他清遺民爲研究對象的文章尚有：周武《一個近代儒者的人格與良知——梁濟之死》（1995 年）、張光芒《眞誠的「遺老」——民初時期林紓思想重評》（2000 年）、邵盈午《從梁濟「自沉」看中國近代遺老的文化心態》（2004 年）、張曉唯《林琴南的遺老情結》（2005 年）等。學位論文則有：韓春英《論梁鼎芬——晚清忠君衛道型知識分子的典型代表》（2001 年河北大學碩士學位論文）、楊樹明《清末民初大變局中的李瑞清》（2005 年江西師範大學碩士學位論文）等。

（二）「同光體」詩人群體及個案研究現狀述評

八十年代以來，以「同光體」詩人群體爲研究對象的重要期刊論文有錢仲聯先生的《論同光體》（1981 年）、王鎮遠的《同光體初探》（1985 年）、周頌喜的《關於「同光體」》（1987 年）等。以此爲發端，學界對「同光體」的研究漸趨客觀、全面、深入。1997 年涂小馬的《同光體研究》是較早的一篇以「同光體」詩人群體爲關注對象的博士學位論文；2006 年袁進的《重新理解「同光體」作家的思想和創作》則明確提出爲「同光體」作家正名，以理解之同情去認識「同光體」作家在傳統文化失落之際所持守的中學本位立場〔註11〕；與此同時亦出現一批以「同光體」詩人群體爲研究對象的學位論文，如賀國強的《近代宋詩派研究》從近代詩歌史的整體範疇下觀照宋詩派，力

〔註10〕 傅道彬、王秀臣撰：《鄭孝胥和晚清文人的文化遺民情結》，《北方論叢》2002 年第 1 期。

〔註11〕 袁進撰：《重新理解「同光體」作家的思想和創作》，《社會科學》2006年第 9 期。

圖通過宋詩派的詩學理想和創作實績來考察古典詩歌的最後流變。而同光體則作為近代宋詩派的後期代表出現，論文側重於探討同光體之淵源形成及各支派在不同地域下形成的同中見異的藝術風格〔註12〕；侯長生的《同光體派的宋詩學》一文側重從同光體詩學理論的角度來闡述同光體學宋的特點和成就〔註13〕；葛春蕃的《古今之際：晚清民國詩壇上的同光派》則闡述了同光詩派從形成、發展到衰微的流變過程，並注意到同光體詩人之詩歌理論和創作既承繼了前人學宋精神，又受到特定時代背景之下的西學影響，因此其詩歌風貌呈現出與以往不同之特色〔註14〕；楊萌芽的《清末民初宋詩派文人群體研究——以 1895～1921 年為中心》將同光體從宋詩派中獨立出來加以研究，以人事交往和文學集會結社活動為主要研究點。文中更論及同光體詩歌與《庸言》、《東方雜誌》等現代傳播媒介的關係，同光體的詩作借助媒介的發表，更加擴大了同光體在清末民初詩壇的影響〔註15〕，是論文一大亮點。董俊玨的《陳三立評傳》則是與本論題相關的同光體個案研究，論文以陳三立的生平經歷為線索，通過其一生各個時期的思想流變，全面細緻的論述了在清末特定的時代環境下，陳三立的人生態度、思想狀況及文學創作〔註16〕。此外，在楊曉波的《鄭孝胥詩歌研究》（2004 年華東師範大學博士學位論文）、楊劍鋒的《現代性視野中的陳三立》（2007 年上海大學博士學位論文）以及盧川的《沈曾植詩歌研究》（2010 年山東大學博士學位論文）等論文中也有部分內容與本論題相關，茲不贅述。

　　涉及到同光體詩人個案的期刊論文較多，與本論題相關的則有馬

〔註12〕賀國強撰：《近代宋詩派研究》，蘇州大學 2006 年博士學位論文。
〔註13〕侯長生撰：《同光體派的宋詩學》，復旦大學 2007 年博士學位論文。
〔註14〕葛春蕃撰：《古今之際：晚清民國詩壇上的同光派》，復旦大學 2007 年博士學位論文。
〔註15〕楊萌芽撰：《清末民初宋詩派文人群體研究——以 1895～1921 年為中心》，復旦大學 2007 年博士學位論文。
〔註16〕董俊玨撰：《陳三立評傳》，蘇州大學 2008 年博士學位論文。

衛中、張修齡《中國古典詩歌的末路英雄——陳三立詩壇地位的重新評價》（1989 年）、葛兆光的《世間原未有斯人——沈曾植與學術史的遺忘》（1995 年）、王慶祥《陳寶琛與偽滿洲國》（1996 年）、陳勇勤《試論陳寶琛的儒學思想》（1996 年）、胡迎建《論陳三立政治思想的三個階段》（2000 年）等。這些論文根據清末特殊的時代背景，結合同光體諸人的生平經歷，知人論世的去客觀的分析同光體諸人的思想傾向、學術及詩歌成就，各有特色。

　　關於同光體諸人研究的專著目前尚不太多，主要有王森然的《沈曾植先生評傳》、《陳三立先生評傳》、劉納編著的《陳三立評傳・作品選》、胡迎建的《一代宗師陳三立》，以及張帆的《末代帝師陳寶琛評傳》、徐臨江《鄭孝胥前半生評傳》等。這些專著或限於人物生平事蹟的簡單敘述，或尚欠完整深入的研究。全方位多角度的研究同光體諸人，尚有開掘的空間。

二、選題的意義與難度

　　由於清末特殊的中外情勢，西學東漸、科舉制度的廢除，包括同光體詩人在內的前清遺民成為最後一代傳統意義上的士人——傳統文化的擔承者。他們深受傳統儒家思想濡染，雖歷經變局，思想價值取向仍舊歸於傳統。他們在清末民初的抉擇不僅僅是一種政治立場，其中更多的包含了一種文化守成的態度。但在清末民初破舊立新的大潮下，「同光體」詩人卻因其政治上的保守、文化上的守成，屢遭抨擊。尤其在「新文化運動」以來政治標準為衡量標尺的歲月中，更是作為保守落後的代名詞受到貶斥唾棄，最終被打入另冊，少人問津。新時期以來，隨著研究視野的開闊、研究觀念的轉變，學術界可以以實事求是的態度客觀的去評價近代人物。給長期有爭議的人以應有的評價，還歷史人物以本來面目。因此全面深入開展對傳統士人的研究已成為大勢所趨。

　　近年來對於同光體詩人的研究取得了很大進展，隨著相關文獻

搜集整理工作的展開，一批近代詩人的詩文集、詩話著作及日記、年譜均被整理出版，如上海古籍出版社的「中國近代文學叢書」、上海書店出版社的《民國詩話叢編》、中華書局出版的《鄭孝胥日記》、《沈曾植年譜長編》等為同光體詩人的研究提供了很大的便利。2010年10月蘇州大學出版社出版的《陳三立年譜》一書，資料翔實，考證謹嚴，對陳三立一生之事蹟進行了全面細緻的梳理，惜所見太晚。

目前對同光體詩人之研究，多集中在詩學理論的研究、詩歌藝術的探討等方面，對於同光體詩人在清末民初這個特定時期下的政治立場與文化態度則未有太多深入的關注與闡述。而同期關於清遺民的史學研究又由於研究範疇和史料運用的差異，難以具體而微的闡釋清遺民的思想和心理活動。如袁進所言，以頑固迂腐之名來看待同光體詩人，其實並不符合歷史事實，這些詩人在政治上並非一味保守，在文化上也並不拒絕吸收西學，而且在傳統文化式微之際，他們內心承受的文化失落的痛苦也非一般新進者所能體會〔註17〕。在那個亙古未有的大變局之下，陳寶琛、沈曾植、陳三立、鄭孝胥諸人歷經了亡國滅種之虞、改朝換代之悲、文化失落之苦。他們感受著時代風潮，在大勢所趨和情感依戀之間矛盾掙扎，最終選擇了堅守自己的政治節操和文化信念。這段艱辛痛苦的心路歷程通過詩歌這種最好的言情達意的方式得以抒發和表達。經由同光體詩人的創作，我們可以更為真切的去體察他們真實的內心世界，體味他們為保存傳統文化命脈的苦心。不僅僅是求知人論世以更好的瞭解傳統文化，而且對於在當前世界文化視野的大背景下，更好的繼承和復興傳統文化中的精華都有一定的借鑒意義。

然而清末民初之際是一個前所未有的歷史大變局，中西撞擊、新舊雜糅、風雲變幻、波詭雲譎，置身於這種劇烈震盪的社會環境中，傳統士人們亦呈現出前所未有的複雜性和多變性。由於筆者學力不

〔註17〕袁進撰：《重新理解「同光體」作家的思想和創作》，《社會科學》2006年第9期。

足，在論文寫作過程中常感宏觀把握的困難。其次，心路歷程是一個
非常抽象微妙的概念，詩歌雖有言志的傳統，卻也具有含蓄隱微的模
糊性。這也爲以詩歌來闡釋解讀同光體詩人的內心世界增加了難度。
而且以生平經歷來論述人物心路的發展變化也容易流於泛泛。淺陋之
處，切望指正。

第一章　近代士人對儒家思想文化傳統的承襲與嬗變

　　春秋戰國之際禮壞樂崩，周王朝統治秩序解體，王官之學散入民間。諸子紛起，百家爭鳴，「道術將為天下裂」〔註1〕，士階層就此踏上歷史舞臺。在那個爭先恐後，暢所欲言的時代，諸子紛紛提出自己的治世理論，雖然各家的主張互有異同，但一些沿襲三代而來的基本觀念卻是各家普遍認同的。這些思想源遠流長，經諸子播揚尤其是儒家的繼承、倡導、強調，已成為不易之論，一直為後世所沿襲，直至近代。

一、「家天下」觀念

　　「家天下」思想由來已久，春秋時代「普天之下，莫非王土；率土之濱，莫非王臣」〔註2〕的理念已作為一種天經地義的思想為士人所熟知；《禮記・禮運》篇在為士人勾勒了一幅上古堯舜時代大同社會的理想圖景之後，接下來敘述的卻是三代以後「天下為家」的小康社會：「大道既隱，天下為家，各親其親，各子其子，貨力為己，大

〔註1〕《莊子・天下篇》，陳鼓應注譯：《莊子今注今譯》，中華書局1983，第856頁。
〔註2〕《詩經・小雅・北山》，程俊英譯注：《詩經譯注》，上海古籍出版社2004，第349頁。

人世及以爲禮，城郭溝池以爲固，禮義以爲紀；以正君臣，以篤父子，以睦兄弟，以和夫婦，以設制度，以立田里，以賢勇知，以功爲己。故謀用是作，而兵由此起。禹、湯、文、武、成王、周公，由此其選也。此六君子者，未有不謹於禮者也。以著其義，以考其信，著有過，刑仁講讓，示民有常。如有不由此者，在執者去，眾以爲殃。是謂小康」〔註3〕。《禮記》雖成書於漢代，但其闡釋的「家天下」觀念卻是承自前代。隨著「大同」的一去不復返，自夏、商、周三代以來已是要「正君臣」、「篤父子」的家天下時代了。

二、「忠君」思想

天下爲君所有，普天下之民自然都要忠君，尤其是食祿之臣。君臣之義乃倫常之大，在家孝、在朝忠。這種嚴格的上下尊卑秩序、穩固的宗法倫常觀念在先秦時期已成爲諸子共識。如墨子曾有言曰：「君子莫若欲爲惠君、忠臣、慈父、孝子、友兄、悌弟，當若兼之不可不行也。此聖王之道，而萬民之大利也」〔註4〕；而蘇秦也有「仁人之於民也，愛之以心，事之以善言。孝子之於親也，愛之以心，事之以財。忠臣之於君也，必進賢人以輔之」〔註5〕的言論；法家「臣事君，子事父，妻事夫，三者順則天下治，三者逆則天下亂」〔註6〕之語已具有後世三綱說之雛形；《呂氏春秋》中亦有類似思想：「人臣孝，則事君忠」〔註7〕；「先王之教，莫榮於孝，莫顯于忠。忠孝，人君人親

〔註3〕 《禮記・禮運》，王文錦譯解：《禮記譯解》，中華書局 2001，第 287頁。

〔註4〕 《墨子・兼愛下》，吳毓江撰，孫啓治點校：《墨子校注》卷四，中華書局 1993，第 181 頁。

〔註5〕 《戰國策・楚策三》，高誘注：《戰國策・楚策三》（第二冊），北京商務印書館 1958，第 31 頁。

〔註6〕 《韓非子・忠孝》，王先慎撰，鍾哲點校：《韓非子集解》卷二十，中華書局 1998，第 466 頁。

〔註7〕 《呂氏春秋・孝行覽》，張雙棣注譯：《呂氏春秋譯注》，北京大學出版社 2000，第 372 頁。

之所甚欲也；顯榮，人子人臣所甚願也」〔註8〕。

各家對忠君思想的闡述，尤以儒家爲多：

孔子說「君君，臣臣，父父，子子」〔註9〕；「君使臣以禮，臣事君以忠」〔註10〕。孟子又從正反兩方面來闡釋：「父子有親，君臣有義，夫婦有別，長幼有序，朋友有信」〔註11〕，「仁之於父子也，義之於君臣也，禮之於賓主也，智之於賢者也，聖人之於天道也，命也，有性焉，君子不謂命也」〔註12〕；「無父無君，是禽獸也」〔註13〕、「人莫大焉亡親戚君臣上下」〔註14〕。荀子也說「若夫君臣之義，父子之親，夫婦之別，則日切磋而不捨也」〔註15〕。這些言論都是在強調君臣之義的倫常秩序。在這些後世奉爲經典的儒家典籍中，君臣之義已有被著重強調之傾向。在忠孝大節上，越來越突出忠的第一位。而忠君的具體表現則是「一」。「君者國之隆也；父者家之隆也。隆一而治，二而亂」〔註16〕；故此荀子引詩云：「淑人君子，其儀一兮。其儀一兮，心如結兮。故君子結於一也」〔註17〕。這種對君主的「一」

〔註8〕　《呂氏春秋·勸學》，張雙棣注譯：《呂氏春秋譯注》，北京大學出版社 2000 第 94 頁。

〔註9〕　《論語·顏淵篇》，楊伯峻譯注：《論語譯注》，中華書局 1980，第128 頁。

〔註10〕　《論語·八佾篇》，楊伯峻譯注：《論語譯注》，中華書局 1980，第30 頁。

〔註11〕　《孟子·滕文公上》，楊伯峻編著：《孟子譯注》，中華書局 1960，第125 頁。

〔註12〕　《孟子·盡心下》，楊伯峻編著：《孟子譯注》，中華書局 1960，第333 頁。

〔註13〕　《孟子·滕文公下》，楊伯峻編著：《孟子譯注》，中華書局 1960，第155 頁。

〔註14〕　《孟子·盡心上》，楊伯峻編著：《孟子譯注》，中華書局 1960，第316 頁。

〔註15〕　《荀子·天論篇》，王先謙撰：《荀子集解》卷十一，中華書局 1988，第 316 頁。

〔註16〕　《荀子·致士篇》，王先謙撰：《荀子集解》，中華書局 1988，第 263頁。

〔註17〕　《荀子·勸學篇》，王先謙撰：《荀子集解》，中華書局 1988，第 10 頁。

也就成爲一種對士人的道德操守要求，一種品行氣節的考量標準。「天無二日，土無二王，國無二君，家無二尊」〔註18〕，因此一臣仕二主將爲世所鄙，身敗名裂。

三、遺民傳統

　　由恪守君臣之義而忠心事君而不事二姓不做貳臣，士階層初步形成了自己的道德準則和行爲規範，一旦國有變故，食君之祿的士大夫大則要求殉國殉君，「故國有患，君死社稷謂之義，大夫死宗廟謂之變」〔註19〕。次則爲遺民，忍死苟活。雖然後世死社稷的君很少，但在忠君思想影響下，殉君的士人卻不乏其人。而更多士人的選擇是爲遺民，或退隱林下、或苟活草間、或圖謀恢復，忠於故主不仕新朝。恥食周粟，餓死首陽山的伯夷叔齊是有文獻可徵最早的遺民，雖然武王伐紂在當時已被認爲是正義之舉，但夷齊還是以宗法倫常的天經地義判定其以臣弒君爲非仁，夷齊事蹟流佈後世，成爲士人高風亮節之典範。孔子稱之爲「古之賢人也」〔註20〕，「不降其志，不辱其身」〔註21〕。孟子更將其高置於聖人的位置：「伯夷，聖之清者也」〔註22〕，可使「頑夫廉，懦夫有立志」〔註23〕；「聖人，百世之師也，伯夷、柳下惠是也」〔註24〕。孔孟推崇，後世儒家宣揚，更兼之統治者的提倡，遺民意識

〔註18〕《禮記・喪服四制》，王文錦譯解：《禮記譯解》，中華書局2001，第952頁。

〔註19〕《禮記・禮運》，王文錦譯解：《禮記譯解》，中華書局2001，第298頁。

〔註20〕《論語・述而篇》，楊伯峻譯注：《論語譯注》，中華書局1980，第70頁。

〔註21〕《論語・微子篇》，楊伯峻譯注：《論語譯注》，中華書局1980，第197頁。

〔註22〕《孟子・萬章下》，楊伯峻編著：《孟子譯注》，中華書局1960，第233頁。

〔註23〕《孟子・萬章下》，楊伯峻編著：《孟子譯注》，中華書局1960，第232頁。

〔註24〕《孟子・盡心下》，楊伯峻編著：《孟子譯注》，中華書局1960，第329頁。

遂日漸深入人心。在國家危亡、朝代更迭之際成爲考驗士人是否堅持氣節操守、是否忠君愛國的重要標準，迫使士人保全自己的名節。

四、夷夏觀念：

《禮記》中有關於五方之民的記載：「中國戎夷五方之民，皆有性也，不可推移。東方曰夷，被髮文身，有不火食者矣。南方曰蠻，雕題交趾，有不火食矣。西方曰戎，被髮衣皮，有不粒食者矣。北方曰狄，衣羽毛穴居，有不粒食者矣。中國、夷、蠻、戎、狄，皆有安居、和味、宜服、利用、備器。五方之民，言語不通，嗜欲不同。達其志，通其欲，東方曰寄，南方曰象，西方曰狄鞮，北方曰譯」〔註25〕。夷夏觀念在華夏文明的初始階段就已出現，從地理環境和文化角度均強調「華」與「夷」之區別。從「夷」、「蠻」、「戎」、「狄」這對周邊民族的輕蔑稱呼中即可看出華夏文明自詡爲衣冠禮樂之邦的正統觀念和文化優越感。而且「夷狄」在通識的觀念中是「非我族類，其心必異」〔註26〕。孔子就曾說過「夷狄之有君，不如諸夏之亡也」〔註27〕，「微管仲，吾其被髮左衽矣」〔註28〕；孟子「吾聞用夏變夷者，未聞變於夷者也」〔註29〕的論調即是嚴守「裔不謀夏，夷不亂華」〔註30〕之「夷夏大防」觀念的體現。這種帶有明顯民族偏見的觀念經儒家思想的發展、強化，成爲傳統文化的一個重要組成部分，對後世

〔註25〕《禮記・王制》，王文錦譯解：《禮記譯解》，中華書局 2001，第 176 頁。

〔註26〕《左傳・成公四年》，楊伯峻編著：《春秋左傳注》，中華書局 1981，第 818 頁。

〔註27〕《論語・八佾篇》，楊伯峻譯注：《論語譯注》，中華書局 1980，第 24 頁。

〔註28〕《論語・憲問篇》，楊伯峻譯注：《論語譯注》，中華書局 1980，第 151 頁。

〔註29〕《孟子・滕文公上》，楊伯峻編著：《孟子譯注》，中華書局 1960，第 125 頁。

〔註30〕《左傳・定公十年》，楊伯峻編著：《春秋左傳注》，中華書局 1981，第 1578 頁。

產生了至為重要的影響。

第一節　儒家思想文化傳統對傳統士人的深遠影響

一、原始儒家價值體系對後世士人的典範式影響

孔子一生有志於治世，孜孜以求「道」的實現。其周遊列國，席不暇暖，授徒講學，有教無類。為後世之士確立了「道」這一士階層最高的目標理想。並以其執著的入世精神激勵著後世的仁人志士，鼓舞著他們為實現理想中的「王道樂土」前仆後繼、奮鬥不息。在孔門後學的繼續倡導下，儒家思想價值體系最終形成。雖然後世儒家對於「道」的具體內容和實踐隨時代發展有所變化，但士人以道自任之精神，渴望用世之思想卻一脈相承，延續了兩千年。

（一）「道」（內聖外王）──士人最高目標理想的確立

《論語》曰：

> 鳥獸不可與同群，吾非斯人之徒與而誰與？天下有道，丘不與易也。〔註31〕
> 士志於道，而恥惡衣惡食者，未足與議也。〔註32〕
> 篤信好學，守死善道。〔註33〕
> 君子謀道不謀貧。耕也，餒在其中矣；學也，祿在其中矣。君子憂道不憂貧。〔註34〕
> 人能弘道，非道弘人。〔註35〕

〔註31〕《論語‧微子篇》，楊伯峻譯注：《論語譯注》，中華書局 1980，第194頁。

〔註32〕《論語‧里仁篇》，楊伯峻譯注：《論語譯注》，中華書局 1980，第37頁。

〔註33〕《論語‧泰伯篇》，楊伯峻譯注：《論語譯注》，中華書局 1980，第82頁。

〔註34〕《論語‧衛靈公篇》，楊伯峻譯注：《論語譯注》，中華書局1980，第168頁。

〔註35〕《論語‧衛靈公篇》，楊伯峻譯注：《論語譯注》，中華書局1980，第168頁。

　　在孔子「道」觀念的提出後，曾子又對孔子的「道」做了進一步的發揮：「士不可以不弘毅，任重而道遠。仁以爲己任，不亦重乎？死而後已，不亦遠乎」〔註36〕，即是賦予士人以道自任的期望和要求。孟子繼承了孔子的學說並繼續發展，開儒家「道統」之先聲，亦強調「君子之志於道也，不成章不達」〔註37〕。先秦儒家基本上確立了「士──志於道」的目標理想和職責要求。

（二）「道」實現的途徑：

　　1. 修身（內聖）。個人內在道德修養是實現「道」的必備條件。身修而氣節立，身修而操守成，身修而能治世以行道。修身同時也是士人理想人格的一種體現。《論語》曰：

　　　　子路問君子。子曰：「修己以敬。」

　　　　曰：「如斯而已乎？」曰：「修己以安人。」

　　　　曰：「如斯而已乎？」曰：「修己以安百姓。修己以安

　　百姓，堯舜其猶病諸？」〔註38〕

　　孔子在此闡明了士人修身的作用。而孟子對修身更爲重視，思想也更爲激進：「我善養吾浩然之氣。……其爲氣也，至大至剛，以直養而無害，則塞於天地之間。其爲氣也，配義與道」〔註39〕；「君子之守，修其身而天下平」〔註40〕。由養氣修身而對道義有了自覺選擇：「生亦我所欲也，義亦我所欲也；二者不可得兼，舍生而取義者也」〔註41〕。「道」在吾心，故能「富貴不能淫，貧賤不能移，威武不能

〔註36〕　《論語・泰伯篇》，楊伯峻譯注：《論語譯注》，中華書局1980，第80頁。
〔註37〕　《孟子・盡心下》，楊伯峻編著：《孟子譯注》，中華書局 1960，第312頁。
〔註38〕　《論語・憲問篇》，楊伯峻譯注：《論語譯注》，中華書局 1980，第159頁。
〔註39〕　《孟子・公孫丑上》，楊伯峻編著：《孟子譯注》，中華書局1960，第62頁。
〔註40〕　《孟子・盡心下》，楊伯峻編著：《孟子譯注》，中華書局 1960，第338頁。
〔註41〕　《孟子・告子上》，楊伯峻編著：《孟子譯注》，中華書局 1960，第265頁。

屈」〔註42〕，故能抗禮王侯，以「道」輕「勢」。「在彼者，皆我所不為也；在我者，皆古之制也，吾何畏彼哉」〔註43〕。士人身修則進可行道，退可守己。

2. 入仕（外王）。「入仕」作為士人治世行道的途徑，同時也是士的職責義務、生存手段，因此日漸成為士安身立命之本。

孔子曾說：「君子之仕也，行其義也」〔註44〕；「不仕無義」〔註45〕

孟子又對士人入仕之重要性做了進一步的闡釋：

周霄問曰：「古之君子仕乎？」

孟子曰：「仕。傳曰：『孔子三月無君，則皇皇如也，出疆必載質。』公明儀曰：『古之人三月無君，則弔。』」

「三月無君則弔，不以急乎？」

曰：「士之失位也，猶諸侯之失國家也。……」

曰：「士之仕也，猶農夫之耕也；」〔註46〕

而子夏之「仕而優則學，學而優則仕」〔註47〕一語更是廣為流傳，被後世士人奉為圭臬。

士之最高理想是實現「道」，要想治國平天下，實現理想中的「道」，士就必須「仕」。進入政治體系，憑藉政權力量實行治世主張。三代以來，天下乃天子之天下，山河社稷、黎民百姓莫非君之私有，「天子不能以天下與人」〔註48〕。因此士之「得君行道」就

〔註42〕《孟子·滕文公下》，楊伯峻編著：《孟子譯注》，中華書局 1960，第141頁。

〔註43〕《孟子·盡心下》，楊伯峻編著：《孟子譯注》，中華書局 1960，第339頁。

〔註44〕《論語·微子篇》，楊伯峻譯注：《論語譯注》，中華書局 1980，第196頁。

〔註45〕《論語·微子篇》，楊伯峻譯注：《論語譯注》，中華書局 1980，第196頁。

〔註46〕《孟子·滕文公下》，楊伯峻編著：《孟子譯注》，中華書局 1960，第142頁。

〔註47〕《論語·子張篇》，楊伯峻譯注：《論語譯注》，中華書局 1980，第202頁。

〔註48〕《孟子·萬章上》，楊伯峻編著：《孟子譯注》，中華書局 1960，第219頁。

注定了士與君之間不可分割、矛盾複雜的關係。道的精神力量與君的政治威勢互相消長的關係就直接影響到士大夫的人格精神及立身行事。

孔子說：「事君，敬其事而後其食」〔註49〕。孟子則力圖在君臣關係之外爲士爭取到或師或友的位置，將「道」置於「君」上，作爲對君權的一種制約限制，作爲士代表道的一種現實體現。以道指導現實政治，維持道與勢的均衡。但這種較爲理想的均衡狀態只是在戰國時代群雄逐鹿、「士無定主」〔註50〕的情況下短暫維持，而後世士與君的關係被牢牢地控制在「君爲臣綱」的綱常體系下。

3.「道」不行的選擇：

士人懷抱治世理想入仕，奈何仕途艱難。孔子一生致力於「道」，奔走列國以實現其主張，「無終食之間違仁，造次必於是，顛沛必於是」〔註51〕。最終還是因「道」不行而歸里授徒講學，整理古籍，徒留平治天下的理想抱負；孟子也是四處出遊，游說諸侯，卻也同樣未能用世。無奈之下大發感慨：「五百年必有王者興，其間必有名世者」〔註52〕，只是「天未欲平治天下也」〔註53〕。士人的目標是要平治天下，實現理想中的「道」。而現實總是事與願違，或時勢不同大道不行，或君主不明士難用世。爲了保持「道」之尊嚴和崇高，即使實現目標的願望非常迫切也仍要循道而行，「由其道而仕」。不由其道而仕則非君子所爲。「君子之難仕，何也？……古之人未嘗不欲仕也，又

〔註49〕《論語・衛靈公篇》，楊伯峻譯注：《論語譯注》，中華書局1980，第170頁。

〔註50〕顧炎武著：《日知錄集釋》卷十三「週末風俗」，上海古籍出版社1985，第1006頁。

〔註51〕《論語・里仁篇》，楊伯峻譯注：《論語譯注》，中華書局1980，第36頁。

〔註52〕《孟子・公孫丑下》，楊伯峻編著：《孟子譯注》，中華書局1960，第109頁。

〔註53〕《孟子・公孫丑下》，楊伯峻編著：《孟子譯注》，中華書局1960，第109頁。

惡不由其道。不由其道而往者，與鑽穴隙之類也」〔註54〕；「行一不
義，殺一不辜，而得天下，皆不爲也」〔註55〕。由此士就必須在出處
仕隱問題上有所選擇。面對著君主威勢、富貴功名乃至生計出路等諸
多問題，何去何從的抉擇，是對士人的嚴峻考量。

　　先秦時期，儒家思想已形成體系，後世或踵事增華或變本加厲，
均從原始儒家理論溯源而來，無出其右。漢代儒家思想成爲官方意識
形態，佔據正統地位，此後儒家思想體系在歷代儒家的繼續闡發下，
日趨嚴密。儒家思想在中國傳統社會的影響無所不在，在社會政治、
文化教育、人倫關係乃至日常生活中都發揮著主導作用。而受其影響
最深又首當其衝的自然是作爲社會精英階層的「士」。

二、近代以前儒家綱常倫紀思想對士人的持續性影響

　　秦漢大一統王朝的建立，結束了戰國時代士奔走列國的游移狀
態，也改變了士相對自由活躍的思想狀態。政治上的大一統，必將要
求思想上的大一統。大一統政權下的帝王自然不能容忍還有凌駕於其
威勢之上的「道」，因此力圖將「道」納入政統體系。自然也不允許
「以其私學議之，入則心非，出則巷議，非主以爲名，異趣以爲高，
率群下以造謗」〔註56〕的士以道自高，與勢抗衡。漢武帝「罷黜百家，
獨尊儒術」後，儒家思想受到統治階級的尊崇和提倡成爲社會主流思
想。思想上的一統固然有利於統治秩序的穩定，但士思想之自由、人
格之獨立也由此而逐漸受到箝制。而且武帝「立五經博士，開弟子員，
設科射策，勸以官祿」〔註57〕，鼓勵士人以經明行修入仕。利祿之路
大開，士人紛湧而致力於經籍以求取青紫。在爵祿的羈縻之下，「賢

〔註54〕《孟子·滕文公下》，楊伯峻編著：《孟子譯注》，中華書局 1960，第
　　　　143 頁。
〔註55〕《孟子·公孫丑上》，楊伯峻編著：《孟子譯注》，中華書局 1960，第
　　　　63 頁。
〔註56〕《史記·李斯列傳》，司馬遷撰：《史記》卷八十七，中華書局 1959，
　　　　第 2546 頁。
〔註57〕《漢書·儒林傳》，班固撰：中華書局 1962，第 3620 頁。

臣之事君也，受官之日，以主爲父，以國爲家，以士人爲兄弟」〔註58〕，士階層之自由活躍思想日漸萎縮狹隘。「漢制，使天下皆誦《孝經》，選吏則舉孝廉，以孝爲務也」〔註59〕。而《孝經》開篇即要求士人「立身行道，揚名於後世，以顯父母，孝之終也。夫孝，始於事親，中於事君，終於立身」〔註60〕。在政治制度、思想教育、社會習俗的影響下，事君如同孝親的思想觀念漸漸浸入人心，士人之思想被牢牢的限制在儒家經義的狹隘範圍之內。

　　魏晉以降，儒學中衰。但在國家政治生活、倫理教化以及穩定社會秩序方面，儒家思想仍起著佛道二教無可替代的作用，因此也一直受到統治階級推崇，保持著其官方思想的穩固地位。唐代開國不久，《五經正義》就頒行全國。科舉制度的實行最大限度的調動了士人們的積極性，使渴望「致君堯舜上，再使風俗淳」的士人們受到莫大的鼓舞，滿懷信心的踏上仕途。不管是懷抱大濟蒼生的理想還是只圖功名富貴、光宗耀祖，至少這是一個自由活躍的思想多元化的年代，封建王朝的鼎盛時期，一切處於上升階段。宋代教育普及，學宮遍設，儒家思想普遍推行。「本朝以儒立國，而儒道之振獨優於前代」〔註61〕。「聲明文物之治，道德仁義之風，宋於漢、唐，蓋無讓焉」〔註62〕。只是宋代聲明文物之美雖可媲美漢、唐，但國勢已難望漢唐之項背。版圖之外強敵虎視，使士人們激昂的濟世抱負中多了些深重的憂患意識。以范仲淹爲代表的士大夫起而倡導「先天下之憂而憂，後

〔註58〕《說苑・建本》，劉向撰，趙善詒疏證：《說苑疏證》，上海華東師範大學出版社 1985，第 63 頁。

〔註59〕歐陽詢撰：《藝文類聚》卷四十禮部下證，上海古籍出版社 1965 年，第 726 頁。

〔註60〕《孝經・開宗明義章第一》，汪受寬譯注：《孝經譯注》，上海古籍出版社 2004，第 2 頁。

〔註61〕陳亮著，鄧廣銘點校：《陳亮集・上孝宗皇帝第三書》（增訂本全二冊），中華書局 1987，第 14 頁。

〔註62〕《太祖本紀・贊》，元脫脫等撰：《宋史》卷三，中華書局 1977，第 51 頁。

天下之樂而樂」，激起士人沉埋已久的濟世情懷，「以道自任」之傳統儒家精神復興。宋神宗與王安石之間的君臣遇合是儒家行道治世理想在現實政治中的一次最鼓舞人心的實踐。而變法的最終失敗也宣告了「得君行道」這一士階層夢寐以求之理想的破滅。「外王」之「道」難行，儒家士人便轉而寄託於「內聖」。宋代理學興盛，成為儒學主流。理學立論植根於綱常名教，又將封建綱常倫理上升為天理，成為不容置疑的絕對準則：

> 君君、臣臣、父父、子子、兄兄、弟弟、夫夫、婦婦、萬物各得其理，然後和。〔註63〕

> 父子君臣，天下之定理，無所逃於天地之間。〔註64〕

> 聖賢千言萬語，只是教人明天理，滅人慾。〔註65〕

> 盡心，謂事物之理皆知之而無不盡，知性，謂知君臣、父子、兄弟、夫婦、朋友各循其理，知天則知此理之自然。
> 〔註66〕

> 天教你「父子有親」，你便用「父子有親」，天教你「君臣有義」，你便用「君臣有義」。不然，便是違天矣。
> 〔註67〕

理學在南宋末年成為主導士人思想的主要意識形態。而且其維繫綱常名教之理論客觀上適應了統治者的需要，有利於穩定統治、控制思想。因此漸漸成為官方意識形態，對傳統社會的士人產生了重大的影響。元代「四書五經」成為科舉考試內容，程朱理學成為進身之階。

〔註63〕《周敦頤集・卷二禮樂第十三》，周敦頤著，陳克明點校：《周敦頤集》，中華書局1990，第25頁。

〔註64〕《近思錄・卷之二》，陳榮捷著：《近思錄詳注集評》，華東師範大學出版社2007，第59頁。

〔註65〕黎靖德編：《朱子語類・卷十二》學六，中華書局1986，第207頁。

〔註66〕黎靖德編：《朱子語類・卷六十》孟子盡心上，中華書局1986，第1426頁。

〔註67〕黎靖德編：《朱子語類・卷六十》孟子盡心上，中華書局1986，第1428頁。

「漢人、南人第一場明經經疑二問，《大學》、《論語》、《孟子》、《中庸》內出題，並用朱氏《章句》、《集注》，復以己意結之」〔註68〕。此後士人忙於熟讀經典、記誦章句，奔走於功名利祿之路。前賢那「得君行道」的理想已無暇顧及了。而到了專制主義集權極度強化的明清時代，士人動輒得咎，危如累卵。言語之間就可能禍在旦夕，用世之志向抱負只能是一個想都不敢想的夢了。

　　明代，隨著君權的絕對化，統治者從政治制度、思想文化等方面都強化了對士人的控制。士人們「以天下為己任」的進取精神遭到嚴重打壓。洪武十八年（1385 年）《大誥》成，明太祖親序之曰：「諸司敢不急公而務私者，必窮搜其原而罪之。凡三《誥》所列凌遲、梟示、種誅者，無慮千百，棄市以下萬數。貴溪儒士夏伯啓叔侄斷指不仕，蘇州人才姚潤、王謨被徵不至，皆誅而籍其家。寰中士夫不為君用之科，所由設也。其《三編》稍寬容，然所記進士、監生罪名，自一犯至四犯者共三百六十四人」〔註69〕。士人若不為君主所用，少有能保其性命苟全於當時。明太祖又大興文字獄，士人之言語行為稍有不慎即遭殺戮。君要臣死，臣不敢不死的強權下，士人命如草芥。誰敢不小心翼翼、循規蹈矩的恪守君臣之道？甚至連士人頂禮膜拜的「亞聖」孟子，也曾因其對君主不遜順的言論被罷配享，引動明太祖的殺機。「上讀孟子，怪其對君不遜。怒曰：『使此老在今日，寧得免耶？』時將丁祭，遂命罷其配享」〔註70〕。

　　明代繼續尊奉程朱理學為正統，正式確立了八股取士的科舉制度。考試題目固定在「四書五經」之內，對經籍的闡釋以朱熹《章句》、

〔註68〕《元史‧選舉一》，宋濂等撰：《元史》卷八十一，中華書局 1976，第 2019 頁。

〔註69〕《明史‧刑法二》，張廷玉等撰：《明史》卷九十四，中華書局 1974，第 2318 頁。

〔註70〕見全祖望：《鮚埼亭集內編》卷三十五「辨錢尚書爭孟子事」，全祖望撰，朱鑄禹匯校集注：《全祖望集匯校集注》，上海古籍出版社 2000，第 659 頁。

《集注》之意為標準。士人皓首窮經以求科第,思想被死死桎梏在「代聖人立言」的範圍中,不能自由發揮,不復有獨立思考之精神,人格也隨著萎縮。統治者親自彙編《五經大全》、《四書大全》、《性理大全》等儒家經籍頒行全國,鼓勵士人研讀遵行。忠孝節義被大力倡導,綱常倫理思想深入士心,滲透到老幼婦孺。

　　明王朝促失天下後,以顧炎武為代表的明遺民在惓惓故國,不忘恢復的同時也在反思明亡之原因。他們把明亡的部分原因歸結為明末心學之流行泛濫,對晚明之空疏學風大加撻伐:「以明心見性之空言,代修己治人之實學,股肱惰而萬事荒,爪牙亡而四國亂,神州蕩覆,宗社丘墟」〔註71〕。作為對心學的一種反撥,顧炎武提出「經學即理學」,倡導經世致用。「故凡文之不關六經之指、當世之務者,一切不為」〔註72〕;「君子之為學,以明道也,以救世也。……某自五十以後,篤志經史。……著《日知錄》,上篇經術、中篇治道、下篇博聞,共三十餘卷。有王者起,將以見諸行事,以躋斯世於治古之隆」〔註73〕。以顧炎武為代表之士人開有清一代樸學風氣,對清代士人之思想變化影響甚大。以經世志向、道德操守相砥礪,堅持自己的氣節,期待有王者興。是明遺民忠於舊主不仕二朝的一種表現。很多時候正是士人之中的特出者,其綱常倫理觀念比起一般士人更為堅定。吳偉業再仕清廷,為士林所不齒,本人亦終生愧悔。其臨終留下遺言:「吾以草茅諸生,蒙先朝巍科拔擢,世運既更,分宜不仕,而牽戀骨肉,逡巡失身,此吾萬古慚愧,無面目以見烈皇帝及伯祥諸君子,而為後世儒者所笑也」〔註74〕。吳偉業死後以僧服入殮,即是對一身仕二朝

〔註71〕顧炎武著:《夫子之言性與天道》,《日知錄集釋》卷七,上海古籍出版社1985,第538頁。

〔註72〕顧炎武:《與人書三》,顧炎武撰,華忱之點校:《顧亭林詩文集》卷四,中華書局1959,第91頁。

〔註73〕顧炎武:《與人書二十五》,顧炎武撰,華忱之點校:《顧亭林詩文集》卷四,中華書局1959,第98頁。

〔註74〕吳偉業:《與子暻疏》,吳偉業撰,李學穎集評標校:《吳梅村全集》卷五十七,上海古籍出版社1990,第1131頁。

這有虧綱常，為士林所詬病之行為所做的懺悔。綱常倫理對士人的制約性影響由此可見一斑。

清承明制，在政治、思想、文化各方面均承繼華夏傳統。而且清統治者在入關之前即重用漢臣，重視中原文化。入主中原後，歷代皇帝都接受儒家文化教育，深悉儒家正統文化對士人的巨大影響，對維繫統治的重要性。康熙大力推崇程朱理學，以朱熹「集大成而緒千百年絕傳之學，開愚蒙而立億萬世一定之規」，升其配祀孔廟；重用諸多理學名臣並親自主持編選士人必讀之《性理精義》，用以強調儒家綱常倫理；同時又大興文字獄以刑罰、殺戮來消弭士人的反抗思想。為了提倡士人效忠異族，忠於一家一姓。清統治者甚至通過褒獎前代遺民、貶斥貳臣來鼓勵本朝士人忠君愛國。「皇清順治九年，世祖章皇帝表章前代忠臣，所司以范景文、倪元璐、李邦華、王家彥、孟兆祥、子章明、施邦曜、凌義渠、吳麟徵、周鳳翔、馬世奇、劉理順、汪偉、吳甘來、王章、陳良謨、陳純德、申佳胤、許直、成德、金鉉二十一人名上。命所在有司各給地七十畝建祠致祭，且予美諡焉」〔註75〕。錢謙益為明士林領袖，在清兵進攻南京之時主動迎降，可在仕清之初即被降級任用，死後更被打入史冊之《貳臣傳》，便是統治者警戒後來者毋仕二姓之典例。

專制集權之下，在朝者恪守君臣之道，鋒芒盡斂，趨於保守馴順。王士禛讀《孟子》即有「明世宗讀〈孟子〉至對齊宣王『禮，為舊君有服』云云，幾罷配享。今觀『寇讎何服之有』一語，亦誠過矣，以此垂訓後世，且為亂臣賊子口實」〔註76〕之語。而在野者上承顧炎武「經學即理學」之倡導，將目光轉向儒家經籍之考釋、義理之闡發，埋首細瑣、遠離世事，淡漠了傳統儒家對社會人生的責任感和使命感。天朝大國之外的世界形勢已變，而作為社會精英的士人們猶在本

〔註75〕《明史·范景文傳》，張廷玉等撰：《明史》卷265，中華書局1974，第6833頁。

〔註76〕王士禛撰：《古夫于亭雜錄·論君臣》卷五，中華書局1988，第111～112頁。

土這個封閉的、禁錮的、綱常思想根深蒂固的圈子中讀聖賢書、走科舉路，一如既往的因循著前輩人的生活。只是山雨欲來前的寧靜不會持續太久。

第二節　變局之下近代士人思想之嬗變

近代以來，腐朽的封建王朝已然走向沒落，出現了前所未有的社會危機。內憂外患，問題重重。爲振興國家、挽回世運，以天下爲己任的士人乃發奮圖強，亟思救亡圖存之策。在應對數千年未有之巨變中，士人固有之傳統思想逐漸發生變化。士階層亦隨之分化、嬗變，並最終隨著封建王朝的衰落，走向消亡。

一、「經世」與「自強」──士人面對「衰世」之覺醒振起

「康乾盛世」後，古老的封建王朝走上了徹底的沒落之路，清王朝的統治在嘉道時期已經是危機四伏，呈現出一派衰世景象：「履霜之屨，寒於堅冰，未雨之鳥，戚於飄搖，痹瘝之疾，殆於痛疽，將萎之華，慘於槁木」（註77）；「日之將夕，悲風驟至，人思燈燭，慘慘目光，吸飲暮氣，與夢爲鄰」（註78）；「起視其世，亂亦竟不遠矣」（註79）。世運丕變驚醒了士人中的先覺者，林則徐就曾感慨：「今之時勢，觀其外，猶一渾全之器也，而內之空虛，無一足以自固。即得大有爲者以振作之，尚恐其難以程效，況相率而入於因循粉飾之途，其何以濟耶！狂瀾東下，誠有心者所欷歔而不能已耳」（註80）。面對

（註77）龔自珍：《乙丙之際著議第九》，龔自珍著：《龔自珍全集》，上海人民出版社1975，第7頁。

（註78）龔自珍：《尊隱》，龔自珍著：《龔自珍全集》，上海人民出版社1975，第87頁。

（註79）龔自珍：《乙丙之際著議第九》，龔自珍著：《龔自珍全集》，上海人民出版社1975，第7頁。

（註80）林則徐：《致邵懿辰》，楊國楨編：《林則徐書簡》，福建人民出版社1985，第274頁。

日益顯露出來的社會危機，這部分先覺的士人秉承以天下爲己任之傳統，倡導經世致用，他們「恒相與指天畫地，規天下之大計」〔註81〕，提出變革主張，以期挽救沒落的王朝。

　　龔自珍提出「一祖之法無不敝，千夫之議無不靡，與其贈來者以勁改革，孰若自改革」〔註82〕。他奮起呼喚天公「不拘一格降人才」〔註83〕；魏源編撰《皇朝經世文編》，畢生致力於經世之學。他認爲「天下無數百年不弊之法，無窮極不變之法，無不除弊而能興利之法，無不易簡而能變通之法」〔註84〕；「小變則小革，大變則大革；小革則小治，大革則大治」〔註85〕。這些先覺士人對當時的社會現實有著深刻的體察，但他們的變革思想卻依然停留在傳統範圍之內，還是「藥方只販古時丹」。沒有外來新思想的衝擊，任何變革的想法都不會脫離傳統的窠臼。當這些爲數不多的先覺者還在傳統框架內思索如何經世濟民的時候，國門之外的西方列強已經挾堅船利炮虎視久矣。在清王朝的閉關鎖國政策下，即使是士人中的有識之士對於天朝上國之外的西方世界也是充滿隔膜、知之甚少。

　　明末傳教士利瑪竇來華曾對當時的中國人有過這樣的評論：「因爲他們不知道地球的大小而又夜郎自大，所以中國人認爲所有各國中只有中國值得稱羨。就國家的偉大、政治制度和學術的名氣而論，他們不僅把所有別的民族看成是野蠻人，而且看成是沒有理性的動物。他們看來，世上沒有其他地方的國王、朝代或者文化是值得誇耀的」

〔註81〕梁啓超撰，朱維錚導讀：《清代學術概論》，上海古籍出版社 1998，第 76 頁。

〔註82〕龔自珍：《乙丙之際著議第七》，龔自珍著：《龔自珍全集》，上海人民出版社 1975，第 6 頁。

〔註83〕龔自珍：《己亥雜詩》，龔自珍著：《龔自珍全集》，上海人民出版社 1975，第 521 頁。

〔註84〕魏源：《籌鹺篇》，中華書局編輯部編：《魏源集》，中華書局 1976，第 432 頁。

〔註85〕魏源：《聖武記·卷七·雍正西南夷改流記下》，魏源撰：《聖武記》，世界書局 1980，第 200 頁。

〔註86〕。在清代康、雍、乾三朝，西方使者曾數次來華，而清王朝從未有過試圖去瞭解外面世界的類似舉動。乾隆五十八年（1793）英使馬戛爾尼來華通商，卻被乾隆以「天朝物產豐盈，無所不有，原不藉外夷貨物以通有無」〔註87〕爲由拒絕。在自大無知、閉目塞聽中，清王朝內部從上到下都在天朝上國的迷夢中沉酣未醒，直到鴉片戰爭的隆隆炮聲響起。

戰爭的失敗使士人中的先覺者大受刺激，他們渴求瞭解西方世界來應對危機。姚瑩特撰《康輶紀行》「欲吾中國童叟皆習見習聞，知彼虛實，然後徐籌制夷之策，是誠喋血飲恨而爲此書，冀雪中國之恥，重邊海之防，免胥淪於鬼域」〔註88〕；魏源更提出「以夷制夷、以夷款夷、師夷長技以制夷」之思想。只是中英條約簽訂之後，統治者和大多數士人認爲外夷之禍患已就此解決，西方列強帶來的巨大衝擊並沒有引起足夠的警覺，先覺者的這種努力在很長時間內並沒有得到應有的重視和回應。

而此時，維繫世道人心的程朱理學已經顯露出其內部固有的弊端。重內聖輕外王，侷限於一己狹小封閉的圈子裏固步自封、停滯僵化。理學家賀瑞麟說：「竊謂千古學術，孔孟程朱已立定鐵案，吾輩只隨他腳下盤旋，方不錯走了路」〔註89〕，食古不化，缺乏更新的魄力。在清王朝的統治江河日下之際，作爲儒學正宗的程朱理學受到衝擊。「尊者以理責卑，長者以理責幼，貴者以理責賤，雖失，謂之順。卑者幼者賤者以理爭之，雖得，謂之逆。……上以理責其下，而在下之罪，人人不勝指數，人死於法，猶有憐之者，死於理，其誰憐之」

〔註86〕利瑪竇、金尼閣著，何高濟、王遵仲、李申譯：《利瑪竇中國箚記》，中華書局 1983，第 94～95 頁。

〔註87〕梁廷枏：《貢舶三》，梁廷枏撰：《粵海關志》卷 23，近代中國史料叢刊續編本，文海出版社 1977，第 1679 頁。

〔註88〕姚瑩：《復光律原書》，姚瑩撰：《東溟文後集·卷八》，第 557 頁，續四庫本，上海古籍出版社 2002。

〔註89〕賀瑞麟：《答蔣少園書》，賀瑞麟著：《清麓文集》卷七，中華書局 1985，第 14 頁。

〔註 90〕。戴震這一聲響亮的「以理殺人」，直指理學的偏頗和虛偽。
而在內部學派紛爭的時候，整個傳統儒學又遭到了更大的打擊。

太平天國起義所到之處，四書五經被焚，孔廟、學宮被毀，儒家
經典變妖書。「凡一切孔孟諸子百家妖書邪說者盡行焚毀，皆不准買
賣藏讀也，否則問罪是也」〔註 91〕；「搜得藏書論擔挑，行過廁溷隨
手拋，拋之不及以火燒，燒之不及以水澆。讀者斬，收者斬，買者賣
者一同斬」〔註 92〕。這些激烈粗率的反儒舉動，極大的震動了世代奉
孔孟為神祇、自幼飽讀聖賢書的士人。曾國藩在《討粵匪檄》中說：
「自唐、虞三代以來，歷世聖人扶持名教，敦敘人倫，君臣、父子、
上下、尊卑，秩序如冠履之不可倒置。粵匪竊外夷之緒，崇天主之
教……士不能誦孔子之經，而別喜所謂基督之說，《新約》之書，舉
中國數千年禮義人倫、讀書典則，一旦掃地蕩盡。此豈獨我大清之變，
乃開闢以來名教之奇變，我孔子孟子之所痛哭於九原，凡讀書識字
者，又烏可袖手安坐，不思一為之所也」〔註 93〕。外面西潮已洶湧而
來，內部又面臨全面危機，如何應對與華夏文明迥然有別的西方文
明，如何挽救正統程朱理學日趨衰頹的局面，是深受傳統儒家思想影
響的士人需要迫切解決的問題。經世致用的路上阻力重重，士人的思
想經歷了一個緩慢艱難的轉變過程。

曾國藩提出「經濟之學」，並將之與義理、考據、辭章並列。他
說：「義理者，在孔門為德行之科，今世目為宋學者也。考據者，在
孔門為文學之科，今世目為漢學者也。辭章者，在孔門為言語之科，
從古藝及今世制義詩賦皆是也。經濟者，在孔門為政事之科，前代典

〔註90〕戴震著，何文光整理：《孟子字義疏證》卷上，中華書局 1961，第
　　　　10 頁。
〔註91〕《詔書蓋璽頒行論》，沈雲龍主編：《太平天國史料》，近代中國史料
　　　　叢刊本，文海出版社 1968。
〔註92〕《太平天日》（四），沈雲龍主編：《太平天國史料》，近代中國史料
　　　　叢刊本，文海出版社 1968。
〔註93〕曾國藩：《討粵匪檄》，曾國藩著：《曾國藩全集·詩文》，嶽麓書社
　　　　出版 1995，第 232 頁。

禮、政書及當世掌故皆是也」〔註94〕，強調了講求事功，注重實際的重要性。希望將儒家義理與社會現實結合，以彌補理學空疏之弊，收拾人心、挽救時局。

第二次鴉片戰爭中，西方列強倡狂侵入。代表國家的皇帝逃亡，京師不保。賠款、開埠、大片領土的割讓等慘痛的事實更大的刺激了士人。「有天地開闢以來未有之奇憤，凡有心知血氣莫不衝冠發上指者，則今日之以廣運萬里地球中第一大國而受制於小夷也」〔註95〕。有識之士更是預感到傳統文化將受到來自西方世界的更大衝擊：「世變至此極矣，中國三千年以來所守之典章法度，至此而幾將播蕩澌滅，可不懼哉」〔註96〕。

內外交困的時局迫使越來越多的士人致力於經世致用之學。「道咸以降，塗轍稍變，言經者及今文，考史者兼遼金元，治地理者逮四裔，務爲前人所不爲，雖承乾嘉專門之學，然亦逆睹世變，有國初諸老經世之志」〔註97〕。注重鞏固邊防、抵禦外患的傳統西北輿地研究成爲士人風會所向。但對士人思想觸動更大的則是學習西方器物層面的「洋務運動」。

薛福成認爲「西人所恃，其長有二：一則火器猛利也；一則輪船飛駛也」〔註98〕。因此主張學習西方之技術「則彼之所長，我皆奪而用之矣」〔註99〕。初期的洋務派側重於學習西方的技術，「變器不變

〔註94〕 曾國藩：《勸學篇示直隸士子》，曾國藩著：《曾國藩全集·詩文》，嶽麓書社出版1995，第442頁。

〔註95〕 馮桂芬：《校邠盧抗議·製洋器議》，張岱年主編：《採西學議——馮桂芬、馬建忠集》，遼寧人民出版社1994年，第74頁。

〔註96〕 王韜：《答強弱論》，王韜著：《弢園文錄外編——王韜》卷7，遼寧人民出版社1994年，第290頁。

〔註97〕 王國維：《沈乙庵先生七十壽序》，王國維著：《觀堂集林》卷23，上海古籍書店1983。

〔註98〕 薛福成：《上曾侯相書·籌海防》，薛福成著，徐素華選注：《籌洋芻議——薛福成集》，遼寧人民出版社1994年，第20頁。

〔註99〕 薛福成：《上曾侯相書·籌海防》，薛福成著，徐素華選注：《籌洋芻議——薛福成集》，遼寧人民出版社1994，第21頁。

道」。但還是遭到了堅持倫常、嚴守夷夏大防、完全排斥一切外來事物的頑固士人的反對抵制。

　　頑固派士人堅持「天不變，道亦不變」。倭仁認爲「立國之道，尚禮義不尚權謀；根本之圖，在人心不在技藝」〔註100〕。學習西方的「奇技淫巧」將會使「國家所培養而儲以有用者，變而從夷，正氣爲之不伸，邪氛因而彌熾，數年以後，不盡驅中國之眾咸歸於夷不止……今令正途從學，恐所習未必能精，而該書人已爲所惑，適墮其術中耳」〔註101〕。他們認爲爲政之本在風俗人心，要求重振綱常，加強教化。這部分固守孔孟程朱之道的守舊士人在當時的影響力頗大，代表了當時的正統主流思想，主導著士林風氣。「今之自命正人者，動以不談洋務爲高，見有講求西學者，則斥之曰名教罪人，士林敗類」〔註102〕。對於這種現狀，郭嵩燾就曾憤而言曰：「竊謂中國人心有萬不可解者……一聞修造鐵路電報，痛心疾首，群起阻難，至有以見洋人機器爲公憤者。曾劼剛以家諱乘坐南京小輪船至長沙，官紳起而大嘩，數年不息」〔註103〕。他本人出使英法兩國歸來後，遭到朝野上下的攻擊，李慈銘讀其記述異國見聞的《日記》後說：「凡有血氣者，無不切齒」，「嵩燾之爲此言，誠不知是何肺肝」〔註104〕；其他諸如「有二心於英國，欲中國臣事之」〔註105〕；「殆已中洋毒」〔註106〕等等污蔑鄙薄之語比比皆是。郭嵩燾退職回鄉後，更爲鄉里

〔註100〕　《同治六年二月十五日大學士倭仁摺》，楊家駱主編：《洋務運動文獻彙編二》，臺灣世界書局1963，第30頁。

〔註101〕　《同治六年二月十五日大學士倭仁摺》，楊家駱主編：《洋務運動文獻彙編二》，臺灣世界書局1963，第31頁。

〔註102〕　鄭觀應著：《盛世危言・西學》，遼寧人民出版社1994，第26頁。

〔註103〕　郭嵩燾：《倫敦致李伯相》，郭嵩燾著：《養知書屋詩文集》卷11，近代中國史料叢刊第十六輯，文海出版社1968，第529～530頁。

〔註104〕　李慈銘著：《越縵堂國事日記》，沈雲龍主編：近代史料叢刊續編本，文海出版社1977，第1920頁。

〔註105〕　郭廷以編定：《郭嵩燾先生年譜》，中央研究院近代史研究所1971，第666頁。

〔註106〕　王闓運著，吳容甫點校：《湘綺樓日記》光緒三年四月二十八日，

所不容。無可如何之下乃發出：「大勢所趨，萬事敝壞，人心從之而靡，無可與共語者」〔註107〕的感慨。郭嵩燾的遭際足以說明傳統儒家思想對士人之巨大影響。千百年政治、思想、文化的積澱，很多傳統觀念已經成為穩固的民族心理結構，影響著、制約著、主導著一代又一代的士人，成為他們安身立命之本。任何的轉變、更新都將伴隨著士人內心固有思想觀念的裂變、衝突、矛盾、掙扎……

在固有的傳統思維模式主導下，即使是當時提倡學習「西學」、「西藝」的士人也都認為：「彼外國之所長，度不過機巧製造、船堅炮利而已。以夷狄之不知禮義，安有政治之足言。即有政治，亦不過犯上作亂、逐君弒君、蔑綱常、逆倫理而已，又安足法」〔註108〕。他們掀起向西方學習的「洋務運動」，其實質也是傳統儒家經世致用的一種方式。是出於根深蒂固的忠君愛國觀念，是為維護王朝的長治久安。他們不可能從根本上去懷疑否定封建的君主專制和傳統的倫理道德。馮桂芬就說：「如以中國之倫常名教為原本，輔以諸國富強之術，不更善之善者哉」〔註109〕；薛福成在《籌洋芻議》中也說「今誠取西人器數之學，以衛吾堯、舜、禹、湯、文、武、周、孔之道，俾西人不敢蔑視中華……是乃所謂用夏變夷者也」〔註110〕；王韜認為「夫孔之道，人道也；人類不盡，其道不變。三綱五倫，生人之初已具，能盡乎人之分所當為，乃可無憾」〔註111〕。雖然在是否向西方學習的問題上，洋務派與頑固派一度爭執不下。但這種分歧只是針對於挽

嶽麓書社 1997，第 569 頁。

〔註107〕 郭嵩燾撰：《郭嵩燾日記》第四卷，光緒十四年十二月初一日，湖南人民出版社 1983，第 822 頁。

〔註108〕 宣樊撰：《政治之因果關係論》，《東方雜誌》第 7 卷，第 12 號。

〔註109〕 馮桂芬：《校邠廬抗議・採西學議》，張岱年主編：《採西學議——馮桂芬、馬建忠集》，遼寧人民出版社 1994，第 84 頁。

〔註110〕 薛福成：《籌洋芻議・變法》，薛福成著，徐素華選注：《籌洋芻議——薛福成集》，遼寧人民出版社 1994，第 90 頁。

〔註111〕 王韜：《變法上》，王韜著：《弢園文錄外編——王韜》卷 1，遼寧人民出版社 1994，第 20 頁。

救時局的具體舉措，在維護傳統的綱常名教方面他們是一致的，維護王朝統治是當時士階層的共識。

隨著西方列強的進一步侵入，清王朝的統治危機日益加深。1874年李鴻章在《籌議海防摺》中說：「今則東南海疆萬餘里，各國通商傳教，來往自如，麇集京師及各省腹地，陽託和好之名，陰懷吞噬之計，一國生事，諸國構煽，實爲數千年來未有之變局。輪船電報之速，瞬息千里，軍器械事之精，工力百倍，炮彈所到，無堅不摧，水陸關隘，不足限制，又爲數千年來未有之強敵」〔註112〕。局勢如此險惡，只憑「振綱常，正人心，淳風俗」的道德說教，根本無法解決迫在眉睫的內憂外患。時世艱難迫使越來越多的士人開始轉變，傾向於學習西方。于蔭霖曾堅持「救時之計，在正人心、辨學術，若用夷變夏，恐異日之憂愈大」〔註113〕，漸漸的亦認爲：「取人之長，當求實用，不當徒飾外觀，人亦不能難之」〔註114〕。面對變局、強敵、危機，士階層要求變革的呼聲日高。

二、「維新變法」——士人在變革中之分化

士階層爲維繫王朝統治竭盡心力，卻發現細枝末節的修補遠不足以應對日益惡劣的內外形勢。19世紀70～80年代，士人對西學的認識逐漸深化，開始從學習器物層面轉向關注制度層面，要求吸取西方政治制度的優勢，變革傳統的政治制度。甲午戰爭的失敗使士階層強烈感受到中華民族已經面臨亡國滅種、瓜分豆剖的威脅。旨在救亡圖存的「維新變法」遂成爲一種思潮。

「喚起吾國四千年之大夢，實自甲午一役始也」〔註115〕。泱泱大

〔註112〕 李鴻章：《籌議海防摺》，李鴻章著，顧廷龍、戴逸主編：《李鴻章全集》第6冊，安徽教育出版社2008，第159～160頁。

〔註113〕 趙爾巽撰：《清史稿·于蔭霖傳》，卷四百四十八列傳二百三十五，中華書局1977，第12523頁。

〔註114〕 于蔭霖撰：《于中丞奏議》，第12頁，近代中國史料叢刊本。

〔註115〕 梁啟超：《戊戌政變記·附錄一改革起原》，梁啟超著：《飲冰室合集》第4冊，專集之1，中華書局1988，第113頁。

國敗於昔日藩屬小國的事實使士階層痛心疾首，難以接受。1895 年赴
京會試的眾多舉人發起了「公車上書」，掀開了維新變法的序幕。以康
有爲、梁啓超爲首的維新士人積極主張變法。康有爲說：「觀大地諸國，
皆以變法而強，守舊而亡」〔註116〕，他大力鼓吹「能變則全，不變則
亡，全變則強，小變仍亡」〔註117〕；梁啓超也認爲：「開新者興，守
舊者滅，開新者強，守舊者弱。天道然也，人道然也」〔註118〕。譚嗣
同更爲激進，聲言中國如不變法，即將淪爲西方國家之殖民地：「中國
不自變法，以求列於公法，使外人代爲變之，則養生送死之利權一操
之外人，可使四百兆黃種之民，胥爲白種之奴役，即胥化爲日本之蝦
夷，美利堅之紅皮土番，印度阿非利加之黑奴」〔註119〕。爲了宣傳鼓
吹維新變法思想，康有爲等人還在 1898 年 4 月成立了以「保國、保種、
保教」爲宗旨的「保國會」。其時士人漸覺訓詁、帖括、詩賦等傳統學
術無補於時，紛紛趨向新學。詩人范當世即「好言經世……其後更甲
午戊戌庚子之變，益慕泰西學說，憤生平所習無實用，昌言賤之」〔註
120〕。此時，圍繞是否變法，如何變法的問題，士階層中已經產生了
重大的分歧，士人由此日漸分化。「不變」、「不盡變」、「大變」三種不
同的選擇，最終使中國的傳統士人走上了不同的道路。

　　頑固守舊的士人一直反對變法，主張恪守祖宗之成法。文悌上摺
陳詞：「故其事必須修明孔孟程朱四書五經小學性理諸書，植爲根柢，
使人熟知孝悌、忠信、禮義、廉恥、綱常、倫紀、名教、氣節以明體，

〔註116〕 康有爲：《上清帝第六書》，湯志鈞編：《康有爲政論集》上冊，中
　　　　　華書局1981，第 211 頁。
〔註117〕 康有爲：《上清帝第六書》，湯志鈞編：《康有爲政論集》上冊，中
　　　　　華書局1981，第 211 頁。
〔註118〕 梁啓超：《〈經世文新編〉序》，梁啓超著：《飲冰室合集》第 1 冊，
　　　　　文集之 2，中華書局 1988，第 47 頁。
〔註119〕 譚嗣同：《思緯氫氳臺短書—報貝元徵》，譚嗣同著：《譚嗣同全集》
　　　　　卷三，三聯書店 1951，第 423～424 頁。
〔註120〕 陳三立：《范伯子文集跋》，陳三立著，李開軍校點：《散原精舍詩
　　　　　文集》，上海古籍出版社 2003，第 1011 頁。

然後再學習外國文學言語藝術以致用，則中國有一通西學之人，得一人之益矣。若全不講爲學爲政本末，如邇來《時務》、《知新》等報所論，尊俠力，伸民權，興黨會，改制度。甚則欲去跪拜之禮儀，廢滿漢之文字，平君臣之尊卑，改男女之外內，直似止須中國一變而爲外洋政教風俗，即可立致富強。而不知其勢，小則群起鬥爭，召亂無已；大則各便私利，賣國何難」〔註 121〕；朝堂之外的守舊士人也對變法提出異議。曾廉亦言：「今天下之患，莫大於以西學亂聖人之道，墮忠孝之常經」〔註 122〕；葉德輝堅持「孔子之制在三綱五常，而亦堯舜以來相傳之治道也。三代雖有損益，百世不可變更」〔註 123〕；蘇輿抨擊康有爲「邪說橫溢，人心浮動，其禍實肇於南海康有爲。康有爲人不足道，其學則足以惑世，招納門徒，潛相煽誘。……其言以康之《新學僞經考》、《孔子改制考》爲主，而平等民權、孔子紀年諸謬說輔之，僞六籍，滅聖經也；託改制，亂成憲也；倡平等，墮綱常也；伸民權，無君上也；孔子紀年，欲人不知本朝也」〔註 124〕。

　　針對頑固守舊的士人，主張變法的維新士人予以反駁：「且法者所以守地者也。今祖宗之地既不守，何有於祖宗之法乎？夫使能守祖宗之法，而不能守祖宗之地，與稍變祖宗之法，而能守祖宗之地，孰得孰失，孰重孰輕」〔註 125〕；「夫中國今日不變法日新不可，稍變而不盡變不可」〔註 126〕。維新士人積極主張仿傚西方，設立議院，實

〔註 121〕　文悌：《嚴參康有爲摺稿》，楊家駱主編：《戊戌變法文獻彙編二》，臺灣鼎文書局 1973，第 485 頁。

〔註 122〕　曾廉：《應詔上封事》，楊家駱主編：《戊戌變法文獻彙編二》，臺灣鼎文書局 1973，第 485 頁。

〔註 123〕　葉德輝：《讀西學書法後》，蘇輿編：《翼教叢編》卷四，上海書店出版社 2002，第 129 頁。

〔註 124〕　蘇輿：《翼教叢編序》，蘇輿編：《翼教叢編》，上海書店出版社 2002，第 1 頁。

〔註 125〕　康有爲：《上清帝第六書》，湯志鈞編：《康有爲政論集》上冊，中華書局 1981，第 212 頁。

〔註 126〕　梁啓超：《讀日本書目志書後》，梁啓超著：《飲冰室合集》第 1 冊，文集之 2，中華書局 1988，第 53 頁。

行君主立憲。其中激進如譚嗣同者還對儒家的綱常倫理進行了猛烈抨擊：「俗學陋行，動言名教，敬若天命而不敢渝，畏若國憲而不敢議。嗟乎！以名爲教，則其教已爲實之賓，而決非實也。又況名者，由人創造，上以制其下而不能不奉之，則數千年來，三綱五倫之慘禍烈毒，由是酷焉矣。君以名桎臣，官以名軛民，父以名壓子，夫以名困妻，兄弟朋友各挾一名以相抗拒，而仁尙有少存焉者得乎？然而仁之亂於名也，亦其勢自然也」〔註127〕。在西學的衝擊下，維新士人對傳統政治制度和倫理道德的批判表明士人心中根深蒂固的傳統儒家價值觀念開始動搖。

在維新士人高倡變法的同時，主張「不盡變」的士人的思想認識也在深化。他們也意識到「採西學」不僅僅要學習西方的技術，也應該學習西方的制度。只是他們採取了相對穩健的態度。郭嵩燾於 1875 年就曾提出「西洋立國有本有末，其本在朝廷政教，其末在商賈、造船、製器，相輔以益其強」〔註128〕；1884 年張樹聲在上朝廷的遺摺中說：「夫西人立國自有本末。雖禮樂教化遠遜中華，然馴致富強具有體用。育才於學堂，論政於議院，軍民一體，上下一心，務實而戒虛，謀定而後動，此其體也。輪船、大炮、洋槍、水雷、鐵路、電線，此其用也。中國遺其體而求其用，無論竭蹶步趨常不相及；就令鐵艦成行，鐵路四達，果足恃歟」〔註129〕，他希望能夠「採西人之體以行其用」〔註130〕。

這部分士人主張「中學爲體，西學爲用」，其核心思想是要保持傳統的政治思想制度。張之洞在 1898 年 4 月撰成系統闡述「中學爲

〔註127〕 譚嗣同：《仁學》卷上，譚嗣同著：《譚嗣同全集》，三聯書店 1951，第 14～15 頁。

〔註128〕 郭嵩燾：《條議海防事宜》，張岱年主編：《使西紀程──郭嵩燾集》，遼寧人民出版社 1994，第 95 頁。

〔註129〕 張樹聲：《遺摺》，張樹聲撰：《張靖達公奏議（樹聲）》，近代中國史料叢刊本，第 559 頁。

〔註130〕 張樹聲：《遺摺》，張樹聲撰：《張靖達公奏議（樹聲）》，近代中國史料叢刊本，第 559 頁。

體，西學爲用」思想的《勸學篇》，其宗旨爲「中學爲內學，西學爲外學，中學治身心，西學應世事」〔註131〕。《勸學篇》呈光緒帝御覽後，以其內容「持論平正通達，於學術、人心大有裨益」〔註132〕而特令全國各地刊行「著將所備副本四十部，由軍機處頒發各省督、撫、學政各一部，俾得廣爲刊布，實力勸導，以重名教而杜卮言」〔註133〕。在官方倡導下，《勸學篇》廣爲流傳「舉國以爲至言」〔註134〕。對當時處於思想轉變過程中的士人影響極大。

主張「不盡變」的士人堅決維護傳統的君主專制制度和綱常名教思想。他們堅持「知君臣之綱，則民權之說不可行也；知父子之綱，則父子同罪、免喪、廢祀之說不可行也；知夫婦之綱，則男女平權之說不可行也」〔註135〕。認爲維新士人是「恢詭傾危亂名改作之流，遂雜出其說，以蕩眾心。學者搖搖，中無所主，邪說暴行，橫流天下」〔註136〕，因此不贊成維新士人的激進變革。雖然《勸學篇》曾遭到梁啓超「是囁囁嚅嚅者何足道？不三十年將化爲灰燼，爲塵埃野馬，其灰其塵，偶因風揚起，聞者猶將掩鼻而過之」〔註137〕的指責。但相較於「大變」和「不變」的主張，「中體西用」說在士人中具有更爲廣泛的思想基礎。洋務運動實行三十年，已經具有了一定的社會基礎，又有官方的提倡以及張之洞本人的影響，「中體西用」說對當時

〔註131〕 張之洞：《勸學篇・會通第十三》，張之洞著，苑書義主編：《張之洞全集》，河北人民出版社1998，第9767頁。
〔註132〕 張之洞：《勸學篇・上諭》，張之洞著，苑書義主編：《張之洞全集》，河北人民出版社1998，第9703頁。
〔註133〕 張之洞：《勸學篇・上諭》，張之洞著，苑書義主編：《張之洞全集》，河北人民出版社1998，第9703頁。
〔註134〕 梁啓超著，朱維錚導讀：《清代學術概論》，上海古籍出版社1998，第97頁。
〔註135〕 張之洞：《勸學篇・明綱第三》，張之洞著，苑書義主編：《張之洞全集》，河北人民出版社1998，第9715頁。
〔註136〕 張之洞：《勸學篇・序》，張之洞著，苑書義主編：《張之洞全集》，河北人民出版社1998，第9704頁。
〔註137〕 梁啓超：《自由書》，梁啓超著：《飲冰室合集》專集之2，中華書局1988，第7頁。

士人的影響遠大於頑固守舊和維新激進的主張。

雖然近代士人之思想在此時已經有了重大分化，但這些士人在本質上都未脫傳統窠臼。他們畢竟出身於傳統，自幼接受傳統文化教育，其思想觀念不可能脫離傳統思想文化的立場。面對所謂西學、新學，堅持頑固守舊者暫且不論，求變求新的士人，事實上也只是處於新舊雜糅之間。中西、新舊思想觀念集於一身是一種真實的矛盾統一的存在。時代的侷限注定他們不可能完全徹底的脫離傳統。

以譚嗣同而言，他雖受過一些西方自由平等觀念的薰陶，批判傳統綱常名教最烈。可他在戊戌變法失敗後卻拒絕逃離，並對梁啓超言曰：「不有行者，無以圖將來，不有死者，無以酬聖主」〔註138〕，最終血染菜市口。譚嗣同雖然抨擊君主制度，但最後卻以一死酬聖主。足以說明維新士人雖然已經具有一些民主啓蒙思想，但其思想中起支配作用的還是根深蒂固的傳統儒家綱常倫理思想。

三、「立憲」與「革命」——士人分化後兩種不同價值取向

儘管戊戌變法如曇花一現，迅速失敗。但維新變革的思想已經為大多數士人接受。傳統儒家的君主專制和綱常名教思想已經日見動搖。庚子事變後時局艱危，救亡圖存迫在眉睫，而清政府的腐敗無能已經讓很多士人漸漸失去信心。有科名的士人普遍要求立憲，而一些無科名的士人則傾向於革命。「今世言天下事者，約分二派，一主『立憲』，一主『革命』。主革命者極非立憲，以立憲足沉民氣，謂在上者以此羈縻人心，故必極力排之；而主立憲者則反之，以吾人因立憲而得民權之益，藉此增長國勢，反弱為強，實指顧間事耳。二派之說，雖千言萬語，要皆不離以此。各張皇其辭，以鼓動天下」〔註139〕。

〔註138〕 梁啓超：《譚嗣同傳》，譚嗣同著：《譚嗣同全集·附錄》，三聯書店1951，第524頁。

〔註139〕 藍公武撰：《立憲問題》，《教育》，1906年第1號。

（一）「立憲」——士大夫維繫王朝的最後努力

陳寅恪曾說，「吾中國文化之定義，具於《白虎通》三綱六紀之說，其意義爲抽象理想最高之境，猶希臘柏拉圖所謂 Eidos 者。若以君臣之綱言之，君爲李煜亦期之以劉秀；以朋友之紀言之，友爲酈寄亦待之以鮑叔。其所殉之道，與所成仁，均爲抽象理想之通性，而非具體之一人一事。夫綱紀本理想抽象之物，然不能不有所依託，以爲具體表現之用」〔註140〕。雖然清王朝的腐朽無能有目共睹，但它畢竟代表著國家社稷，在傳統儒家思想文化浸染下的士人還是希望能夠通過自上而下的變革達到國強民安。因此有相當一部分士人寄望於清政府自行改革，他們積極籌備立憲，呼籲速行憲政、立開國會，對王朝統治猶存最後一絲希望。在內外壓力之下，清政府的憲政改革亦在緩慢的行進中。1905 年宣布「仿行憲政」，1908 年頒布《欽定憲法大綱》。這期間對士人影響最大的則是 1904 年新學制的頒行和 1905 年科舉制度的正式廢除。科舉制度行之已久，弊端叢生，日益脫離實際。使「聰明智巧之士，窮老盡氣，銷磨於時文試帖楷書無用之事」〔註141〕。戊戌變法之時，改革科舉廢除八股就曾提上日程。1905 年在袁世凱、張之洞等封疆大吏奏請下，在中國實行一千多年的科舉制度終於被正式廢除：「著即自丙午科爲始，所有鄉會試一律停止；各省歲科考試，亦即停止」〔註142〕。科舉制度的廢除切斷了傳統士人讀書入仕的途徑，最終導致四民社會解體。士階層內圖富強、外禦其侮的種種努力，客觀上卻加速了自身消亡的步伐。《欽定憲法大綱》頒布後，士林諸人迫切希望早開國會、立定國是。然而，清政府卻根本不重視他們的呼喊籲請，一再拖延立憲

〔註140〕　陳寅恪：《王觀堂先生挽詞》，陳寅恪著：《陳寅恪先生全集》附錄，臺灣里仁書局 1979，第 1441 頁。

〔註141〕　馮桂芬：《校邠廬抗議・製洋器議》，張岱年主編：《採西學議——馮桂芬、馬建忠集》，遼寧人民出版社 1994，第 77 頁。

〔註142〕　《清實錄・德宗景皇帝實錄》卷五四八，中華書局影印 1987，第 273 頁。

的進程，滿族親貴竭力把持朝政，唯恐失去既得利益。1911 年皇族
內閣的成立，使舉國譁然，大大挫傷了立憲派士人的積極性。而此
時革命形勢迅猛發展，共和已是大勢所趨。立憲派中堅張謇就說：「今
共和主義之號召，甫及一月，而全國風靡。徵之人心，尤爲沛然莫
遏」〔註143〕。在革命大潮衝擊下，君主立憲之主張已經不復昔日之
影響力。

（二）「革命」——最後一個封建王朝的終結

「夷夏之辨」本是中國傳統文化的重要組成部分，長久以來早已
根植於漢族士人的思想觀念中。清王朝以異族入主中原後，一直採取
各種手段迫使士人承認其統治的正統地位。二百多年的高壓消弭，卻
在風雨飄搖的王朝末季激起了排滿的民族思潮。顢頇無能的統治者既
無力解決深重的內憂外患，又一力維護其專制統治。終於促使那些對
其失望憤恨之極的士人掀起種族革命的浪潮。「今之滿洲，本塞外東
胡，昔在明朝，屢爲邊患，後乘中國多事，長驅入關，滅我中國，據
我政府，迫我漢人爲其奴隸，有不從者，殺戮億萬。我漢人爲亡國之
民者二百六十年於斯。滿政府窮凶極惡，今已貫盈。義師所指，覆彼
政府，還我主權……中國者，中國人之中國；中國之政治，中國人任
之。驅除韃虜之後，光復我民族的國家，敢有爲石敬瑭、吳三桂之所
爲者，天下共擊之」〔註144〕。在種族革命的號召下、在民主共和的
大勢所趨下，中華民國的五色旗最終取代了大清王朝的黃龍旗，結束
了中國最後一個封建君主專制王朝。而隨著科舉制度的廢除、封建王
朝的滅亡，傳統士人也在不斷的分化嬗變中，走上沒落之路。代之而
起的是在新式教育下成長起來的知識分子，「士」作爲傳統社會的特
殊名詞終成歷史陳跡。

〔註143〕 張謇：《辛亥九月致內閣電》，張謇撰：《張季子九錄·政聞錄》卷
三，近代中國史料叢刊續編本，第 184 頁。
〔註144〕 孫中山：《軍政府宣言》，孫中山著：《孫中山全集》第 1 卷，中華
書局 1981，第 296～297 頁。

第三節　「同光體」代表詩人面臨的政治文化困境及最終抉擇

　　「同光體」之名稱，最早源於陳衍與鄭孝胥論詩之戲言：「同光體者，蘇堪與余戲稱同光以來詩人不墨守盛唐者」〔註145〕。而時間大約在光緒九年（1883）到光緒十二年（1886）左右。其時「同光體」還未成規模，陳、鄭所言也只是一種對其時學宋詩人的泛稱。「同光體」從 1901 年正式標舉到 1912 年《石遺室詩話》刊載後風行詩壇，經歷了一個形成發展的過程。1908 年陳衍在北京出詩人榜，為宗宋詩人張目。榜中第一空置，第二為鄭孝胥，陳三立列名其三，陳寶琛列第四。而早在此之前，被目為同光詩派重要成員的陳寶琛、沈曾植、陳三立、鄭孝胥就已有所交往。雖然個人家庭背景、生活經歷、秉性氣質不同，卻因共同的詩學旨趣、縱橫交錯的人事關係，彼此交往日多，交流切磋之下，逐漸形成了相似的思想傾向和相近的詩學宗尚。

　　四人之中，出生於道光二十八年（1848）的陳寶琛年齒最長。其家世代簪纓，曾祖若霖以刑部尚書致仕。其父承裘出生之時，恰逢若霖蒙道光帝御賜玄狐馬褂，遂以為名，舉家以之為榮。陳寶琛幼承庭訓，其父每以忠孝節義勖之。耳濡目染之下，儒家綱常倫理思想深植其心。加之其入仕之後居言路任臺諫，秉持儒家道義風節衡人量事。遂以儒家聖人之道為立身行事之則。光緒八年（1882），陳寶琛主持江西鄉試時，從落卷中拔擢了以古文應試的陳三立。此後師弟二人往來酬唱數十年，彼此以道義相期互勖。1932 年，陳三立八十壽辰之際，陳寶琛特賦詩相贈：「平生相許後凋松，投老匡山第幾峰？見早至今思曲突，夢清特地省聞鐘。真源忠孝吾猶敬，餘事詩文世所宗。五十年來彭蠡月，可能重照兩龍鍾」〔註146〕。詩中即對陳三立秉承

〔註145〕陳衍：《沈乙庵詩序》，陳衍撰，陳步編：《陳石遺集》，福建人民出版社 2001，第 507 頁。

〔註146〕陳寶琛：《散原少予五歲今年八十矣記其生日亦九月賦寄廬山》，陳寶琛著、劉永翔、許全勝校點：《滄趣樓詩文集》，上海古籍出版社 2006，第 243 頁。

義寧詩禮孝悌爲本之家風，不負平生志節之高行表達了由衷敬意。經歷了五十年的滄桑巨變，耄耋之年的師弟二人仍如後凋的松柏，經霜猶勁。

陳三立於壬午鄉試中舉後，赴京會試不第。光緒十二年（1886）再度入京應丙戌會試，雖因楷法不中式而未能應殿試，但卻在京城結識了不少良朋益友，其中就有沈曾植以及同應丙戌會試的鄭孝胥。鄭孝胥在其年 1 月 11 日的日記中寫道：「芸閣固邀至義勝居飲，同席十一人：二陳（伯嚴、次亮）、二張（昆仲）、華、喬、毛、方、文、季直及余也」〔註147〕。1895 年因梁鼎芬之故，二人漸漸以詩論交。「梁星海示七古數首及陳伯嚴、易實甫等所作《廬山詩錄》」〔註148〕；「得梁星海來書，云『至鄂，攜君詩示陳考功，歎爲絕手。』陳，謂陳伯嚴也」〔註149〕。此後十多年中，鄭、陳二人交往漸多。1909 年陳三立詩集刊刻之時，便是鄭孝胥作的序。陳三立與沈曾植的交遊往還則從 1901 年後開始增多，1903 年沈曾植任南昌太守，陳三立在返鄉謁墓時曾赴南昌造訪，並有《題贈沈子培太守》、《以西山赤色稻餉子培太守賸以此詩》諸詩酬贈。

而鄭孝胥與沈曾植至遲在光緒九年（1883）即已相識〔註150〕，1886 年鄭孝胥再度入京會試，就已經與沈曾植往來甚多了。「午後，季直來，邀赴廣和居袁爽秋、沈子培之約，余曰：『已卻之』，乃已」

〔註147〕 中國國家博物館編，勞祖德整理：《鄭孝胥日記》第一冊，中華書局 1993，第 85 頁。

〔註148〕 中國國家博物館編，勞祖德整理：《鄭孝胥日記》第一冊，中華書局 1993，第 458～459 頁。

〔註149〕 中國國家博物館編，勞祖德整理：《鄭孝胥日記》第一冊，中華書局 1993，第 464 頁。

〔註150〕 見陳衍《沈乙庵詩序》「初投刺，乙庵張目視余曰：『吾走琉璃廠肆，以朱提一流，購君元詩紀事者。』余曰：『吾於癸未、丙戌間，聞可莊、蘇堪誦君詩，相與歎賞，以爲同光體之魁傑也。』同光體者，蘇堪與余戲稱同光以來詩人不墨守盛唐者」陳衍撰，陳步編：《陳石遺集》，福建人民出版社 2001，第 507 頁。

〔註151〕。1890 年鄭孝胥任鑲紅旗學堂教習之時，與沈曾植的詩歌酬唱更是幾無虛日。日記中如「作詩與子培，……夜，子培以二詩來」〔註152〕之類的記載頻頻出現。後來無論是鄭孝胥遠赴日本還是南來北往的奔波，彼此都不忘以詩作唱和的方式來保持聯繫。

　　四人之中前前後後糾葛最多的要數陳寶琛與鄭孝胥。陳、鄭二人同爲福建閩縣人，本有同鄉之誼。陳寶琛更與鄭孝胥之父守廉有舊。陳寶琛在《鄭蘇龕布政六十壽序》中嘗言：「徵予之見君，實同治七年，考功公由翰林改官部曹，……寶琛以年家子時就請業，預讀書會，每遊名園古刹，未嘗不從」〔註153〕。同鄉之誼，故舊之子，二人之關係自比旁人更爲親近。1884 年鄭孝胥前往天津入李鴻章幕時，陳寶琛就曾致書李鴻章特意推薦。「晨，往伯潛處。余將去家，伯潛欲薦之張香帥。余願北行，伯潛亦以爲可，擬修書往謁合肥」〔註154〕。幾十年中，二人相處甚好。1923 年陳寶琛更將鄭孝胥推薦給廢帝溥儀，不料後來卻在是否依附日本的問題上意見相左，幾至反目。即使如此二人之詩歌唱和卻一直未斷。1935 年陳寶琛病逝後，鄭孝胥挽詩中有「弢庵功名士，文字興不淺……倉皇作遺老，耄及志未展」〔註155〕之句，還是對陳寶琛反對他投靠日本之事耿耿於懷。

　　這幾人雖然個人詩學取徑、詩歌風格有所不同，但在詩學宗尚上，最終都傾向於學宋。從相識到交往，數十年中漸漸形成了一個相對穩定的人際交往圈。又因爲彼此鄉里、親故、同年等各種複雜交錯

〔註151〕　中國國家博物館編，勞祖德整理：《鄭孝胥日記》第一冊，中華書局 1993，第 84 頁。
〔註152〕　中國國家博物館編，勞祖德整理：《鄭孝胥日記》第一冊，中華書局 1993，第 160 頁。
〔註153〕　陳寶琛：《鄭蘇龕布政六十壽序》，陳寶琛著，劉永翔、許全勝校點：《滄趣樓詩文集》，上海古籍出版社 2006，第 338～339 頁。
〔註154〕　中國國家博物館編，勞祖德整理：《鄭孝胥日記》第一冊，中華書局 1993，第 56 頁。
〔註155〕　鄭孝胥：《陳文忠公挽詩》，鄭孝胥著，黃坤、楊曉波校點：《海藏樓詩集》，上海古籍出版社 2003，第 426 頁。

的關係而更爲熟稔。如王仁堪是鄭孝胥和沈曾植的好友，又是陳寶琛的妻弟。陳衍是鄭孝胥的鄉試同年，也與陳寶琛熟識。沈曾植、陳三立、鄭孝胥均與張謇、袁昶交好等等。

「同光體」詩在清末民初盛行一時。詩人眾多，學者甚眾。在總體學宋的旗幟下，因詩學取徑的各有側重而又有分支。「同光體」詩論家陳衍曾以詩學宗尚及詩歌風格將同光體分爲兩派：

> 前清詩學，道光以來一大關棙。略別兩派：一派爲清蒼幽峭。自《古詩十九首》、蘇、李、陶、謝、王、孟、韋、柳以下，逮賈島、姚合，宋之陳師道、陳與義、陳傅良、趙師秀、徐照、徐璣、翁卷、嚴羽，元之范梈、揭傒斯，明之鍾惺、譚元春之倫，洗煉而鎔鑄之，體會淵微，出以精思健筆。……此一派近日以鄭海藏爲魁壘，其源合也；而五言佐以東野，七言佐以宛陵、荊公、遺山，斯其異矣。……其一派生澀奧衍。自《急就章》、《鼓吹詞》、《鐃歌十八曲》以下，逮韓愈、孟郊、樊宗師、盧仝、李賀、黃庭堅、薛季宣、謝翱、楊維楨、倪元璐、黃道周之倫，皆所取法，語必驚人、字忌習見。……近日沈乙庵、陳散原實其流派。〔註156〕

錢仲聯先生乃將同光體劃分爲閩、贛、浙三派。三派以地域區分，其詩學取徑亦有所不同。閩派學宋側重梅堯臣、王安石、陳師道、陳與義、姜夔，並上溯至韓愈、孟郊，代表詩人有陳衍、鄭孝胥、陳寶琛等；贛派上承宋代江西派，以黃庭堅爲宗祖，以陳三立爲代表；浙派則以合學人、詩人之詩爲一的沈曾植爲代表。

「文變染乎世情，興廢繫乎時序」〔註157〕，同光體詩人身處末世，感受著沒落王朝的內憂外患、時代風雲的波詭雲譎，詩歌亦多反映現實，感時傷亂之作。他們以荒寒清寂之詩風，發而爲亂世變

〔註156〕 陳衍：《石遺室詩話》，卷三，《民國詩話叢編》本，上海書店出版社 2002，第 47～48 頁。
〔註157〕 劉勰：《文心雕龍‧時序》，黃叔琳、李詳、楊明照校注：《文心雕龍校注》，中華書局 2000，第 542 頁。

徵之聲。「故吾嘗謂詩者荒寒之路，無當乎利祿，肯與周旋，必其人之賢者也。……清而有味，寒而有神，瘦而有筋力。……柳州、東野、長江、武功、宛陵、後山以至於四靈，其詩世所謂寂，其境世所謂困也，然吾以爲有詩焉，固已不寂；有爲詩之我焉，固已不困」〔註158〕。陳衍多次提出變風變雅之說，以爲「惟言者心之聲，而聲音之道與政通，盛則爲雅頌，衰則爲變雅變風」〔註159〕。其在《山與樓詩序》中亦言：「余生丁未造，論詩主《變風》、《變雅》。以爲詩者，人心哀樂所由寫宣。有眞性情者，哀樂必過人，時而齎諮涕洟，若創巨痛深之在體也；時而忘憂忘食，履決踵，襟見肘，而歌聲出金石動天地也。其在文字無以名之，名之曰摯曰橫。知此，可與言今日之爲詩」〔註160〕。

　　同光體詩人處於古典詩歌的沒落階段，爲應對西方文化的衝擊、挽救傳統文化的衰落，他們在古典詩歌固有的體式內力圖破餘地、求新變，以開闢新思路、新境界。陳衍在其《石遺室詩話》中記載與沈曾植的論詩之語：「蓋余謂詩莫盛於三元：上元開元，中元元和，下元元祐也。君謂三元皆外國探險家覓新世界、殖民政策開埠頭本領……余言今人強分唐詩、宋詩，宋人皆推本唐人詩法，力破餘地耳」〔註161〕。同光體詩人的這種破餘地、求新變是在繼承前人基礎之上的創新，學古而不囿於古。如陳衍所言：「天地英靈之氣，古之人蓋先得取精而用宏矣。取之而不能盡。故《三百篇》、漢魏六朝而有開、天、元和、元祐，以至於無窮，在爲之至與不至耳」〔註162〕。後來，

〔註158〕　陳衍：《何心與詩序》，陳衍撰，陳步編：《陳石遺集》，福建人民出版社2001，第519～520頁。

〔註159〕　陳衍：《祭陳後山先生文》，陳衍撰，陳步編：《陳石遺集》，福建人民出版社2001，第590頁。

〔註160〕　陳衍：《山與樓詩序》，陳衍撰，陳步編：《陳石遺集》，福建人民出版社2001，第690頁。

〔註161〕　陳衍：《石遺室詩話》，卷一，張寅彭、戴建國校點：《民國詩話叢編》本，上海書店出版社2002，第20頁。

〔註162〕　陳衍：《劍懷堂詩草序》，陳衍撰，陳步編：《陳石遺集》，福建人民出版社2001，第523頁。

沈曾植又提出「三關說」。其將「三元」說上溯至元嘉，要求融玄學、
經學、理學入詩，以求爲古典詩歌拓一新境。其爲詩「凡稗編脞錄、
書評畫鑒，下及四裔之書，三洞之笈，神經怪牒，紛綸在手，而一用
以資爲詩。故其於詩也，不取一法而亦不捨一法。其蓄之也厚，故其
出之也富」〔註163〕，達到了學人之詩與詩人之詩合一的極致。

　　清末民初之際，西學東漸的進程加快。中西文化激烈的碰撞下，
傳統文化受到了前所未有的質疑、衝擊。傳統的詩文也日益受到帶有
政治色彩的攻擊。從南社的倡唐音以反對宋詩，到新文化運動中全面
徹底的抨擊和批判，人人言新言西學，傳統文化已然岌岌可危。置身
於這種歷史進程之下，同光體詩人破餘地，求新變的努力，已經不能
扭轉古典詩歌衰落的命運。「斯文將喪吾滋懼，微命相依世豈知」〔註
164〕；「束手與偕亡，果驗儒術賤」〔註165〕；「老尚溫經閉鬥韻，風流
已是道咸人」〔註166〕。在經歷了內心「斯文將喪」的迷茫、困惑、
恐懼之後，陳寶琛、沈曾植、陳三立、鄭孝胥諸人乃毅然以文化傳承
自荷：「轉移運會誰先覺，彈壓山川不廢詩」〔註167〕；「國亡才不亡，
重賴扶氣類」〔註168〕一藝可憐關世運，未應結習便能除」〔註169〕。
無奈處於傳統文化式微階段，同光體詩人苦心孤詣的努力最終如夕陽

〔註163〕　張爾田：《海日樓詩注序》，沈曾植著，錢仲聯校注：《沈曾植集校
　　　　　注》，中華書局 2001，第 1 頁。
〔註164〕　陳三立：《正月二十二日通州南郭外會送肯堂葬》，陳三立著，李開
　　　　　軍校點：《散原精舍詩文集》，上海古籍出版社 2003，第 157 頁。
〔註165〕　陳三立：《正月廿五日止菴相國假乙庵齋作逸社第一集招萬庵中丞
　　　　　庸庵制府漚尹侍郎病山方伯入社同人咸賦詩》，陳三立著，李開軍
　　　　　校點：《散原精舍詩文集》，上海古籍出版社 2003，第 448 頁。
〔註166〕　陳寶琛：《祁文恪詩卷爲何潤夫題》，陳寶琛著，劉永翔、許全勝校
　　　　　點：《滄趣樓詩文集》，上海古籍出版社 2006，第 133 頁。
〔註167〕　陳三立：《元日用樊山午詒唱酬韻紀興》，陳三立著，李開軍校點：
　　　　　《散原精舍詩文集》，上海古籍出版社 2003，第 295 頁。
〔註168〕　陳三立：《顧端文公闈卷遺跡》，陳三立著，李開軍校點：《散原精
　　　　　舍詩文集》，上海古籍出版社 2003，第 552 頁。
〔註169〕　陳寶琛：《訪伯平吳門》，陳寶琛著，劉永翔、許全勝校點：《滄趣
　　　　　樓詩文集》，上海古籍出版社 2006，第 101 頁。

晚照，只留下一抹最後的絢麗。

　　清末民初與歷史上所有易代之際相比最爲特殊，前所未有。身處特殊的時代、特殊的社會、政治環境，清代士人的選擇沒有前例可循。晚清內憂外患的嚴重局面，實屬「數千年來未有之大變局」。外有列強虎視，真正面臨亡國滅種、瓜分豆剖之命運。內部排滿的民族主義勃然興起、起義浪潮此起彼伏、革命呼聲愈來愈高，無論是洋務派的自強、改良派的維新還是清王朝苟延殘喘的最後努力——憲政的實施，均以失敗告終。有識之士早已清醒的認識到清王朝大勢已去，回天無力。大清王朝滅亡了，前清士人該何去何從？面前的問題不僅僅是簡單的出處仕隱，歷代遺民成例似乎不是一種適用於今的模式。在傳統夷夏大防觀念影響下的士人，心裏一直難免滿主漢臣的尷尬。清王朝滅亡了，沒有了以夷變夏的心理負擔，可食君之祿的士人遵照綱常倫理卻還要有君臣之義，要忠於前朝。即使這個君主是異族，是在反清排滿浪潮中被口口聲聲斥責唾棄的「夷狄」「韃虜」。可是，處於封建皇權不再、民主共和觀念深入人心的時代，對於當時因應天下大勢的主流價值觀來說，忠於前朝舊主，無異於抱殘守缺，逆時代潮流。辛亥革命的結果使得許多前清舊宦順理成章的成爲民國新貴，似乎不存在什麼變節再仕之說，在這種情況下仍舊選擇當遺民在當時已被輿論認爲是不識時務之舉。

　　胡先驌曾將清末士人分爲五類：

　　　　第一類爲泥古不化反對一切新事業者。第二類爲清季所謂清流，深知中國如欲立國於大地之上，必不能墨守故常，政法學術必須有所更張，然仍以顛覆清室爲不道，辛亥革命爲叛亂，不惜爲清室遺老者，如沈乙庵、陳伯嚴、鄭海藏、趙堯生諸先生是也。第三類爲有志維新，對於清室初無仇視之心，亦未必以清室之覆、民國之興爲天維人紀壞滅之巨變，而必以流人遺老終其身者。第四類爲奔走革命，誓覆清室者，如章太炎先生是也。第五類藉名士頭銜，獵食名公巨卿間，恬不爲恥，反發「諸夏無君出處輕」

之謬論，甚或沉湎於聲色，乃託詞於醇酒婦人，如樊樊山、
易實甫之流是也。〔註170〕

在清末民初這亙古未有的特殊社會形勢下，順應潮流，與時俱進
者自不當論；食古不化、頑固守舊者，放任自流、墮落消沉者亦不足
論。形態各異的諸多士人中，受到訾議詬病最多的還是那些固守傳統
儒家思想文化信念，堅執內心道義倫常準則的前清遺老。

陳寶琛、沈曾植、陳三立、鄭孝胥諸人均出生於19世紀中葉。
其時，在太平天國起義，第二次鴉片戰爭的衝擊下，內外交困的清王
朝已經出現了嚴重的統治危機。四方多故，人心思變，統治者更加注
重以傳統儒學來約束世道人心，加強思想控制，維護統治。清政府於
同治元年（1862）頒布上諭：「我朝崇儒重道，正學昌明，士子循誦
習傳，咸知宗尚程朱，以闡聖教。惟沿習既久，或徒騖道學之虛名，
而於天理民彝之實際未能研求，勢且誤入歧途，於風俗人心大有關
係。各直省學政等躬司牖迪，凡校閱試藝，固宜恪遵功令，悉以程朱
講義為宗，尤應將《性理》諸書隨時闡揚，使躬列膠庠者咸知探濂洛
關閩之淵源，以格致誠正為本務，身體力行，務求實踐，不徒以空語
靈明流為偽學。至鄭、孔諸儒，學尚考據，為歷代典章文物所宗，理
無偏廢。惟不得矜口耳之記誦，荒身心之踐履，尤在職司教士者區別
後先，薰陶樂育，士習既端，民風斯厚」〔註171〕。這種來自官方的
對儒家綱常名教思想的強調和倡導，必然會在一定範圍內對士人的思
想觀念產生影響。

陳寶琛、沈曾植、陳三立均出身於世守儒業的累代官紳之家。
他們自幼秉承家風，接受的是儒家忠孝節義的正統教育。陳寶琛家
族「世沐國恩」、「五葉冠紳」〔註172〕，故此念念不忘報君恩，盡臣

〔註170〕 胡先驌撰：《評俞恪士觚庵詩存》，《學衡》1922年第11期。
〔註171〕 劉錦藻撰：《清朝續文獻通考》卷97，商務印書館1936，第8570
頁。
〔註172〕 陳寶琛：《謝任懋鼎署外務部右參議摺》，陳寶琛著，劉永翔、許全
勝校點：《滄趣樓詩文集》，上海古籍出版社2006，第879頁。

節；沈曾植之祖父維鐈「以理學儒行重於中朝，家法嚴謹」〔註173〕，士林模楷林則徐、曾國藩皆出其門下。其父沈宗涵「若《曲禮》、《內則》、《少儀》、《弟子職》，若朱子、小學、家禮，習熟而心知其意，默識而實踐之。守司空公理學之傳。不讀非聖書」〔註174〕。沈曾植秉承家學，自小即潛心義理；陳三立曾祖克繩「用孝義化服鄉里」〔註175〕，祖父偉琳幼習章句即能「通曉聖賢大旨」〔註176〕，其父寶箴更是以報君國、圖富強爲一生志意所在，即使受到嚴譴，仍舊「懃懃以兵亂未已、深宮起居爲極念」〔註177〕。在這種累世家風影響之下，陳三立亦抱持「家與國相關、身與君同禍」〔註178〕之念。鄭孝胥雖沒有顯赫的家世，但他自幼接受儒家正統教育，牢記父親「趨庭只教忠」〔註179〕的教誨，平生亦以名節相標榜。且其出自理學傳統綿延數百年的朱子故鄉，受儒家聖人之道的影響自然較他人爲多。

　　「在近代國家觀念產生之前，國家一詞是用社稷作詮解的。時當一姓之天下，能夠維繫國家而代表社稷的只有一個君主。因此，儒學崇尚『忠君』，其忠忱所託的對象大半是一種國家和社稷的人格化，

〔註173〕　蔣艮：《沈宗涵墓誌銘》，許全勝著：《沈曾植年譜長編》，中華書局2007，第7頁。

〔註174〕　沈曾植：《家傳稿》，許全勝著：《沈曾植年譜長編》，中華書局2007，第10頁。

〔註175〕　陳三立：《皇授光祿大夫頭品頂戴賞戴花翎原任兵部侍郎都察院右副都御史湖南巡撫先府君行狀》，陳三立著，李開軍校點：《散原精舍詩文集》，上海古籍出版社2003，第845頁。

〔註176〕　郭嵩燾：《陳府君墓誌銘》，郭嵩燾著：《養知書屋詩文集》卷二十一，第1198頁，近代中國史料叢刊第一輯。

〔註177〕　陳三立：《皇授光祿大夫頭品頂戴賞戴花翎原任兵部侍郎都察院右副都御史湖南巡撫先府君行狀》，陳三立著，李開軍校點：《散原精舍詩文集》，上海古籍出版社2003，第856～857頁。

〔註178〕　陳三立：《與廖樹衡書》，陳三立著，李開軍校點：《散原精舍詩文集》，上海古籍出版社2003，第1165頁。

〔註179〕　鄭孝胥：《聞詔述哀二首》，鄭孝胥著，黃坤、楊曉波校點：《海藏樓詩集》，上海古籍出版社2003，第223頁。

而並不盡在時君的一人一身」〔註180〕。在深受傳統儒家思想濡染的士人眼中，愛國等同於忠君，忠君等同於愛國。在晚清亙古未有之大變局下，陳寶琛、沈曾植、陳三立、鄭孝胥諸人感受著時代風潮，秉承以天下為己任的入世精神，渴望著上報君國下濟黎庶。他們為變革圖強救亡圖存，獻計獻策奔走呼號。為挽狂瀾於既倒，苦心孤詣竭盡所能。無奈大勢所趨，有心濟世，無力回天。在「君父家國無可復問」〔註181〕的形勢下，心裏剩下的也只是一種道義上的堅持。這些人初不欲以詩人名世。其以詩文為餘事，卻均在詩歌領域取得相當成就，成為「同光體」重要詩人，佔據詩壇一席之地。

在革故鼎新的時代，這些遺民詩人清醒的知道獨木難撐，卻還執拗的堅守著自己的政治節操、文化信念。中華民國取代大清王朝，在他們眼中不意味著新紀元的開始而只代表著舊王朝的結束，與歷史上的改朝換代並無本質區別。他們深深的眷戀著傳統的聲明文物，懷念著記憶中的承平歲月，痛悼著逝去的舊時代：「閒閒簪履相娛地，歷歷乾嘉最盛時」〔註182〕，與日新月異的主流社會日漸背道而馳、愈行愈遠。這些不合時宜的遺老背負著固步自封、螳臂當車的罵名，在一批又一批弄潮兒的嘲笑唾罵聲中，咀嚼著自己的亡國哀思，痛悼著傳統文化的終結，踽踽獨行於孤寂荒寒之路。他們目送著時代的車輪滾滾向前，自己卻注定了寂寞悲涼的命運。佇立於夕陽殘照之中，心裏留下的只是悲涼。由於這些遺民詩人在政治上的保守、文化上的守成，致使他們在破舊立新的時代處在歷史大潮的風口浪尖，從而受到了猛烈的批判、攻擊，以至打入另冊，長期湮沒無聞。這不僅是他們

〔註180〕 楊國強：《世運盛衰中的學術變趨》，楊國強著：《晚清的士人與世相》，三聯書店 2008，第 40 頁。

〔註181〕 陳三立：《皇授光祿大夫頭品頂戴賞戴花翎原任兵部侍郎都察院右副都御史湖南巡撫先府君行狀》，陳三立著，李開軍校點：《散原精舍詩文集》，上海古籍出版社 2003，第 856 頁。

〔註182〕 陳三立：《酒集胡園作》，陳三立著，李開軍校點：《散原精舍詩文集》，上海古籍出版社 2003，第 105 頁。

個人的悲劇，更是時代的悲劇。

應該說「同光體」諸人這種對政治節操與文化信念的信守，在一定程度上是傳統儒家思想影響下的結果。傳統社會中政治與道德、思想與文化交錯糾結，很多時候難以截然分開。經過日積月累千百年的積澱，儒家思想在傳統社會中打下了廣泛深厚的基礎，形成了一個嚴密的固化的體系。儒家思想包括綱常倫理在內的政治觀、道德觀、文化觀、價值觀都已成為一種穩定的民族心理、成為傳統文化不可分割的一部分。已經深植入士人乃至滲透到普通老百姓的意識中，支配著影響著他們的思想觀念、日常生活。隨著時代的發展和進步，在今人的眼中，傳統思想無疑是精華與糟粕共存。我們取其精華，摒棄那些封建糟粕。但對於處於那個特定歷史時代的人們來說，精華與糟粕是一個渾然不可分的整體，以今日之眼光看來之糟粕，對他們來說也許才更是祖宗家法、金科玉律，有著無上的權威，不可質疑，遑論更改。我們可以指責他們的迂腐頑固，批評他們的錯漏謬誤，但要承認傳統社會對他們支配性的巨大影響是一種客觀存在，不以後來人的是非對錯標準而轉移。即使是他們中的特出之士或許能夠意識到某些缺失但也無法全部轉變、更新。在那個新舊交替的特殊時代，他們感受得到時代洪流的洶湧澎湃，在一定程度上也可以與時俱進，卻終究無法徹底消除舊時代的烙印。因為他們終究屬於舊時代，無法跳出傳統的思維模式。

第二章　委蛻大難求淨土，傷心最是近高樓——陳寶琛心路歷程

　　陳寶琛（1848～1935），原字長庵，改字伯潛，一字潛史。號弢庵，一號橘隱，晚號橘叟、聽水老人、滄趣老人，福建閩縣螺州鄉人。出身於世代簪纓之族。十八歲中同治乙丑（1865）補行甲子科舉人。二十一歲中同治戊辰（1868）科進士，累遷至內閣學士。在朝直諫有聲，與寶廷、張佩倫、張之洞、黃體芳、鄧承修等奮發言事，號為「清流」，尤以寶琛為能持大體者也。光緒十年（1884）會辦南洋事宜，丁母憂歸。旋以薦唐炯、徐延旭事，降五級調用，自是里居二十五年，終光緒朝不復出。其在家鄉興辦教育，籌建鐵路均卓有成效。宣統元年（1909）起復，首發昭雪戊戌被禍諸人議。宣統三年辛亥五月，簡山西巡撫。俄而開缺，以侍郎候補，命授讀毓慶宮。辛亥革命後，以保傅之義，守其孤忠，盡瘁於幼帝之輔育。後在日本誘脅溥儀去東北之時，力阻溥儀並拒赴偽滿洲國。大節無虧，為時人所稱。民國二十四年（1935）病卒於北平，享年 88 歲，歸葬故里。善書法繪畫，工詩文詞，有《滄趣樓詩集》、《聽水齋詞》、《滄趣樓文存》、《滄趣樓律賦》、《奏議》等。

　　時人對其詩評價頗高。陳衍認為「弢庵……撫時感事，一託於詩，

棄斥少作，肆力於昌黎、荊公，出入於眉山、雙井」〔註1〕。又在《知稼軒詩序》中說「弢庵意在學韓，實似荊公，於韓專學清雋一路」〔註2〕。陳三立則評「公生平遭際如此，顧所爲詩終始不失溫柔敦厚之教，感物造端，蘊藉綿邈，風度絕世，後山所稱『韻出百家上』者庶幾遇之。然而其純忠苦志，幽憂隱痛，類涵溢語言文字之表，百世之下，低徊諷誦，猶可冥接遐契於孤懸天壤之一人也」〔註3〕。

汪辟疆《光宣詩壇點將錄》將陳寶琛置於第三，以天機星智多星吳用目之，認爲「弢庵太傅，高風亮節，士林楷模。當溥儀被扶至津門，弢庵伏地陳七不可，且言：『上必去，臣亦不能相從矣。』痛哭而返。……弢庵詩，初學黃陳，後喜臨川，晚以久更世變，深醇簡遠，不務奇險而絕非庸音，不事生造而決無淺語。至於撫時感事，比物達情，神理自超，趣味彌永。余嘗以和平中正質之，弢庵爲首肯者在，以爲伯嚴、節庵所未道也。」〔註4〕

第一節 「瑰材逢聖代，臣節寸忱殫」〔註5〕——踔厲風發的仕宦時期

道光二十八年（1848），陳寶琛出生於福建閩縣螺洲鄉。其家世代簪纓，曾祖陳若霖道光年間以刑部尚書致仕，祖父陳景亮曾任雲南布政使，均爲官清正廉潔、不避權貴。父陳承裘中咸豐辛亥舉人、壬子進士，官刑部主事。陳承裘出生之時，恰逢其祖父蒙道光帝御賜玄狐馬褂，深以爲榮，遂以爲名。「稍長，讀書過目輒成誦，遇忠孝大

〔註1〕陳衍輯：《近代詩鈔》，卷八，商務印書館1928，第1～2頁。
〔註2〕陳衍：《知稼軒詩序》，陳衍撰，陳步編：《陳石遺集》，福建人民出版社2001，第522頁。
〔註3〕陳三立：《滄趣樓詩集序》，陳三立著，李開軍校點：《散原精舍詩文集》，上海古籍出版社2003，第1113頁。
〔註4〕汪辟疆：《光宣詩壇點將錄》，汪辟疆撰：《汪辟疆說近代詩》，上海古籍出版社2001第54～55頁。
〔註5〕陳寶琛：《鄉試賦得霜高初染一林丹》，陳寶琛著，劉永翔、許全勝校點：《滄趣樓詩文集》，上海古籍出版社2006，第260頁。

節則竦然起立」〔註6〕。承裘事母至孝，母病曾刲臂割股療疾。自父景亮以足疾歸家後，亦不復出仕。

陳寶琛五歲即入家塾就學，「每自塾歸，光祿公輒令旁伺，爲述祖德庭訓，及道咸間所聞見士夫賢不肖行事，與生平所接名人碩士之言論丰采，勖以名節」〔註7〕。陳寶琛曾在《先光祿公行述》中言道，其父每以忠孝節義爲教，「雖年三十未得舉，終不令以他途進」〔註8〕。陳寶琛在這樣一個以傳統儒家思想文化爲主導的家庭裏成長，接受的是儒家事親孝、事君忠的教育，走的是科舉入仕，修齊治平的正途。同治四年（1865）他十八歲時即中舉人，三年之後再中進士，同治八年即授翰林院編修。此後十餘年內，一路遷升。可謂是早登科第、仕途平順。

其時國內太平天國起義被鎮壓不久，國門之外列強對邊疆各省更是垂涎三尺。內亂剛定，外患復來。因發動辛酉政變得以垂簾聽政的慈禧急欲穩固統治，擺出一副求賢圖治的姿態。加之道咸以來彌漫在士人中講求經世致用的風氣，使得一時之間朝野上下頗有勵精圖治之聲勢。同治十三年，清廷頒布「中外臣工九卿科道有言事之責者，於用人行政一切事宜皆當據實直陳」〔註9〕的旨意之後，「諸言臣蔚興，人皆以名臣相期。及癸未張幼樵編修佩綸以庶子署副都御史知貢舉，而清議益重。後生初學，爭以清流自勵」〔註10〕。其時「好論時政」〔註11〕的陳寶琛與張佩綸、張之洞、寶廷、黃體芳、鄧承修等人以道

〔註6〕 陳寶琛：《先光祿公行述》，陳寶琛著，劉永翔、許全勝校點：《滄趣樓詩文集》，上海古籍出版社2006，第383頁。

〔註7〕 張允僑：《閩縣陳公寶琛年譜》，陳寶琛著，劉永翔、許全勝校點：《滄趣樓詩文集》，上海古籍出版社2006，第695頁。

〔註8〕 陳寶琛《先光祿公行述》，陳寶琛著，劉永翔、許全勝校點：《滄趣樓詩文集》，上海古籍出版社2006，第385頁。

〔註9〕 朱壽朋編：《光緒朝東華錄》第1冊，中華書局1958，第783頁。

〔註10〕 震鈞著：《天咫偶聞》，北京古籍出版社1982，第177頁。

〔註11〕 趙爾巽撰：《清史稿·張佩綸傳》，卷四百四十四，列傳二百三十一，中華書局1977，第12455頁。

義風節相砥礪，「接膝京師，謬引同志」〔註12〕，踴躍上書言事，糾彈時政。時號「清流」。

　　意氣風發的陳寶琛在「以天下為己任」的濟世情懷激蕩下，秉持儒家的道義是非準則，與天子爭是非、論曲直，不避權貴、不計得失。一時之間，聲名鵲起。時人至有「鋒棱所向，九列辟易」〔註13〕之歎。而光緒五年（1879）的吳可讀死諫事件則更讓陳寶琛堅定了為國盡忠，有補於時的信念。吳可讀素與陳寶琛交好，曾於同治年間彈劾烏魯木齊提督成祿不法事，因言辭激烈激怒同治帝幾至喪命。吳可讀遂因此事歸鄉賦閒，至光緒帝繼位起復。光緒五年，同治帝奉安惠陵之時，吳可讀「自請隨赴襄理。還次薊州，宿廢寺，自縊，未絕，仰藥死，於懷中得遺疏，則請為穆宗立嗣也」〔註14〕。雖然同治帝當年在盛怒之下差點處死吳可讀，但吳可讀卻依然執著的為君盡節。在視儒家綱常倫理思想為安身立命之本的士人心裏，即使君使臣不以禮，可臣事君還是要一如既往的忠。「為人臣者，殺其身有益於君則為之」〔註15〕，吳可讀用自己的生命盡忠盡節，達到了封建綱常倫理要求下一般士人難以企及的高度。這給予平素互以道德文章相砥礪的陳寶琛極大的震撼。不久之後，陳寶琛赴甘肅任鄉試主考官，即以「君子人歟，君子人也」命題。此中既有對吳可讀行為的感佩，也寓有對自己的期望。陳寶琛於辛亥後曾作《吳柳堂御史圍爐話別圖為仲昭題》一詩，其中寫道：「侍御席稿爭失刑，一斥歸臥蘭山陘。當年廷試孰主者？斫伐直木新發硎。寧期再出殉龍馭，秦良衛史公所型。同時四諫接踵起，欲挽清渭澄濁涇。曉曉牖戶及未雨，綱紀之正先朝廷。角弓

〔註12〕陳寶琛：《清誥授光祿大夫體仁閣大學士贈太保張文襄公墓誌銘》，陳寶琛著，劉永翔、許全勝校點：《滄趣樓詩文集》，上海古籍出版社 2006，第 480 頁。

〔註13〕徐一士著：《一士譚薈·陳寶琛》，近代中國史料叢刊本，第 164 頁。

〔註14〕趙爾巽撰：《清史稿·吳可讀傳》，卷四百四十五，列傳二百三十二，中華書局 1977，第 12462 頁。

〔註15〕《禮記·文王世子》，王文錦譯解：《禮記譯解》，中華書局 2001，第 274 頁。

翩反局一變，竄謫流放隨春星。忌醫廿稔藥籠盡，疾瘂永命尊豨苓。抱薪止沸國卒斬，騷魂九死誰能瞑？我交侍御恨已晚，衰涕猶爲同宗零」〔註16〕。也說明在吳可讀精神的感召下，當時之「清流」人物想要濟天下、挽狂瀾，有所作爲的心態。

　　光緒六年（1880），陳寶琛補授右春坊右庶子。更思盡言官之責，以報國家，酬聖恩。當時正值邊疆危機深重之際，俄國蓄謀侵吞伊犁，法國、日本也蠢蠢欲動。陳寶琛乃與時任左春坊左庶子的張之洞聯名上《論俄事界務商務宜並爭摺》，力陳伊犁不可棄，以保國家之領土主權。隨後又上書進諫朝廷要警惕日本的狼子野心，不可姑息養奸。「日本之親我與否，亦視我之強弱而已。……使日本而能守約，則昔歲無臺灣之師，近年無琉球之役矣。……俄人遣海部派師船臚集於長崎，蟻屯於海參崴，成師而出，必不虛歸。若我爲弦高阻秦之舉，則俄必爲孟明滅滑之謀。……非徒唇齒之患，實爲腹心之憂」〔註17〕。在奏摺中陳寶琛還仔細分析了清王朝面臨的局面：「自道咸以來，中國爲西人所侮，屢爲城下之盟，所定條約，挾制欺陵，大都出地球公法之外」〔註18〕。並期望統治者能夠修明內政，使文武同心，共禦外侮：「若我中國大勢，內政清明，將相輯睦，與倭霄壤固不待言，即論兵力、財力，以之拒俄，或當全力支拄；以之拒倭，實爲恢恢有餘」〔註19〕。

　　陳寶琛以傳統儒家的是非原則爲一己論人論事之準則。其糾彈時弊無論事涉宮闈抑或權臣，皆不計個人榮辱利害。他彈劾曾國荃玩忽職守時，言其「戰不能戰，防不能防，且以事權不重，時懷不平。怯

〔註16〕陳寶琛：《吳柳堂御史圍爐話別圖爲仲昭題》，陳寶琛著，劉永翔、
　　　　許全勝校點：《滄趣樓詩文集》，上海古籍出版社 2006，第 167 頁。
〔註17〕陳寶琛：《論球案不宜遽結倭約不宜輕改摺》，陳寶琛著，劉永翔、
　　　　許全勝校點：《滄趣樓詩文集》，上海古籍出版社 2006，第 781～782
　　　　頁。
〔註18〕陳寶琛：《論球案不宜遽結倭約不宜輕改摺》，陳寶琛著，劉永翔、
　　　　許全勝校點：《滄趣樓詩文集》，上海古籍出版社 2006，第 782 頁。
〔註19〕陳寶琛：《論球案不宜遽結倭約不宜輕改摺》，陳寶琛著，劉永翔、
　　　　許全勝校點：《滄趣樓詩文集》，上海古籍出版社 2006，第 783 頁。

儒之詞、怨望之語，昌言不諱，遠近流聞」〔註20〕。言辭鋒利，絲毫沒有顧忌這位爲清廷立下赫赫武功之封疆大吏的情面；光緒六年（1880）十二月，太監李三順恃勢強出午門與值日護軍鬥毆不果，因而誣告護軍，事涉其時威權日盛的慈禧太后。時任刑部尚書兼南書房行走的潘祖蔭查得實情，欲依法辦理，卻被慈禧痛罵，乃至「祖蔭回署對司官痛哭」〔註21〕。時任工部尚書的翁同龢在其日記中寫道：「昨日午門案上，聖意必欲置重辟，樞臣力爭不奉詔，語特繁。今日命傳諭內務府、刑部堂官，仍須加重罪名也。……竊思漢唐以來，貂璫之弊，往往起於刑獄。大臣無風骨，事勢漸危，如何如何」〔註22〕。法令與威權之間的衝突，使朝臣陷入窘境。此時，居於言路的陳寶琛冒著開罪慈禧的風險慨然上奏，爲朝廷爭綱紀，爲護軍爭公理。其後護軍得到寬大處理，翁同龢乃在日記裏記述道：「前日庶子陳寶琛、張之洞各有封事爭此，可見聖人虛懷，大臣失職耳，既感且愧」〔註23〕。陳寶琛之凜凜風骨由此足現。

陳寶琛秉持聖人之道，以維護綱常倫紀爲其責無旁貸的使命。深感自己「職司記注，有補闕拾遺之責」〔註24〕，故此在十餘年仕宦生涯中屢上摺奏事，舉凡內政外交，事無鉅細。上至宮廷，下到府縣。以報國濟時之心舉賢斥不肖，直言無忌。光緒帝曠學，他本著「以懋宸修而培政本」〔註25〕的原則進諫，要求照常進講；慈安薨，奉安定

〔註20〕陳寶琛：《請調易曾國荃督防山海關片》，陳寶琛著，劉永翔、許全勝校點：《滄趣樓詩文集》，上海古籍出版社2006，第784頁。
〔註21〕榮孟源，章伯鋒主編：《近代稗海》第1輯，四川人民出版社1985，第31頁。
〔註22〕翁同龢撰，陳義杰點校：《翁同龢日記》第三冊，中華書局1993，第1530頁。
〔註23〕翁同龢撰，陳義杰點校：《翁同龢日記》第三冊，中華書局1993，第1532頁。
〔註24〕陳寶琛：《密請懿旨特寬午門兵丁罪名片》，陳寶琛著，劉永翔、許全勝校點：《滄趣樓詩文集》，上海古籍出版社2006，第791頁。
〔註25〕陳寶琛：《請召毓慶宮諸臣照常進講摺》，陳寶琛著，劉永翔、許全勝校點：《滄趣樓詩文集》，上海古籍出版社2006，第798頁。

東陵。慈禧稱病不願親送，他又上《請緩定東陵永遠奉安摺》以尊祖制，崇孝道。更在《星變陳言摺》中一口氣彈劾了寶鋆、程祖誥、萬青藜、劉坤一在內的四個大臣。他以公心任事，甚至是知交好友也毫不徇情。光緒八年（1882），張樹聲奏請張佩綸幫辦水師，因不合規制，他也照參不誤：「若張佩綸，累歲上書言事，其才識長短，久在聖明洞鑒之中，本無煩該署督冒昧疏薦。……誠以張佩綸既屬侍從之臣，又有論思之職，固非大臣所可薦揚、疆吏所得引辟也。臣與張佩綸同參講幄，其淡於榮利，臣所深知；而講求時事，見理明決，迥非臣之所及。……請旨將張樹聲交部議處，以為違例陳請者戒」〔註26〕。

　　黃濬在《花隨人聖庵摭憶》中曾對當時「清流」人物略加比較：「南皮雖與繩庵、弢庵善，然南皮惟上條陳言時務，與張陳專事抨擊者不同，故官運殊佳」〔註27〕。事實上陳寶琛以公心任事，並非以糾彈為一己逞心快意之事，對於有益於國家社稷的人，他也會薦舉褒揚。曾紀澤、張之洞在中俄伊犁事件中不辱使命。陳寶琛就曾上摺要求分別予以「破格登擢」〔註28〕與「量加獎顯」〔註29〕；為解國家乏才之患，還曾舉薦「廉明勤職，吏民至今頌之」〔註30〕的卞寶第、「清操碩望，海內所推」〔註31〕的閻敬銘及「戰功素著，清正不阿」〔註32〕的張岳齡。而其舉薦之人俱為一時才俊。

〔註26〕陳寶琛：《論疆臣擅調近臣宜予議處摺》，陳寶琛著，劉永翔、許全勝校點：《滄趣樓詩文集》，上海古籍出版社 2006，第 831 頁。
〔註27〕黃濬著：《花隨人聖庵摭憶》，上海古籍出版社 1983，第 63 頁。
〔註28〕陳寶琛：《請明功罪以示勸懲摺》，陳寶琛著，劉永翔、許全勝校點：《滄趣樓詩文集》，上海古籍出版社 2006，第 797 頁。
〔註29〕陳寶琛：《請明功罪以示勸懲摺》，陳寶琛著，劉永翔、許全勝校點：《滄趣樓詩文集》，上海古籍出版社 2006，第 798 頁。
〔註30〕陳寶琛：《請召用卞寶第閻敬銘張岳齡片》，陳寶琛著，劉永翔、許全勝校點：《滄趣樓詩文集》，上海古籍出版社 2006，第 821 頁。
〔註31〕陳寶琛：《請召用卞寶第閻敬銘張岳齡片》，陳寶琛著，劉永翔、許全勝校點：《滄趣樓詩文集》，上海古籍出版社 2006，第 821 頁。
〔註32〕陳寶琛：《請召用卞寶第閻敬銘張岳齡片》，陳寶琛著，劉永翔、許全勝校點：《滄趣樓詩文集》，上海古籍出版社 2006，第 821 頁。

　　陳寶琛雖以維持儒家風紀爲則，卻並非頑固守舊之人。在清末特殊的中外情勢下，他亦留心洋務，主張變革。據近人何剛德回憶：「當中法未戰之前，陳弢老正在提倡清流，於洋務極意研究。曾借譯署歷年檔案，而屬余分手鈔之，余遂得習知故事」〔註33〕。陳寶琛在替劉銘傳所擬《籌造鐵路以圖自強摺》中就指出修建鐵路的重要性：「自強之道，練兵造器，固宜次第舉行，然其機括則在於急造鐵路。鐵路之利於漕務、賑務、商務、礦務，以及行旅、釐捐者，不可彈述，而於用兵一道，尤爲急不可緩之圖」〔註34〕。光緒七年（1881）他又提出了辦理洋務的具體舉措，再次呼籲重視洋務：「洋務至重也，辦洋務至公也，以至公之心，辦至重之事，非遍天下知之、合天下人謀之不可」〔註35〕。在此次上奏中，陳寶琛建議將總理衙門改爲通商院，「位六部下、理藩院上，置尚書侍郎員額，留現充總署大臣一二人，以資熟手，再於各部院及沿海督撫出使諸臣中擇風節剛正、才略通明而爲眾望所孚者，特簡數人，分充其任」〔註36〕。而且要求「定中外交涉之律……會總理衙門參合中西律意，訂一公允章程，商布各國，勒爲科條」〔註37〕。這些思想及建議在當時均是一般士人未曾思及之事，都不失爲可行之策。在十九世紀八十年代的中國，陳寶琛的識見遠超一般士人。

　　陳寶琛於光緒八年赴江西任鄉試正考官，同年八月任江西學政，在贛期間就中法戰事連上數摺，情辭懇切一力主戰：「然臣所鰓鰓私

〔註33〕何剛德著：《春明夢錄·客座偶談》，春明錄上，上海古籍書店 1983 年影印，第 33 頁。

〔註34〕陳寶琛：《籌造鐵路以圖自強摺》，陳寶琛著，劉永翔、許全勝校點：《滄趣樓詩文集》，上海古籍出版社 2006，第 785～786 頁。

〔註35〕陳寶琛：《條陳講求洋務六事摺》，陳寶琛著，劉永翔、許全勝校點：《滄趣樓詩文集》，上海古籍出版社 2006，第 809 頁。

〔註36〕陳寶琛：《條陳講求洋務六事摺》，陳寶琛著，劉永翔、許全勝校點：《滄趣樓詩文集》，上海古籍出版社 2006，第 807 頁。

〔註37〕陳寶琛：《條陳講求洋務六事摺》，陳寶琛著，劉永翔、許全勝校點：《滄趣樓詩文集》，上海古籍出版社 2006，第 810 頁。

慮者，不在議戰之無人，而在主戰之不定；不在迭勝迭負之連兵莫釋，
而在旋戰旋和之召禍彌深。……無如捨戰而言守，則守不成；捨戰而
言和，則和亦必不久」〔註38〕；並在《論越事不可中止摺》中再次參
劾位高權重的曾國荃：「中興將帥銳志浸銷，曾國荃暮氣屢驅，暗於
用人，怯於任事，以之治軍，反不如吳大澂之精果耐勞也」〔註39〕。
同時也上摺自薦主動請纓，「如果戰事既開，或有用臣之處，艱苦盤
錯，所不敢辭，庶酬特達之知，而盡致身之義」〔註40〕。不久之後，
陳寶琛被任命為會辦南洋大臣，與曾被其參劾的時為兩江總督兼南洋
大臣的曾國荃共事。出於一腔為國為民的熱血，陳寶琛勇於言事，不
計後果。然而宦海風波暗礁處處，其屢屢彈劾權臣顯貴，早已結怨甚
多。以一介素不習戎事的書生典兵，陳寶琛此行注定阻礙重重。如其
自己所言此行「擁會辦之虛名，蒙專奏之重責。位望不足以整軍和眾，
權力不足以調餉用人」〔註41〕實難成事。即使如此，他在南洋任上仍
然盡職盡責、兢兢業業，不畏天氣之惡劣，親自巡視炮臺，勘測水道。
無奈手中並沒有實權，對於防務之積弊也是有心無力。

　　馬尾海戰之前，前往福建會辦海疆事宜的張佩綸曾向陳寶琛求
援，鄉梓情重、知交誼深，雖有心相助，卻無權調動兵馬。曾國荃
為保存一己實力，根本無意撥船援閩。加之「曾督防山海關時，曾
為公所劾，不免心存芥蒂。又自恃隆勳碩望，久歷戎行，視公為少
年新進，亦存藐視之心」〔註42〕。陳寶琛在南洋處處掣肘，諸事難

〔註38〕陳寶琛：《論越事不可中止摺》，陳寶琛著，劉永翔、許全勝校點：《滄
　　　　趣樓詩文集》，上海古籍出版社2006，第843頁。
〔註39〕陳寶琛：《論越事不可中止摺》，陳寶琛著，劉永翔、許全勝校點：《滄
　　　　趣樓詩文集》，上海古籍出版社2006，第846頁。
〔註40〕陳寶琛：《附陳戰事如開不辭效用片》，陳寶琛著，劉永翔、許全勝
　　　　校點：《滄趣樓詩文集》，上海古籍出版社2006，第849頁。
〔註41〕陳寶琛：《瀝請陛見片》，陳寶琛著，劉永翔、許全勝校點：《滄趣樓
　　　　詩文集》，上海古籍出版社2006，第855頁。
〔註42〕張允僑：《閩縣陳公寶琛年譜》，陳寶琛著，劉永翔、許全勝校點：《滄
　　　　趣樓詩文集》，附錄三，上海古籍出版社2006，第715頁。

爲。馬尾海戰以中方慘敗告終，陳寶琛情急之下甚至有自己募兵備戰的想法。「擬籲請天恩，准臣別募五六營，遴員管帶，參合中西之法，教練成軍。……惟以臣權略不足、威望未孚，積重之局既不能輕議更張，分駐之軍又未便意爲抽調，捨此別無藉手，以分曾國荃戰守之勞，而副聖主所以磨煉微臣之意」〔註43〕，情辭懇切，內裏卻透露出諸多無奈、沉痛之情。

不久後，陳寶琛丁母憂歸家。未幾因前推薦唐炯、徐延旭事坐罪，降五級調用。陳寶琛十餘年仕宦生涯，少遇挫折。不料一朝被貶，如從青雲墮入深淵。而此時他正處於三十八歲的盛年，「無人解會傷心處，只道先生避俗歸」〔註44〕。

陳寶琛自幼接受儒家傳統教育，又深受家風薰習。入仕後輾轉於翰詹科道之職，居言路任臺諫。十餘年朝官，出京不是爲科舉之考官即爲負責文教之學政，其思想根植於儒家思想並以之爲立身行事之準則，尤注重以儒家風操氣節衡人量事。光緒八年陳寶琛任江西鄉試正考官，便以《論語》之「歲寒然後知松柏之後凋也」命題，即寓有時勢方艱，正是考驗士人德操風節之時的寓意。其在江西大力糾正士風，延謝章鋌主白鹿洞書院，以道德風節爲育人之首要宗旨。並親題學署楹聯「作君子自辨義利始；舉秀才須明經傳人」〔註45〕。其時在西學東漸的風潮之下，傳統儒家思想日漸受到衝擊。「邇來講堂漸同祠祿，欲得經明行修之士，薰善於鄉，爲士民矜式者，往往難之」〔註46〕，在這種形勢下，陳寶琛更加注重提倡士人之道義風節。故對其

〔註43〕陳寶琛：《請募勇參用西法教練摺》，陳寶琛著，劉永翔、許全勝校點：《滄趣樓詩文集》，上海古籍出版社2006，第870～871頁。

〔註44〕陳寶琛：《酒坐晤日本黃葉秋造爲述受姓之自錄示先德溪邊掃落葉絕句依韻》，陳寶琛著，劉永翔、許全勝校點：《滄趣樓詩文集》，上海古籍出版社2006，第262頁。

〔註45〕張允僑：《閩縣陳公寶琛年譜》，陳寶琛著，劉永翔、許全勝校點：《滄趣樓詩文集》，附錄三，上海古籍出版社2006，第711頁。

〔註46〕陳寶琛：《請加鄭維駒京銜片》，陳寶琛著，劉永翔、許全勝校點：《滄趣樓詩文集》，上海古籍出版社2006，第850頁。

認為符合儒家倫理道德的士人大加讚賞。江西士人鄭維駒就因「內行敦篤，人無閒言。通籍後，以父老不忍遠離，假歸侍奉。及父歿，自傷祿養不逮，甘處貧約，薦辟弗出，若將終身。……主信江書院十有餘年，學規整肅，尤以嚴辨義利為主」〔註47〕，而受到陳寶琛的大力推薦。站在陳寶琛的立場，其所能做的也只是從久遠厚重的儒家思想文化積澱中，尋找前人已有之經驗來講求補救之道。他不可能跳出自己所處的時代去懷疑聖人之道的合理性，也不可能從根本上去否定厚重的「祖宗家法」。

　　光緒十年（1884），陳寶琛本著「以崇實學、以勵人才」〔註48〕的想法，提出一個在當時堪屬大膽的建議。以黃宗羲、顧炎武從祀文廟。「方今世變所趨，士風漸斁，僥倖科舉，廢棄詩書。其或粗通訓詁，則妄訾宋儒；略識時務，又迂視王道。人才之衰，肇於學術，若得宗羲、炎武二人樹之風聲，動其觀感，使天下咸曉然於學問經濟自有本原，理非空談，功無速化，行己以有恥為質，讀書以有用為程，則功名不貽氣節之羞，而風俗可受師儒之益。其轉移教化，諒非淺鮮，蓋不獨有光學校已也」〔註49〕。黃、顧二人以文章學術名世，但更以其道義風節為天下士人模楷。在時勢日非，世風日下的晚清末季，內憂外患的大清王朝已經不復往日之穩固，作為社會精英階層的有識士人，陳寶琛已經感到世風漸變之趨向，感到傳統儒家思想文化在面臨危機，日漸動搖。所以他希望通過樹立士人模楷的方式來強調士人風節，以勵人心，裨教化。由此也可見出陳寶琛深受聖人之道濡染的儒學思維定式。陳寶琛以儒家道義為則，頗望有為於世，有補於時。其以踔厲風發之筆為天下爭是非，一心為國家社稷拾遺補缺，糾察時

〔註47〕陳寶琛：《請加鄭維駒京銜片》，陳寶琛著，劉永翔、許全勝校點：《滄趣樓詩文集》，上海古籍出版社2006，第850頁。

〔註48〕陳寶琛：《請以黃宗羲顧炎武從祀文廟摺》，陳寶琛著，劉永翔、許全勝校點：《滄趣樓詩文集》，上海古籍出版社2006，第852頁。

〔註49〕陳寶琛：《請以黃宗羲顧炎武從祀文廟摺》，陳寶琛著，劉永翔、許全勝校點：《滄趣樓詩文集》，上海古籍出版社2006，第853頁。

弊。無奈「不畏蕭艾滋，但愁乏香草」〔註50〕，終因直言遭忌，致使盛年受挫。其南歸林下，築樓「北望」，卻始終惓惓君國，難忘時事。

第二節 「河清夢想身親見」〔註51〕「廿年如夢漫留痕」〔註52〕──壯年謫居的賦開時期

「一代之興亡，其繫於輔臣與諫官也乃若此哉」〔註53〕，陳寶琛本胸懷儒家濟世志，繫心於君國朝政，以詩為餘事。雖受挫歸里，卻依然關注時事，「長有歲寒心一寸，萬年枝上看春歸」〔註54〕。然而盛年被黜，有志難申，一懷愁緒，難以開解，唯有借詩遣懷。陳三立在為其詩集作序時即言：「公早歲官禁近，已慷慨以身許國。勇於言事，章疏凡數十上，動關匡拂朝廷、培養元氣大計，直聲風節傾天下。初未遑狃章句求工於詩也。……坐微罪被遣，廢居鄉里竟二十餘年。戢影林壑，繫心君國，蓋抱偉略，鬱而不舒，袖手結舌，無可告語。閒放之歲月，遂假吟詠自遣」〔註55〕。陳寶琛中年歸里之後，方始優游林泉，以山水詩賦自娛，遂為閩派詩人中堅。閩地詩風宗尚宋詩，「溯源韓、孟，於宋人偏重於梅堯臣、王安石、陳師道、陳與義、姜夔」〔註56〕。陳寶琛於詩少學放翁，歸里後多與陳書、陳衍、謝章

〔註50〕 陳寶琛：《送孝達前輩巡撫山西》，陳寶琛著，劉永翔、許全勝校點：《滄趣樓詩文集》，上海古籍出版社2006，第261頁。

〔註51〕 陳寶琛：《訪伯平吳門》，陳寶琛著，劉永翔、許全勝校點：《滄趣樓詩文集》，上海古籍出版社2006，第101頁。

〔註52〕 陳寶琛：《聽水第二齋落成幼點嘿園同賦》，陳寶琛著，劉永翔、許全勝校點：《滄趣樓詩文集》，上海古籍出版社2006，第101頁。

〔註53〕 陳寶琛：《林文直公奏議序》，陳寶琛著，劉永翔、許全勝校點：《滄趣樓詩文集》，上海古籍出版社2006，301頁。

〔註54〕 陳寶琛：《酒坐晤日本黃葉秋造為述受姓之自錄示先德溪邊掃落葉絕句依韻》，陳寶琛著，劉永翔、許全勝校點：《滄趣樓詩文集》，上海古籍出版社2006，第262頁。

〔註55〕 陳三立：《滄趣樓詩集序》，陳三立著，李開軍校點：《散原精舍詩文集》，上海古籍出版社2003，第1113頁。

〔註56〕 錢仲聯：《論同光體》，錢仲聯著：《夢苕庵清代文學論集》，齊魯書社1983，第115頁。

鋌、葉大莊等人交遊往還，詩學取徑受陳書影響尤大。陳書詩以學宋
爲主，曾於「同治季年，乃與葉損軒中書、徐仲眉副將、陳芸敏編修，
倡爲屬樊榭、金冬心、萬柏坡、祝芷塘輩清幽刻削之詞」〔註57〕，倡
導閩地詩人學宋詩。而陳寶琛與陳書「剪燭論詩，夜深不倦」，〔註58〕
「時以句法相質疑」〔註59〕、「奇疑正許夜深論」〔註60〕。每有詩作
必與陳書商定。陳寶琛後來在談到自己的詩學取徑時曾說：「予初學
詩於鄭仲濂丈，謝丈枚如導之學高、岑，吳丈圭庵引之學杜，而君兄
弟（陳書、陳衍）則稱其類荊公，木庵且欲進之以山谷」〔註61〕。在
這些友朋之中，陳寶琛與謝章鋌的交往則更多的是以儒家之君子人格
相砥礪。謝章鋌本碩儒，一生致力於以道德文章裨補世道人心。對陳
寶琛期望甚大，曾以張亨甫詩「期君正有千秋事，視我眞爲一代人」
勉之。

　　陳寶琛從里居到復出之前的詩作，歸入《滄趣樓詩集》前五卷。
起於光緒十三年（1887）迄光緒三十四年（1908），詩作前後跨度 21
年，雖不乏優游山水，友朋唱和之作，但沉思前事，懷舊憂時的心結
卻始終鬱積在陳寶琛的心裏揮之不去。其雖賦閒居家，心中終究還是
放不下忠君報國之念。

　　陳寶琛歸里之初，「清流」餘波未息，由言事而來的降罪貶職之
厄還在咀嚼反思之中。此期之心境，在與張佩綸的往來唱和中尤能體
現。其對昔日京師同僚之感懷思念，既有摯友之間同氣相求的情深意
篤，亦有用世報國之志終成一夢的失落悲慨。個人、友朋、君國多種

〔註57〕陳衍：《石遺室詩話》，卷一，張寅彭、戴建國校點：《民國詩話叢編》
　　　　本，上海書店出版社 2002，第 31 頁。
〔註58〕陳衍：《陳石遺詩論合集》，福建人民出版社 2001，第 890 頁。
〔註59〕陳衍：《石遺室詩話》卷一，張寅彭、戴建國校點：《民國詩話叢編》
　　　　本，上海書店出版社 2002，第 24 頁。
〔註60〕陳衍：《石遺室詩話》卷一，張寅彭、戴建國校點：《民國詩話叢編》
　　　　本，上海書店出版社 2002，第 24 頁。
〔註61〕陳寶琛：《陳君石遺七十壽序》，陳寶琛著，劉永翔、許全勝校點：《滄
　　　　趣樓詩文集》，上海古籍出版社 2006，第 347～348 頁。

思緒錯綜交織，發而爲詩，自然是句工意切，回味悠長。

> 東坡飲啖想平安，塞上秋風又戒寒。
> 此別豈徒吾輩事，即歸能復橐時歡？
> 數聲去雁霜將降，一片荒雞月易殘。
> 獨自聽鐘兼聽水，山樓醒眼夜漫漫。〔註62〕

此詩作於光緒十三年（1887），其時陳寶琛甫歸里第未久，年屆不惑，正是報效國家、施展抱負之盛年，卻只能幽居林下，徒留感喟。靜寂的夜，清涼如水。思及同病相憐、惺惺相惜的摯友，此刻正謫戍遠方。念及昔日聯睇一時的京華歲月，倏忽之間彷彿一夢，空辜負了滿腔的濟世情懷。往昔澄清天下的志向已漸行漸遠，只留現實的無奈鬱結於心，揮之不去。「數聲去雁霜將降，一片荒雞月易殘」，流光易逝，時不我待，卻也只能是「獨自聽鐘兼聽水，山樓醒眼夜漫漫」。長夜漫漫、滿懷心緒，耳邊傳來的是清涼的鐘聲、水聲……似乎聲聲都落到了詩人的心上。此詩情眞景眞，讀來一片悽楚意味，讓人回味不盡。頗能代表陳寶琛此時之心緒。光緒十四年（1888）陳寶琛聞聽謫戍期滿的張佩綸歸京，激動之餘乃作《蕢齋自塞上和前詩疊韻寄京師》：「觀棋聞又入長安，金玦三年信誓寒。雨夜夢回疑婦歎，竹林酒熟憶朋歡。肯將龜筴從詹尹，倘愛鐘魚對懶殘，住慣煙波怕塵土，停雲直北奈迷漫」〔註63〕。張佩綸得詩後曾給陳寶琛寄小像一幅，陳寶琛遂又賦詩回贈：「十載街西形影隨，五年南北尺書遲。夢中相見猶疑瘦，別後何時已有髭。機盡狎鷗元自適，聲銷賣藥漸無知。江心憶拜張都像，熱淚如潮雨萬絲」〔註64〕，詩中歷述昔年京華十載相契及別後音書通問之情，「夢中相見猶疑瘦，別後何時已有髭」之句尤爲時人傳誦。隨後又憶起當年張佩綸因馬尾戰役失敗被貶北歸，兩人相

〔註62〕陳寶琛：《七月廿五夜山中懷蕢齋》，陳寶琛著，劉永翔、許全勝校
　　　　點：《滄趣樓詩文集》，上海古籍出版社 2006，第 2 頁。
〔註63〕陳寶琛：《蕢齋自塞上和前詩疊韻寄京師》，陳寶琛著，劉永翔、許
　　　　全勝校點：《滄趣樓詩文集》，上海古籍出版社 2006，第 5 頁。
〔註64〕陳寶琛：《蕢齋以小像見貽題寄》，陳寶琛著，劉永翔、許全勝校點：
　　　　《滄趣樓詩文集》，上海古籍出版社 2006，第 6 頁。

見送別事。撫今追昔，不由「熱淚如潮」。這「海天南北一情絲」〔註65〕牽繫著兩人共同的理想抱負、共同的深刻記憶，詩短情長，交誼畢現。

　　光緒二十四年（1898），陳、張二人都已年過半百，暌隔十五年之後，終於在滬上重逢。

　　　　相看短髮未全斑，十五年來一瞬間。可似東坡遇莘老，安排浮白對青山。

　　　　小阮匆匆去入朝，阿瑛話舊最魂銷。早知萬事皆前定，秋雨橫街說鬼宵。

　　　　卻將談笑洗蒼涼，三夜分明夢一場。記取吳淞燈裏別，不須寒雨憶洪塘。〔註66〕

　　經歷了十五年的風雨滄桑，昔日激昂慷慨、意氣風發的「清流」人物早已斂盡鋒芒。追懷往事，不勝今昔之感。而時局日壞，二人空有報國之心卻無有請纓之路。在徒喚奈何的感慨中，兩位老友也只有對青山，浮大白，將幾許傷心事，全部浸入酒杯中了。

　　光緒二十七年（1901），清廷與列強簽訂辛丑合約，中國最終淪為半殖民地半封建社會。這對於心憂國事，一直渴求國強民富的士人來說尤為可痛。「病中始覺身真老，亂後猶疑事可為。一昨夢痕芳草改，半生心緒夜誰知」〔註67〕；「茫茫正復憂來日，去去誰堪憶盛年？終就名園求一醉，清池古木夜床聯」〔註68〕。陳寶琛空懷著治世的抱負，卻眼看著國勢日非，無可奈何。想要就此退居田園求一醉，卻終歸難捨心底執著的濟世情懷。陳寶琛心中這種輾轉反覆難以消解的鬱

〔註65〕陳寶琛：《簣齋和詩見懷疊韻再寄》，陳寶琛著，劉永翔、許全勝校點：《滄趣樓詩文集》，上海古籍出版社2006，第6頁。
〔註66〕陳寶琛：《滬上與簣齋會話》，陳寶琛著，劉永翔、許全勝校點：《滄趣樓詩文集》，上海古籍出版社2006，第32～33頁。
〔註67〕陳寶琛：《病中答簣齋書感賦》，陳寶琛著，劉永翔、許全勝校點：《滄趣樓詩文集》，上海古籍出版社2006，第50～51頁。
〔註68〕陳寶琛：《病中答簣齋書感賦》，陳寶琛著，劉永翔、許全勝校點：《滄趣樓詩文集》，上海古籍出版社2006，第51頁。

結，在張佩綸鬱鬱而終後，噴湧而出：

> 雨聲蓋海更連江，迸作辛酸淚滿腔。
> 一酹至言從此絕，九幽孤憤孰能降？
> 少須地下龍終合，孑立人間鳥不雙。
> 徙倚虛樓最腸斷，年時期與倒春缸。〔註69〕

正是那難以言喻卻讓彼此始終耿耿於懷的「九幽孤憤」，使得這滿腔辛酸淚如此沉痛。志同道合、同氣相求的摯友一朝辭世，自己這滿懷心事，再無人明瞭。以詩悼人，亦是自傷。此詩道盡兩人生死交情，讀來更「令人增氣誼之重」〔註70〕。

可以說陳寶琛與張佩綸之死生交誼，凝結了陳寶琛十餘年京華生涯的全部記憶。激昂慷慨的清議歲月，渴望澄清天下的理想抱負，以及盛年遭貶的痛苦經歷，這些記憶又隨著朝政時局的不斷惡化，而歷久彌篤。不久之後，陳寶琛在整理歷年與張佩綸往來手札時，往事再次浮上心頭，不禁悲從中來，感慨萬端：

> 人壽不如紙，何論命厚薄。手書積卅年，斬若墨新著。
> 行藏細事耳，膠漆吾與若。所憾廿載中，囚置一涯各。會話何匆匆，命駕復虛諾。早知但一面，悔不十日釂。憑棺邈山河，歸夢更安託？發篋向風簷，瞿然九原作。
>
> 君才十倍我，而氣亦倍之。等閒弄筆箭，時複雜怒嬉。東坡乃天人，群怪吠故宜。只惜元祐政，廓壞無一遺。頗亦憨君激，何妨少委蛇。胡為料虎頭？一斥瀕九危。世運實丁此，陸沉坐咎誰？茲境怳昨昔，三復涕漣洏。〔註71〕

人生無常，窮通壽夭難料。三十載相交，歷歷如在眼前。雖南北暌隔，總覺尚有相見之機會，不曾想一朝分別竟然成永隔。斯人已去，

〔註69〕 陳寶琛：《入江哭蒉齋》，陳寶琛著，劉永翔、許全勝校點：《滄趣樓詩文集》，上海古籍出版社2006，第58頁。

〔註70〕 汪辟疆：《光宣以來詩壇旁記》，《汪辟疆說近代詩》，上海古籍出版社2001，第194頁。

〔註71〕 陳寶琛：《檢蒉齋手札愴然有感》，陳寶琛著，劉永翔、許全勝校點：《滄趣樓詩文集》，上海古籍出版社2006，第61頁。

手書若新。睹物思人，更添傷感。從前行藏細事，不由都到眼前。張佩綸一生恃才傲物，從不對權貴假以詞色。雖是因馬尾戰敗事貶謫戍邊，實際卻爲鋒芒畢露、彈劾無忌而獲罪。張佩綸「生平希慕蘇文忠，遭際復相類」〔註72〕，故陳寶琛以東坡喻之，以國士目之，認爲其「一身之升沉榮瘁，實爲人才消長、國運隆替所繫」〔註73〕。只可惜「元祐」政壞因「群怪」，致使張佩綸最終不能用於世。詩中歎息張佩綸之坎坷遭際的同時，亦寓含了自己眼見政事窳敗卻無奈束手的憤懣。

　　昔日京師同僚中，寶廷尚與陳寶琛交好。寶廷在清流同仁中對政局變幻較爲敏感，在陳寶琛等人還認爲通過清流建言獻策之舉，可以匡救時弊大有可爲之時，「救時亦已亟，報國未爲早。……所期合英賢，補袞翊皇造」〔註74〕，寶廷已隱隱感到仕途風波在暗中洶湧了：「性疏罹禍易，恩重全身難」〔註75〕。於是寶廷以一種特殊的方式以求遠禍全身。光緒八年（1882）陳寶琛赴江西任鄉試主考官之時，寶廷亦前往福建主考。其於歸途之中，納江山船戶之女爲妾，返京後自劾落職，潦倒終老。唯餘二子也在庚子事變中罹難，甚爲淒慘。陳寶琛還鄉後，二人再未晤面。光緒十六年（1890），寶廷卒於京。由於南北暌隔，是年除夕陳寶琛才得知消息。震驚之下，傷痛不已：「大夢先醒棄我歸，乍聞除夕淚頻揮。隆寒並少青蠅弔，渴葬懸知大鳥飛。千里訣言遺稿在，一秋失悔報書稀。黎渦未算平生誤，早羨陽狂是鏡機」〔註76〕。當年的清流諸人其後紛紛獲罪，寶廷雖以自劾之舉，遠

〔註72〕陳寶琛：《張簣齋詩集序》，陳寶琛著，劉永翔、許全勝校點：《滄趣樓詩文集》，上海古籍出版社2006，第306頁。

〔註73〕陳寶琛：《張簣齋詩集序》，陳寶琛著，劉永翔、許全勝校點：《滄趣樓詩文集》，上海古籍出版社2006，第306頁。

〔註74〕陳寶琛：《送孝達前輩巡撫山西》，陳寶琛著，劉永翔、許全勝校點：《滄趣樓詩文集》，上海古籍出版社2006，第261頁。

〔註75〕寶廷：《送張孝達前輩巡撫山西》，寶廷著，聶世美校點：《偶齋詩草》，上海古籍出版社2005，第54頁。

〔註76〕陳寶琛：《哭竹坡》，陳寶琛著，劉永翔、許全勝校點：《滄趣樓詩文集》，上海古籍出版社2006，第8頁。

離政治爭鬥的漩渦。卻以宗室之貴潦倒至死，比之陳寶琛、張佩綸之輩，境遇更爲淒慘，每每念之都令人心有戚戚。陳寶琛雖貶居鄉里，但內心深處孜孜以求，始終無法忘懷的還是經世致用，實現儒家士人心目中至高的「道」。故此當年爲官京師，以儒家道義爲風則，通過進諫建言、糾彈時弊來爭天下之是非，實現澄清天下之理想的「清流」歲月就成爲其理想信念的寄託，縈繞心頭終生不忘。睹物思人之際一觸即發，詩篇之內亦三致志焉。無論是張佩綸還是寶廷，其人其事都是陳寶琛往日記憶的一部分。時政之日非、世事之無常，總是能勾起陳寶琛內心匡時濟世的願望和志業不遂的遺憾。「往日回思眞可惜，眾芳萎絕更誰任」〔註77〕？假如「眾芳」尚在，縱使不能澄清涇水，國事或許不會一壞如斯吧。不忘時事，報效君國之志始終置於心上，「同時四諫接踵起，欲挽清渭澄濁涇」〔註78〕的往事也就總是清晰如昨。

　　陳寶琛性愛山水，歸里之後建樓「滄趣」、築寮「聽水」，時做田園之想、山水之遊。

　　　　岩居名聽水，無水亦良佳。秋早蟬聲變，林深鳥性諧。
枯禪依絕澗，夜氣足吾齋。〔註79〕

　　　　數竿竹外無多地，半屬梅花半屬蘭。留客便盤圓石坐，
借書慣就綠陰攤。空階馴雀尋常下，小沼潛魚自在寬。有
酒不應成獨飲，牆頭還泥好煙鬟。〔註80〕

　　由雲龍在《定庵詩話》中曾評：「陳聽水詩，如入道老僧，避塵墨客；至其田園蕭散處；亦復嗣音王、孟，接響黃、陳」〔註81〕。這

〔註77〕 陳寶琛：《題鄧鐵香鴻臚遺墨》，陳寶琛著，劉永翔、許全勝校點：《滄趣樓詩文集》，上海古籍出版社2006，第164頁。

〔註78〕 陳寶琛：《吳柳堂御史圍爐話別圖爲仲昭題》，陳寶琛著，劉永翔、許全勝校點：《滄趣樓詩文集》，上海古籍出版社2006，第167頁。

〔註79〕 陳寶琛：《七月望後陪謝枚如丈山居》，陳寶琛著，劉永翔、許全勝校點：《滄趣樓詩文集》，上海古籍出版社2006，第2頁。

〔註80〕 陳寶琛：《宿灌畬山居》，陳寶琛著，劉永翔、許全勝校點：《滄趣樓詩文集》，上海古籍出版社2006，第8頁。

〔註81〕 由雲龍撰：《定庵詩話》，卷下，《民國詩話叢編》第三冊，上海書店出版社2002，第596～597頁。

些流連山水田園之作靜謐空靈、清新淡雅，靜心避俗之感悟，家居閒
適之樂趣兼而有之。其《滄趣樓雜詩》更是如清清溪水，自然流淌。
意境淡遠，餘韻無窮：

> 平生好樓居，亦愛數竿竹。收身及未老，隨分得小築。
> 東牖延夏涼，南榮納冬燠。有池亦有榭，蓊然翳眾綠。奉
> 親是吾事，幸不藉微祿。十年欠美睡，一簟斯已足。醒來
> 聞叩門，鄰家荔新熟。〔註82〕

> 出門何所適，長歲具一舟。潮來月如盆，掛席恣溯遊。
> 群季已滿載，無用更命儔。就網賣魚煮，棹入山影幽。鷓
> 鴣四五雙，驚飛過前洲。流連苦月促，潮亦不我留。後夜
> 潮應寬，不知月好不？〔註83〕

陳寶琛論詩之語較少，其里居之後始著意為詩。轉益多師，唐宋
皆取，終歸於宋。「嘗自言，少時學詩得力於劍南為多。……甲申以
前，志在用世，未遑狃於章句。至是戢影家園，優游林壑，蓋謀偉抱
鬱而不舒，乃假吟詠以自遣。初讀陶詩以藏鋒斂鍔。繼更出入於昌黎、
半山、玉局諸大家，風格遒勁，韻味悠長，而感物造端，蘊藉綿邈，
始終不失溫柔敦厚之旨」〔註84〕。其丁亥（1887）至戊申（1908）之
間的詩作可見出其詩學淵源和詩歌風格形成之軌跡：

> 蘇黃押韻有家法，險重全用神力擔。〔註85〕

> 當年憂天亦自哂，寧料及世滄塵揚。山中麻鞋闕奔問，
> 讀詔西向涕泗滂。〔註86〕

〔註82〕陳寶琛：《滄趣樓雜詩》，陳寶琛著，劉永翔、許全勝校點：《滄趣樓
詩文集》，上海古籍出版社2006，第11頁。

〔註83〕陳寶琛：《滄趣樓雜詩》，陳寶琛著，劉永翔、許全勝校點：《滄趣樓
詩文集》，上海古籍出版社2006，第12頁。

〔註84〕張允僑：《閩縣陳公寶琛年譜》，陳寶琛著，劉永翔、許全勝校點：《滄
趣樓詩文集》，附錄三，上海古籍出版社2006，第721頁。

〔註85〕陳寶琛：《倣玉和雪詩並示與含晶酬倡諸作用倒疊韻奉酬》，陳寶琛
著，劉永翔、許全勝校點：《滄趣樓詩文集》，上海古籍出版社2006，
第18頁。

〔註86〕陳寶琛：《感別小帆世丈移藩湖南》，陳寶琛著，劉永翔、許全勝校
點：《滄趣樓詩文集》，上海古籍出版社2006，第37～38頁。

人間何夕付休休？碧海青天有盡頭。一曲霓裳空自惜，千年靈藥可應求？〔註87〕

吾生三度閏中秋，今日言愁始欲愁。便擬登臺歌水調，高寒何處是瓊樓？……後夜山河可爾圓？中興元是北征年。沉沉八萬三千戶，頭白吳剛獨未眠。〔註88〕

蒸愁作詩牢成城，一字動費髭數莖。〔註89〕

敢復跫然望足音？年來眞率亦銷沉。淡交滋味心難忘，已失涪翁又石林。〔註90〕

不材社櫟敢論年？刻畫無鹽正可憐。萬事桑榆虛逐日，半生草莽苦憂天。身名於我曾何與，心跡微君孰與傳？獨愧老來詩不進，嗜痂猶說近臨川。〔註91〕

頗怪後山吟太激，（小注：謂伯嚴贈作）欲攜二友爲君醫。（小注：東坡以陶柳集爲南遷二友）〔註92〕

　　從以上詩作可看出陳寶琛詩出入唐宋諸大家並上至陶淵明，最終取法王安石，故有「獨愧老來詩不進，嗜痂猶說近臨川」〔註93〕之語。陳衍曾多次評論其詩歌風格近於王安石：「余嘗謂達官而足山林氣者，莫如荊公，大謝、柳州抑無論矣。弢庵意在學韓，實似荊

〔註87〕陳寶琛《次韻枚如丈中秋對月》，陳寶琛著，劉永翔、許全勝校點：《滄趣樓詩文集》，上海古籍出版社2006，第39頁。

〔註88〕陳寶琛：《閏中秋》，陳寶琛著，劉永翔、許全勝校點：《滄趣樓詩文集》，上海古籍出版社2006，第39頁。

〔註89〕陳寶琛：《七月十五夜與幼點泛月同賦兼答珍午再疊之意三疊前韻》，陳寶琛著，劉永翔、許全勝校點：《滄趣樓詩文集》，上海古籍出版社2006，第43頁。

〔註90〕陳寶琛：《聽水齋雜憶》，陳寶琛著，劉永翔、許全勝校點：《滄趣樓詩文集》，上海古籍出版社2006，第55頁。

〔註91〕陳寶琛：《謝琴南寄文爲壽》，陳寶琛著，劉永翔、許全勝校點：《滄趣樓詩文集》，上海古籍出版社2006，第98頁。

〔註92〕陳寶琛：《寄高嘯桐》，陳寶琛著，劉永翔、許全勝校點：《滄趣樓詩文集》，上海古籍出版社2006，第110頁。

〔註93〕陳寶琛：《謝琴南寄文爲壽》，陳寶琛著，劉永翔、許全勝校點：《滄趣樓詩文集》，上海古籍出版社2006，第98頁。

公，於韓專學清雋一路」〔註94〕；「興趣但在荊公、白傅間」「較近荊公」〔註95〕。林紓則認爲其「所爲詩，體近臨川，而清靖沉遠，挹之無窮，臨川未能過也」〔註96〕。時人這些評論中，尤以汪辟疆之言最爲陳寶琛本人認可。「弢庵詩，初學黃陳，後喜臨川，晚以久更世變，深醇簡遠，不務奇險而絕非庸音，不事生造而決無淺語。至於撫時感事，比物達情，神理自超，趣味彌永。余嘗以和平中正質之，弢庵爲首肯者再，以爲伯嚴、節庵所未道也」〔註97〕。

　　無論是陶淵明還是唐宋諸家，詩歌風格都會隨年齡、環境、經歷而變。詩學取徑既多，後學要力破餘地求新變，自然不能亦步亦趨，生硬模擬。轉益多師，最終取法適合自己個性才情之詩法。加之時代、地域、交遊、經歷之不同，自然無法強斷其詩學淵源。陳寶琛詩中出入陶、杜、韓、蘇、黃、王諸家，而其詩歌風格歸於和平中正、溫柔敦厚，則是無可置疑。

　　而在對這些前賢的學習領悟中，除卻詩歌技法的學習吸納，諸大家之道義風節、人格態度，亦對陳寶琛多有影響。

　　陶淵明有感世亂不願仕篡晉之劉宋，歸耕田園，卻不能忘懷世事。其道義風節、人格魅力歷來爲士人景仰。在清末內憂外患的時局下，陳寶琛閒居里第。雖有心報國卻無處施展，鬱之於心發之爲詩，自然是「幽峭綿遠，清而不腆，枯而能膏，氣肅而聲悲」〔註98〕頗有古遺民詩之氣象；杜甫忠君愛國，繫心百姓。人爲「聖」詩爲「史」，

〔註94〕陳衍：《知稼軒詩序》，陳衍撰，陳步編：《陳石遺集》，福建人民出版社 2001，第 522 頁。

〔註95〕陳衍：《石遺室詩話續編》卷二，張寅彭、戴建國校點：《民國詩話叢編》本，上海書店出版社 2002，第 524 頁。

〔註96〕林紓：《滄趣先生六十壽序》，林紓著：《畏廬文集·詩存·論文》第 23 頁，近代中國史料叢刊本。

〔註97〕汪辟疆：《光宣詩壇點將錄》，汪辟疆撰：《汪辟疆說近代詩》，上海古籍出版社 2001，第 55 頁。

〔註98〕王森然撰：《陳太保弢庵夫子七十壽序》，《國民雜誌》1913 年第一卷第二期。

爲歷代士人楷模。歷代士人詩學杜，亦受杜甫之人格感召；韓愈忠心
爲國，朝奏夕貶；蘇軾、黃庭堅亦因忠心國事，與當權者政見不合，
捲入黨爭而仕途坎坷；陸游之關心時局，世所周知，他一生期盼恢復
山河，夢中都在金戈鐵馬馳騁沙場，生前不見北定中原，至死遺恨。
而王安石雖晚年罷歸金陵，因新法盡廢鬱鬱而終，但他還是在一定程
度上實現了士人「得君行道」的理想，爲後世士人所向往。這些前賢
的共同之處就是以忠直之心爲國爲蒼生，不記個人利害得失。雖仕途
坎坷、一生蹭蹬，終究還是滿腔的忠君愛國。取法前賢，自然不難理
解陳寶琛之詩歌風格的中正平和、溫柔敦厚了。

　　陳寶琛以儒家忠孝節義爲立身行事之本，希求上報君國下濟蒼
生。既然無路報國也就歸家養親，行父之志以盡孝道。其父生平仰慕
范仲淹居廟堂憂其君，處江湖憂其民之高義，以教養爲當世急務。陳
寶琛歸里後，即「教鄉人紡織，仿社倉意爲平糶，修社學，設義塾，
以課鄉族子弟」〔註99〕。在朝爲國鞠躬盡瘁，在鄉爲民造福一方。亦
是深受儒家以天下爲己任思想影響的一種體現。

　　「九徵不出出元遲，正氣曾期與護持。獨樂溫公寧本意？見幾疏
傅有餘悲。老成漸已嗟零落，聖主終應念度支。鄭重十年前一話，暑
塵漲上使車時」〔註100〕，時政日壞，朝堂之上卻是老成凋零，無以
爲繼。而在民間，已經是一派民生凋敝之景：「天公不諒耕者苦，當
晴不晴雨不雨。入秋幹嘆逾七旬，淅瀝偶霡何足數。水田龍蛻不斷聲，
山田龜坼無完土。薯藤掀翻隨風飛，稻穗瘦薄向日舞。去年苦水今苦
旱，剜肉可憐瘡不補。煌煌蠲貸閩獨無，匪民之辜誰實主……」〔註
101〕？百姓的生活日益艱辛，詩人看在眼裏，憂在心頭。

〔註99〕陳寶琛：《先光祿公行述》，陳寶琛著，劉永翔、許全勝校點：《滄趣
　　　樓詩文集》，上海古籍出版社2006，第385～386頁。

〔註100〕陳寶琛：《從邸報得朝邑相國凶問愴賦》，陳寶琛著，劉永翔、許全
　　　勝校點：《滄趣樓詩文集》，上海古籍出版社2006，第23頁。

〔註101〕陳寶琛：《苦旱吟》，陳寶琛著，劉永翔、許全勝校點：《滄趣樓詩
　　　文集》，上海古籍出版社2006，第49頁。

甲午戰敗，腐朽無能的清廷與日本簽訂了喪權辱國的《馬關條約》，舉國憤慨。寶琛之父更因之「且憂且憤，居常鬱鬱」〔註102〕，「及馬關約成，益大憤慨，日夜索觀臺灣軍報，至廢寢食」〔註103〕，終至飲恨而逝。

國仇家恨襲上心頭，悲憤交加之際，陳寶琛寫下了傳誦一時的《感春》詩：

　　　　一春誰道是芳時？未及飛紅已暗悲。雨甚猶思吹笛驗，風來始悔樹旛遲。蜂衙撩亂聲無準，鳥使逡巡事可知。輸卻玉塵三萬斛，天公不語對枯棋。

　　　　阿母歡娛眾女狂，十年養就滿庭芳。那知綠怨紅啼景，便在鶯歌燕舞場。處處鳳樓勞剪綵，聲聲羯鼓促傳觴。可憐買盡西園醉，贏得嘉辰一斷腸！

　　　　倚天照海倏成空，脆薄原知不耐風。忍見化萍隨柳絮，倘因集蓼毖桃蟲。到頭蝶夢誰真覺，刺耳鵑聲恐未終。苦學挈皋事澆灌，綠陰涕尺種花翁。

　　　　北勝南強較去留，淚波直注海東頭。槐柯夢短殊多事，花檻春移不自由。從此路迷漁父棹，可無人墜石家樓？故林好在煩珍護，莫再飄搖斷送休。〔註104〕

詩中涉及當時史事，多用典故，寫來含蓄隱晦。有賴陳衍在《石遺室詩話》中為其逐句作疏，時人才得明其旨要。甲午戰爭中，中方內部不和、準備不足卻盲目應戰，遭致慘敗。看著這無法扭轉的枯棋，詩人惟無語唏噓；在這國家危亡之際，掌握朝政大權的慈禧卻只想著逞一己私欲，不顧民怨不恤國難，執意挪用海軍軍費建頤和園以慶壽；洋務三十年以求富強，不曾想甲午一戰，毀於一旦；連一衣帶水

〔註102〕　陳寶琛：《先光祿公行述》，陳寶琛著，劉永翔、許全勝校點：《滄趣樓詩文集》，上海古籍出版社2006，第385～386頁。
〔註103〕　張允僑：《閩縣陳公寶琛年譜》，陳寶琛著，劉永翔、許全勝校點：《滄趣樓詩文集》，附錄三，上海古籍出版社2006，第728頁。
〔註104〕　陳寶琛：《感春四首》，陳寶琛著，劉永翔、許全勝校點：《滄趣樓詩文集》，上海古籍出版社2006，第29～30頁。

的臺灣都要割讓，內政如此不堪，思之怎不令人痛斷肝腸。詩人雖還抱著對當局的一絲幻想，希望統治者能夠吸取教訓，「故林好在煩珍護，莫再飄搖斷送休」。只是這腐朽無能的朝廷，再也無力去撐起這片將要傾覆的天了。

　　在救亡圖存的大潮下，轟轟烈烈的戊戌變法如曇花一現，只實行了不到百日。這讓希望通過變法圖強的士人扼腕歎息。多年之後，陳寶琛思及此事仍舊感歎不已：「戊戌者，事變所自昉也。至於今，天運人事之俱窮，誠有足深感痛慨者」〔註105〕。戊戌變法之後，士人之中逐漸分化，一些人對清廷徹底不報希望，轉而傾向於推翻清王朝，革命救國。在動盪不安的時局下，作為政治統治的理論基礎、維繫道德人心的精神支撐，儒家思想文化也日益受到質疑，衝擊。世事變幻難測，怎不讓陳寶琛憂心忡忡：「出門傷世變，行路覺吾衰」〔註106〕；「此事可憐成古調，餘生相對看枯棋」〔註107〕；「但論風雅今亦衰，君持古心將向誰？」〔註108〕；「玉堂天上渾閒事，腸斷滄桑舊侍臣」〔註109〕。陳寶琛深受儒家思想濡染，儒家之君子人格一直是其孜孜以求之理想。「百年桑梓論耆獻，循吏儒林是我師」〔註110〕，林則徐其人其事乃士林模楷，陳寶琛素以鄉賢為典範：「讀公奏議修公

〔註105〕　陳寶琛：《疑庵詩序》，陳寶琛著，劉永翔、許全勝校點：《滄趣樓詩文集》，上海古籍出版社2006，第486頁。

〔註106〕　陳寶琛：《十月初十夜鼓浪嶼月中》，陳寶琛著，劉永翔、許全勝校點：《滄趣樓詩文集》，上海古籍出版社2006，第78頁。

〔註107〕　陳寶琛：《滬上逢幾道有詩贈之》，陳寶琛著，劉永翔、許全勝校點：《滄趣樓詩文集》，上海古籍出版社2006，第78頁。

〔註108〕　陳寶琛：《次韻答幾道即以贈別》，陳寶琛著，劉永翔、許全勝校點：《滄趣樓詩文集》，上海古籍出版社2006，第27頁。

〔註109〕　陳寶琛：《南海黃季度副貢紹憲以所畫玉簪花乞題於可莊可莊未及為而卒季度亦旋逝旭莊以畫端有伯希廉生兩詩微題及余節庵適至余故從節庵識季度感賦二絕》，陳寶琛著，劉永翔、許全勝校點：《滄趣樓詩文集》，上海古籍出版社2006，第110頁。

〔註110〕　陳寶琛：《題龔海峰先生濬渠留別籌邊三圖》，陳寶琛著，劉永翔、許全勝校點：《滄趣樓詩文集》，上海古籍出版社2006，第24頁。

傳，晚與編詩識性情。功罪信心休問世，死生許國獨全名。盟鷗勃海機寧息？養虎天山翼已成。尚有典型勤下拜，蒼茫淚更向誰傾」〔註111〕。歲寒乃知松柏之後凋，古聖先師之教誨，鄉里前賢之模楷，激勵著他在時衰世亂之際更以風節自勵：「含歡山阿與寫眞，再來恐便付樵薪。他年誇向僧雛輩，及見支離百歲身」〔註112〕，即是以這棵扎根山石的磊砢支離松自喻。陳寶琛素非守舊之人，其閱歷豐富視野開闊，思想見識遠超同時代士人。他雖賦閒在家，卻仍思有爲於世，有補於時。他主持鼇峰書院分科設學，並辦東文學堂以備留學。後將其改爲全閩師範學堂，開閩省近代新式教育之先聲。並積極吸納一些有益於國富民強的西方先進的思想、制度，「務以培人才、廣教育爲職志」〔註113〕。當然其思想核心仍然是傳統的儒家思想：「聖清解經軼唐宋，儀徵帥粵開講堂。……鼇峰藏書始清恪，洛閩道脈存縹緗。後來左海倡漢學……通經致用士所職，……育才報國匪二事，刀筆筐筐吾何望」〔註114〕？

　　光緒三十二年（1906）十月，在日本和法國先後覬覦謀奪閩省鐵路修建權之際，爲阻列強擴張侵略勢力，閩省各界籌辦自建鐵路，公推陳寶琛主其事。爲修建漳廈鐵路，陳寶琛親赴南洋籌款。目睹華僑海外生活的艱辛困苦：

　　　　開眼見杲日，出門愁飛埃。冬晴氣爽況春早，夏潦秋

〔註111〕　陳寶琛：《林文忠赴戍伊犁道遇所親繪像贈之曰吾老矣恐不能生入玉門聊當齒髮還鄉野拜觀感賦》，陳寶琛著，劉永翔、許全勝校點：《滄趣樓詩文集》，上海古籍出版社2006，第24頁。

〔註112〕　陳寶琛：《石門側有松若僂拔於風畫以存之題曰石門松影》，陳寶琛著，劉永翔、許全勝校點：《滄趣樓詩文集》，上海古籍出版社2006，第25頁。

〔註113〕　陳懋復：《誥授光祿大夫晉贈太師特諡文忠太傅先府君行述》，陳寶琛著，劉永翔、許全勝校點：《滄趣樓詩文集》，附錄一，上海古籍出版社2006，第592頁。

〔註114〕　陳寶琛：《何鞠儲成浩以廣雅叢書捐置鼇峰書院賦謝》，陳寶琛著，劉永翔、許全勝校點：《滄趣樓詩文集》，上海古籍出版社2006，第35～36頁。

漲將何哉?前者不歸後且來,娶婦生子死便埋。嗟而豈若貪殉財?無田可耕乃至此,時節先壟寧忘懷?積毀難釐鄉里望,有吏如虎胥如豺。中傷不售恣剝劫,要贖殃及墳中骸。〔註115〕

這些同胞在故土無田可耕,無法生存,才會背井離鄉,遠來南洋。想回歸故土卻怕酷吏如豺狼虎豹盤剝不已,儘管緬地環境惡劣,卻也只能老死異鄉。倘若不是政府無能、吏治腐敗,百姓生活又怎麼會如此淒慘。觸目驚心的景象極大的震動了陳寶琛,思及對外喪權辱國、軟弱無能,對內腐敗不堪、荼毒百姓的清政府,詩人不禁發自肺腑的呼喊:「三十年前誰過此,瓊州莫再作臺灣」〔註116〕。

陳寶琛雖然對清政府的腐敗無能痛心疾首,但在儒家思想浸染下,他還是對清王朝抱以很大的希望,其思想始終停留在傳統的君明臣賢模式中,期待著從上而下的奮發圖強、勵精圖治:「流人幸蒙聖主念,倘置一吏賢且才」〔註117〕;「新喜詔改制,吏良政倘修」〔註118〕;「河清夢想身親見,猶喜心情似盛年」〔註119〕。

「無意溪行討得源,廿年如夢漫留痕。平生事事蹉跎過,猶及衰殘築此墩」〔註120〕。光緒三十四年(1908),陳寶琛已經六十一歲。閒居里第倏忽二十餘年,其間雖亦有人屢薦其復出,皆因故未果。是年他於永福小雄山築聽水第二齋,頗有以山水終老之意:「屏居越兩

〔註115〕 陳寶琛:《緬僑歎》,陳寶琛著,劉永翔、許全勝校點:《滄趣樓詩文集》,上海古籍出版社2006,第90頁。

〔註116〕 陳寶琛:《吉隆車中口號》,陳寶琛著,劉永翔、許全勝校點:《滄趣樓詩文集》,上海古籍出版社2006,第87頁。

〔註117〕 陳寶琛:《緬僑歎》,陳寶琛著,劉永翔、許全勝校點:《滄趣樓詩文集》,上海古籍出版社2006,第90頁。

〔註118〕 陳寶琛:《舟中憶爪哇之遊雜述八首》,陳寶琛著,劉永翔、許全勝校點:《滄趣樓詩文集》,上海古籍出版社2006,第96頁。

〔註119〕 陳寶琛:《訪伯平吳門》,陳寶琛著,劉永翔、許全勝校點:《滄趣樓詩文集》,上海古籍出版社2006,第101頁。

〔註120〕 陳寶琛:《聽水第二齋落成幼點嘿園同賦》,陳寶琛著,劉永翔、許全勝校點:《滄趣樓詩文集》,上海古籍出版社2006,第101頁。

紀，一壑甘長終」〔註121〕。而縈繞心中，不曾片刻或忘的仍然是上報君國、下濟黎庶之志。因此益發以儒家之君子人格、道義風節自勵：「南溪巖壑閱千春，留與先生託隱淪。生死桐鄉愛賢尹，悲歡汐社老遺民。深山耕鑿居成聚，濁世綱常繫此身。未敢爭墩曾表墓，小齋望古對泉紳」〔註122〕。此詩乃陳寶琛為元末遺民王用文作，詩題下有小注：「王宰永福，有惠政。元亡後，隱觀獵山。洪武間被徵急，死焉。人名所居為官烈村」〔註123〕；詩句末亦注：「墓道久僕，嘗為扶樹」〔註124〕。一日食君祿，終生為君臣，忠君愛國是儒家綱常思想對傳統士人最基本的要求。對於崇尚儒家道義風節的陳寶琛來說，古來注重君臣大義、道義風節之士人皆可為範，皆可欽敬。而他這一生也一直是在履踐儒家的聖人之道。「風景新亭似昔年，諸君努力好扶顛。死生夸父能忘日？行止驪人本任天。一諾敢渝嵇呂駕，九原猶夢祖劉鞭。懸知相見翻成愴，歷歷開元在眼前」〔註125〕。國勢日衰、內憂外患，與其新亭對泣、不如共同戮力王室、匡復山河，想起當年中興晉室之王導，北伐以恢復河山之祖逖、劉琨，陳寶琛猶自感慨：如能再見中興之盛世，寧願做那執著逐日的夸父。

光緒三十四年（1908）十月，光緒帝和慈禧太后相繼薨逝，留給三歲幼帝的大清王朝已是千瘡百孔、搖搖欲墜。風雨飄搖之中，大廈將傾。外有列強諸國環伺，內部革命浪潮風起雲湧，腐朽的封建王朝已經病入膏肓，再也無人能夠力挽危瀾、隻手補天。悲痛之中，陳寶琛寫下

〔註121〕　陳寶琛：《海天閣成屬有北行留別山中諸子》，陳寶琛著，劉永翔、許全勝校點：《滄趣樓詩文集》，上海古籍出版社2006，第112頁。

〔註122〕　陳寶琛：《題元潮州總管王用文翰遺像》，陳寶琛著，劉永翔、許全勝校點：《滄趣樓詩文集》，上海古籍出版社2006，第107頁。

〔註123〕　陳寶琛：《題元潮州總管王用文翰遺像》，陳寶琛著，劉永翔、許全勝校點：《滄趣樓詩文集》，上海古籍出版社2006，第107頁。

〔註124〕　陳寶琛：《題元潮州總管王用文翰遺像》，陳寶琛著，劉永翔、許全勝校點：《滄趣樓詩文集》，上海古籍出版社2006，第107頁。

〔註125〕　陳寶琛：《伯平復疊前韻以堅遊吳之約再酬兩章並答來書》，陳寶琛著，劉永翔、許全勝校點：《滄趣樓詩文集》，上海古籍出版社2006，第100頁。

《大行皇帝哀辭》一詩：「及時麟見世猶疑，卒爲神州植福基。四裔具瞻知有聖，眾生同病孰能醫？聲銷坐見堯肌臟，淚盡如聞蜀魄悲。十載孤臣悤赴召，卻留殘息哭淪曦」〔註126〕。光緒雖有勵精圖治之心，無奈手中無權。一生受制於人，難有作爲。然而光緒初年短期的承平景象，卻承載了陳寶琛對於中興盛世的記憶。大廈將傾的時刻，回憶起往昔舊事，就連專權獨斷、頑固守舊的慈禧都被陳寶琛贊爲：「手定中興四紀周，女中堯舜古無儔」〔註127〕，只可惜「遭逢元祐無微效，晚絕攀號但涕流」〔註128〕。記憶中的同光時代成了一種象徵，代表著士人對國家民族中興富強的期望。而這種記憶永遠的停留在了陳寶琛的心中。

第三節　「此事可憐成古調，餘生相對看枯棋」〔註129〕 ——暮年復出的帝師時期

宣統登基，張之洞入直樞廷力薦陳寶琛。朝廷乃派其總理禮學館事宜，兼綜纂訂。陳寶琛離閩赴京之際，鄉里父老曾設宴爲他送行，同年潘耀如期以重望，以「天下事尚可爲」〔註130〕之語勉之。陳寶琛自光緒十年丁憂歸里至宣統元年再入都門，一晃已過二十五載。「誰料殘年見闕觚」〔註131〕，「行藏未悔半生迂」〔註132〕。此時的陳寶

〔註126〕 陳寶琛：《大行皇帝哀辭》，陳寶琛著，劉永翔、許全勝校點：《滄趣樓詩文集》，上海古籍出版社 2006，第 110 頁。

〔註127〕 陳寶琛：《大行太皇太后哀辭》，陳寶琛著，劉永翔、許全勝校點：《滄趣樓詩文集》，上海古籍出版社 2006，第 111 頁。

〔註128〕 陳寶琛：《大行太皇太后哀辭》，陳寶琛著，劉永翔、許全勝校點：《滄趣樓詩文集》，上海古籍出版社 2006，第 111 頁。

〔註129〕 陳寶琛：《滬上逢幾道有詩贈之》，陳寶琛著，劉永翔、許全勝校點：《滄趣樓詩文集》，上海古籍出版社 2006，第 78 頁。

〔註130〕 陳寶琛：《潘耀如同年墓誌銘》，陳寶琛著，劉永翔、許全勝校點：《滄趣樓詩文集》，上海古籍出版社 2006，第 430 頁。

〔註131〕 陳寶琛：《畏廬愛蒼招集江亭》，陳寶琛著，劉永翔、許全勝校點：《滄趣樓詩文集》，上海古籍出版社 2006，第 114 頁。

〔註132〕 陳寶琛：《畏廬愛蒼招集江亭》，陳寶琛著，劉永翔、許全勝校點：《滄趣樓詩文集》，上海古籍出版社 2006，第 114 頁。

琛已年過花甲，清王朝亦是強弩之末，朽木難雕。在《謝開復降調處分摺》中他感慨陳詞：「世沐國恩，早塵朝籍。私憂過計，恨乏綢繆未雨之謀；危事易言，致干薦舉非人之咎。獨居內訟，兩紀有餘。自揣衰庸，已甘淪泣。……桑海餘生，何幸再瞻龍陛；雲霄墜羽，不圖重到鳳池」〔註133〕，雖是應制之語，讀來卻是情辭懇切。

閒來重遊故地，京華風物仍然。只是世事如棋，人事全非：

慈仁寺燔行十稘，突見丹碧成崇祠。虬松兩三猶舊姿，自我不見常汝危。身歷浩劫兀不知，卻對霜鬢憐吾衰。吾衰乃有看汝時，昔日同遊存者誰？張叟先來聞有詩，可能雪中持一甀？亭林龕前斟酌之，仰讀乾隆御筆碑。〔註134〕

閱盡人世滄桑的老松依然風姿遒勁，可看松之人卻已非復舊時。顧亭林之高風亮節始終在後學的心裏激蕩，而理想中的盛世景象卻只能追懷。

「乾嘉以來盛觴詠，忍使流風到今寢」〔註135〕；「未料世事日日新……古意滅沒從誰陳」〔註136〕；「天迴地轉詎所料，痛定思痛當誰尤」〔註137〕。追想著理想中的太平盛世，再想到眼下慘澹的時局。沉痛之下詩人不禁發問：世事紛紜、人心不古，究竟是什麼使王朝江河日下，大勢已去？面對這局枯棋，究竟當如何措手，才能轉危為安，扭轉乾坤？

陳寶琛入京未久，張之洞即因與皇室親貴論爭國事，嘔血病卒。張之洞素被陳寶琛視為支撐王朝統治的中流砥柱。值此時局動盪、

〔註133〕　陳寶琛：《謝開復降調處分摺》，陳寶琛著，劉永翔、許全勝校點：《滄趣樓詩文集》，上海古籍出版社 2006，第 878 頁。

〔註134〕　陳寶琛：《慈仁寺松》，陳寶琛著，劉永翔、許全勝校點：《滄趣樓詩文集》，上海古籍出版社 2006，第 115 頁。

〔註135〕　陳寶琛：《極樂寺海棠》，陳寶琛著，劉永翔、許全勝校點：《滄趣樓詩文集》，上海古籍出版社 2006，第 116 頁。

〔註136〕　陳寶琛：《龍樹寺槐》，陳寶琛著，劉永翔、許全勝校點：《滄趣樓詩文集》，上海古籍出版社 2006，第 116 頁。

〔註137〕　陳寶琛：《崇效寺楸》，陳寶琛著，劉永翔、許全勝校點：《滄趣樓詩文集》，上海古籍出版社 2006，第 116 頁。

風雨飄搖之際，張之洞之死更讓士人們感到清王朝已是苟延殘喘，行將就木。「道喪風騷愁歇絕」〔註138〕，「世事經年足斷腸」〔註139〕。回想起彼此三十年交誼，陳寶琛的心裏禁不住的百感交集。「天下之勢，聚而散，散而聚，雖曰運會，豈非人事哉」〔註140〕，作為士人中的精英，陳寶琛對時局形勢不是不明了，他早已清醒的意識到此時的大清王朝已是日暮途窮。只是陳氏家族「世沐國恩」、「五葉冠紳」〔註141〕，食君祿、擔君憂，即使回天無力，亦要勉力盡一己為臣之職責本分。世事紛亂之下，心中雖然亦難免「再出事已非，朝露況不常」〔註142〕的感慨，「大夢先我醒，笑我還朝簪」〔註143〕的自嘲，但多事之秋，卻更激勵了陳寶琛報君恩、盡臣責、守晚節的信念。

宣統二年（1910）三月，陳寶琛復內閣學士兼禮部侍郎銜，回想起當年早登仕途卻中道遭貶，年已老邁又授原官。心中油然而起「賈誼之對宣室，非復少年；蘇軾之直禁林，永懷先帝」〔註144〕之歎。天恩眷顧之下，「敢不益堅晚節，長矢初心。雖輕才無補於危時，而

〔註138〕 陳寶琛：《題冒鶴亭農部廣生盤山遊草》，陳寶琛著，劉永翔、許全勝校點：《滄趣樓詩文集》，上海古籍出版社2006，第120～121頁。

〔註139〕 陳寶琛：《九日節庵招集廣化寺同陳仁先曾壽潘吾剛清陰伍叔葆銓萃江霞君孔殷感和節庵並懷伯嚴江南》，陳寶琛著，劉永翔、許全勝校點：《滄趣樓詩文集》，上海古籍出版社2006，第121頁。

〔註140〕 陳寶琛：《檳榔嶼閩商公建義冢記》，陳寶琛著，劉永翔、許全勝校點：《滄趣樓詩文集》，上海古籍出版社2006，第379頁。

〔註141〕 陳寶琛：《謝任懋鼎署外務部右參議摺》，陳寶琛著，劉永翔、許全勝校點：《滄趣樓詩文集》，上海古籍出版社2006，第879頁。

〔註142〕 陳寶琛：《重遊戒壇潭柘二寺得詩六首示嘿園宰平因寄菫貺》，陳寶琛著，劉永翔、許全勝校點：《滄趣樓詩文集》，上海古籍出版社2006，第130頁。

〔註143〕 陳寶琛：《重遊戒壇潭柘二寺得詩六首示嘿園宰平因寄菫貺》，陳寶琛著，劉永翔、許全勝校點：《滄趣樓詩文集》，上海古籍出版社2006，第131頁。

〔註144〕 陳寶琛：《謝授內閣學士兼禮部侍郎銜摺》，陳寶琛著，劉永翔、許全勝校點：《滄趣樓詩文集》，上海古籍出版社2006，第881頁。

愚悃勉酬夫洪造」〔註145〕。只是世事難為，人心浮動。變革叛亂之聲日熾，忠貞志節之士漸少。時事艱難，即使閑暇出遊也不免憂心忡忡。念及在國家危亡之際，可以共同擔當道義的同時流輩大多已亡故。陳寶琛的心裏益增傷感：

　　　憑欄又過觀蓮節，隔著紅蓮見白蓮。欲起種蓮人一問，
　明年花可似今年？〔註146〕

　　　山靈不慍我來遲，急雨迴風與洗悲。破剎傷心公主塔，
　壞牆掩淚偶齋詩。後生誰識承平事，皓首曾無會合期。三
　十年前聽琴處，秘魔厓下坐移時。〔註147〕

　　　當年亦自惜秋光，今日來看信斷腸。澗谷一生稀見日，
　作花偏又值將霜。〔註148〕

　　第一首詩乃感懷張之洞而作。張之洞勤於國事，「平日論學言政，以法聖崇王為體，以進夷予霸、致國富強為用」〔註149〕，其「中學為體，西學為用」思想對晚清士人影響甚巨。張之洞一生為維持儒家聖人之道、維繫清王朝統治彈精竭慮，至死不渝。陳、張二人三十年交誼，闊別多年後京師重逢，曾相約十剎海酒樓再聚，不意未過一載張之洞即卒。蓮花無恙，人面已非，世事益難為。

　　第二首詩乃重遊翠微、盧師寺而作。詩下附有小注：「曾與偶齋、壺公、蕢齋、再同聽吳少懶彈琴於此」〔註150〕。暌隔多年重到故地，

〔註145〕　陳寶琛：《謝授內閣學士兼禮部侍郎銜摺》，陳寶琛著，劉永翔、許全勝校點：《滄趣樓詩文集》，上海古籍出版社2006，第881頁。
〔註146〕　陳寶琛：《十剎海酒樓望水南張文襄宅後舊種白蓮》，陳寶琛著，劉永翔、許全勝校點：《滄趣樓詩文集》，上海古籍出版社2006，第125頁。
〔註147〕　陳寶琛：《七月十九日同嘿園遊翠微盧師諸寺》，陳寶琛著，劉永翔、許全勝校點：《滄趣樓詩文集》，上海古籍出版社2006，第127頁。
〔註148〕　陳寶琛：《大悲寺秋海棠》，陳寶琛著，劉永翔、許全勝校點：《滄趣樓詩文集》，上海古籍出版社2006，第127頁。
〔註149〕　陳寶琛：《清誥授光祿大夫體仁閣大學士贈太保張文襄公墓誌銘》，陳寶琛著，劉永翔、許全勝校點：《滄趣樓詩文集》，上海古籍出版社2006，第478頁。
〔註150〕　陳寶琛：《七月十九日同嘿園遊翠微盧師諸寺》，陳寶琛著，劉永翔、許全勝校點：《滄趣樓詩文集》，上海古籍出版社2006，第127頁。

而昔日同遊之人已作古。想起當年正值「同光新政」，上下頗有勵精圖治之意，海宇承平的表象帶給有志於治世的士人無數憧憬和希望。同志四五人，建言諫事，意氣風發，激昂慷慨。倏忽之間往日已成雲煙，只餘自己兀坐於秘魔崖下，思緒聯翩，恍惚之中似乎猶有當年的琴聲繞耳⋯⋯

　　第三首詩雖是為西山大悲寺秋海棠而作，實寓陳寶琛傷世亦自傷之情，寄託遙深。海棠雖惜時，蹉跎已至秋。縱有向陽心，奈何霜將降。以花事喻人事，託物言志，物我合一。恰切的寫出了時政日非，清王朝統治岌岌可危之狀。而詩人也已非復壯年，雖欲勉力補天，終究是心有餘力不足，難挽狂瀾於既倒。

　　陳寶琛素愛松，取其歲寒之際益顯堅貞之意，用以自勵自喻。時局動盪之際，其詩中寫松之句愈多：

　　　　半規松際吾逾愛，及取東方未白間。〔註151〕

　　　　夜來洗得心如水，松月風泉滿佛廊。〔註152〕

　　　　月下聽松滋有會，雨余觀瀑是何修？〔註153〕

　　　　猶疑在故山，松月坐相向。此心本無住，所見孰真妄？

　　〔註154〕

　　　　戒壇勝在松，貴是遼金陳。一松插宵立，蒼黝不見鱗。一松稱臥龍，抉石根如輪。孫枝亦屈鐵，僵寒不可馴。其一雖空心，要與栝柏鄰。獨憐活動松，怛化逾廿春。生邀宸翰賞，死作僧廚薪。琳宮有興廢，古木煩見珍。〔註155〕

〔註151〕　陳寶琛：《二十夜雨過對月》，陳寶琛著，劉永翔、許全勝校點：《滄趣樓詩文集》，上海古籍出版社2006，第128頁。

〔註152〕　陳寶琛：《自西山歸瑞臣見示三疊之作依韻再和》，陳寶琛著，劉永翔、許全勝校點：《滄趣樓詩文集》，上海古籍出版社2006，第128頁。

〔註153〕　陳寶琛：《昀谷寫贈西山遊草賦此為報》，陳寶琛著，劉永翔、許全勝校點：《滄趣樓詩文集》，上海古籍出版社2006，第129頁。

〔註154〕　陳寶琛：《重遊戒壇潭柘二寺得詩六首示嘿園宰平因寄菫腴》，陳寶琛著，劉永翔、許全勝校點：《滄趣樓詩文集》，上海古籍出版社2006，第129頁。

〔註155〕　陳寶琛：《重遊戒壇潭柘二寺得詩六首示嘿園宰平因寄菫腴》，陳寶

雙松成三久代嬗，望古銷盡漁洋魂。……三松倔強天所赦，物外不動寧非尊？人間何世獨也正，後秀足可追金元。欲知未來視過去，詩成圖就吾何言！〔註156〕

詩人眼中的、筆下的、心裏的松是世事滄桑的見證，也是其人格品行的象徵，愈經風霜愈見蒼翠。

宣統二年，陳寶琛提呈《在資政院請昭雪楊銳等提案文》，請爲戊戌變法中遇難的六君子及其他人昭雪冤案。其同情乃至在一定程度上贊同維新變法之意由此可見。只是此時冤案昭雪與否，已經無補時局。清王朝已是病入膏肓，無藥可醫。親貴弄權，貪賄公行。就連已經補授山西巡撫的陳寶琛也因不肯行賄而開缺，最後授讀毓慶宮而成爲溥儀的老師。爲王者師，本是儒家士人夢寐以求的無上榮耀。而對於此時的陳寶琛來說，成爲帝師卻多少是一種重負。然而「可知志節士，窮達言必踐」〔註157〕，歲寒然後知松柏之後凋，自己也唯有「教忠之訓滋嚴」，「報禮之忱彌篤」〔註158〕，才能報君恩，盡臣節了。

紫禁城騎馬、賞穿帶膁貂褂、正紅旗副都統、弼德院顧問大臣、實錄館副總裁，皇家恩典頻頻而來。怎不叫老臣受寵若驚、感激涕零，益發的感恩圖報：

鳳聞堯顙類高辛，選傳何期及舊臣？忍淚殘宵還炳燭，子孫要作太平民。〔註159〕

琛著，劉永翔、許全勝校點：《滄趣樓詩文集》，上海古籍出版社 2006，第 129～130 頁。

〔註156〕 陳寶琛：《二月二日溫毅夫御史招同訪松舊慈仁寺》，陳寶琛著，劉永翔、許全勝校點：《滄趣樓詩文集》，上海古籍出版社 2006，第 133～134 頁。

〔註157〕 陳寶琛：《文文肅震孟致劉練江職方永澄手札十通爲露菀題》，陳寶琛著，劉永翔、許全勝校點：《滄趣樓詩文集》，上海古籍出版社 2006，第 156 頁。

〔註158〕 陳寶琛：《謝任懋鼎署外務部右參議摺》，陳寶琛著，劉永翔、許全勝校點：《滄趣樓詩文集》，上海古籍出版社 2006，第 879 頁。

〔註159〕 陳寶琛：《瀛臺侍直七月至九月得十六首》，陳寶琛著，劉永翔、許全勝校點：《滄趣樓詩文集》，上海古籍出版社 2006，第 140 頁。

孔墨雙流本渭涇，五章教孝始宮庭。不慚迂闊平生學，
二祖開基是此經。〔註160〕

（此句下有小注：世祖命儒臣纂《孝經衍義》）

書屋純皇舊補桐，龍潛已裕十全功。神州渴望中興主，
早晚垂靈牖聖聰。〔註161〕

綺紈果餌拜恩頻，賜饌東朝比輔臣。簑笠半生厭蝦菜，
何時容乞自由身？〔註162〕

鶴聲不到南臺樹，六歲君王試學窠。但願平安能永保，
老臣受賜已多多。〔註163〕

（此句下有小注：上親書吉語，分賜同直，
臣寶琛得「永保平安」四大字）

同舟日日賦印鬚，禁掖明朝各自趨。斗室隨安轉成戀，
再來準補歲寒圖。〔註164〕

這組詩乃陳寶琛入直瀛臺所作，傳說中的堯舜時代歷來是儒家士
人心目中嚮往的理想盛世。為天子之輔弼、做王者師以行道治世，亦
是歷來士人奮鬥之目標。乾嘉盛世的曾經輝煌、同光新政的中興希
望，常常讓撫今追昔的末世士人感慨萬端。動盪不安的年代，慘澹經
營的局勢，大廈將傾的憂慮恐懼讓詩人發自內心的渴望太平年歲。但
在儒家綱常倫理思想支配下，詩人還是寄全部希望於自己悉心教授的
六歲君王，還是希望在聖主明君的英明統率下恢復昔日盛世。

宣統三年（1911），辛亥革命的風潮迅速席捲全國，不數月間便

〔註160〕 陳寶琛：《瀛臺侍直七月至九月得十六首》，陳寶琛著，劉永翔、許
全勝校點：《滄趣樓詩文集》，上海古籍出版社2006，第140頁。

〔註161〕 陳寶琛：《瀛臺侍直七月至九月得十六首》，陳寶琛著，劉永翔、許
全勝校點：《滄趣樓詩文集》，上海古籍出版社2006，第140頁。

〔註162〕 陳寶琛：《瀛臺侍直七月至九月得十六首》，陳寶琛著，劉永翔、許
全勝校點：《滄趣樓詩文集》，上海古籍出版社2006，第141頁。

〔註163〕 陳寶琛：《瀛臺侍直七月至九月得十六首》，陳寶琛著，劉永翔、許
全勝校點：《滄趣樓詩文集》，上海古籍出版社2006，第141頁。

〔註164〕 陳寶琛：《瀛臺侍直七月至九月得十六首》，陳寶琛著，劉永翔、許
全勝校點：《滄趣樓詩文集》，上海古籍出版社2006，第141頁。

以摧枯拉朽之勢，結束了封建專制的皇權時代。清帝退位，清王朝滅亡。鑒於清王朝的喪權辱國、腐敗無能，又是少數民族入主中原，在這個從封建專制向民主共和過渡的特殊時期，儒家綱常倫理濡染下的傳統士人在出處之間的選擇較之前代有了很大的餘地。目睹清王朝的滅亡，痛心疾首者有之、漠然視之者有之、拍手稱快者有之、倒戈一擊者有之、見風轉舵者有之，投機居奇者亦有之。而對於世受國恩又素以儒家道義風節自勵的陳寶琛來說，板蕩識忠臣，歲寒才見出松柏本色。時危主幼，危難之際又豈能顧一己之私捨之而去。儘管「殘棋收局猶爭劫，深井觀瓶總近危」〔註165〕，為人臣子的卻仍舊是「相知蘭臭寧傷晚，未死葵心總向陽」〔註166〕。在往後的二十四年裏，陳寶琛「行藏未悔半生迂」〔註167〕，冒著愚忠之譏，守其君臣之義，盡節於廢帝，至死不渝。

歷史已進入民國紀元，可對於前清遺老來說，尊奉的依然是紫禁城裏的小朝廷。外面的世界已然改變，而對於陳寶琛而言，只要皇帝在希望就還在。紫禁城內的小朝廷成為他們精神的寄託，那裡有已經消逝的舊時代的全部記憶。清王朝滅亡帶來的哀痛還時不時襲上心頭，使紫禁城的歲月充滿了懷舊感傷的色彩，縈縈繞繞、揮之不去：

> 鍾簴無驚鼎遂遷，故憂薪積火終然。……自斷我生元有命，不知今夕是何年？〔註168〕

> 老更傷春滯帝城，海天南際是柴荊。百花無主誰司命，一雨何慳急洗兵？〔註169〕

〔註165〕　陳寶琛：《述懷示子任》，陳寶琛著，劉永翔、許全勝校點：《滄趣樓詩文集》，上海古籍出版社2006，第142頁。

〔註166〕　陳寶琛：《勞韌叟卜居淶水賦詩留別次韻奉和》，陳寶琛著，劉永翔、許全勝校點：《滄趣樓詩文集》，上海古籍出版社2006，第142頁。

〔註167〕　陳寶琛：《畏盧愛蒼招集江亭》，陳寶琛著，劉永翔、許全勝校點：《滄趣樓詩文集》，上海古籍出版社2006，第114頁。

〔註168〕　陳寶琛：《瑞臣見示守歲感賦用遺山甲午除夕韻次和》，陳寶琛著，劉永翔、許全勝校點：《滄趣樓詩文集》，上海古籍出版社2006，第144頁。

〔註169〕　陳寶琛：《次韻瑞臣春望》，陳寶琛著，劉永翔、許全勝校點：《滄趣樓詩文集》，上海古籍出版社2006，第145頁。

　　　　孤臣無分再瞻天，晚直瀛臺輒泫然。復土何年稽一哭？
紬書終老息諸緣。看看興廢班餘幾，歷歷開元事滿前。他
日夢華各成錄，能忘此會玉堂仙？〔註170〕

　　　　同是人間待盡身，菰蘆心事愧遺民。朝朝掉鞅金鑾路，
猶自冠裾託侍臣。〔註171〕

　　　　斷腸花盡又霜天，心似寒灰不復然。金馬尚容充小隱，
月泉何意結今緣？〔註172〕

　　這些詩無一例外的充滿了感傷的基調。倏忽之間的鼎遷國滅，使
陳寶琛一時無所適從，恍惚之間眼前浮現的情景還是昔日的興盛景
象。可回到現實，卻是百花無主偏又經霜。心灰意冷之下，也想過歸
依林泉就此不問世事，奈何君臣之義難捨，只好羈留宮廷以報君恩。

　　隨著封建王朝的土崩瓦解，舊日班秩井然的百官臣僚星散，留下
的寥寥無幾。世態人情的冷暖在這種情形下總是非常突出。雖然小朝
廷的一切均照舊時典制，但時勢已非，與外面民主共和的大背景相
較，隔絕於紫禁城一隅的人們似乎就顯得格外的不合時宜：

　　　　五日唐宮例賜衣，人間節物奈全非。夙忘寵辱空諸老，
老閱寒炎審所依。耕釣分難初服遂，章縫幸未素心違。聽
鐘猶共趨長樂，但覺晨星取次稀。〔註173〕

　　小朝廷依照舊例頒賜紗葛給《德宗實錄》館的臣子們，可陳寶琛
已難有往年那種感恩戴德的歡欣，更多的是人間節物全非的感喟，閱
盡滄桑飽嘗冷暖，心裏已然是寵辱不驚。任它世事變遷，只希望不違

〔註170〕　陳寶琛：《次韻和匏庵實錄館同人攝影偶志之作》，陳寶琛著，劉永
　　　　　翔、許全勝校點：《滄趣樓詩文集》，上海古籍出版社 2006，第 147
　　　　　頁。

〔註171〕　陳寶琛：《三月廿四日再訪小帆韥叟淶水村居》，陳寶琛著，劉永翔、
　　　　　許全勝校點：《滄趣樓詩文集》，上海古籍出版社 2006，第 147 頁。

〔註172〕　陳寶琛：《華卿協揆僑居天津感念去歲賞秋海棠用同館天字韻見寄
　　　　　依和》，陳寶琛著，劉永翔、許全勝校點：《滄趣樓詩文集》，上海
　　　　　古籍出版社 2006，第 151 頁。

〔註173〕　陳寶琛：《天中節賜紗卷次溫毅夫御史韻》，陳寶琛著，劉永翔、許
　　　　　全勝校點：《滄趣樓詩文集》，上海古籍出版社 2006，第 148 頁。

背自己的素心。遠處傳來的鐘聲聲聲入耳，仰觀天際晨星已寥寥無幾。此情此景在此刻別具一番清愴的意味。

　　許多前清舊宦在鼎革之後搖身一變成為民國新貴，袁世凱更是野心勃勃的做起了「洪憲」皇帝夢。這對於「猶抱冬心拱赤墀」〔註174〕的陳寶琛來說，這些叛臣賊子的行徑通通是大逆不道，內心對他們鄙夷之至：「一曲何戕觸舊悲，卅年看舉壽人厄。相公亦是三朝老，寧見椒風受冊時」〔註175〕？即含蓄委婉的諷刺了當時炙手可熱的國務卿徐世昌。此詩題為《六月初一日漱芳齋聽戲》，句下附有小注：「壬申大婚禮成，元和癸酉始來京。實則指元和以罵東海，因漱芳齋而惡水竹村耳。」〔註176〕。同題猶作有「凝碧池邊幾淚吞，一般社飯味遺言。史家休薄伶官傳，猶感纏頭說報恩」〔註177〕一詩，則是誇讚伶人顧念清室舊恩，演出之後不收「纏頭」之舉。同樣都曾為前清子民，一為食王朝俸祿，曾經口口聲聲叩首稱臣之高官；一為九流之末，浪跡江湖獻藝謀生之伶人。鼎革之後，昔日朝堂之臣變為民國新貴趾高氣揚、不可一世，反不如在野草民還知顧念前朝恩典，有情有義。兩相對比，褒貶之意不言而喻。

　　清王朝在中葉之後即已走向沒落，政治窳敗、經濟凋敝，近代以來更是外有列強入侵，內有人民起義。內憂外患，長期積弊之下，百姓生活困苦不堪。從清末至民初，時局動盪，戰亂頻仍，人民生活更是水深火熱。

　　　　狂風如雷不肯停，中有無數寒號聲。又疑控弦萬騎下，
　　　　欲曙不曙甘長醒。去年今日泛舟處，立冬未屆昨已冰。大

〔註174〕陳寶琛：《次韻徐梧生》，陳寶琛著，劉永翔、許全勝校點：《滄趣樓詩文集》，上海古籍出版社2006，第160頁。

〔註175〕陳寶琛：《六月初一日漱芳齋聽戲》，陳寶琛著，劉永翔、許全勝校點：《滄趣樓詩文集》，上海古籍出版社2006，第166頁。

〔註176〕劉成禺著：《洪憲紀事詩本事簿注》卷一，山西古籍出版社1997，第21頁。

〔註177〕陳寶琛：《六月初一日漱芳齋聽戲》，陳寶琛著，劉永翔、許全勝校點：《滄趣樓詩文集》，上海古籍出版社2006，第166頁。

鈞失柄五紀舛，不怪四氣相侵陵。何辜道旁凍死骨，誰實
階屬天無刑。神州累棋更幅裂，熙熙賀廈寧異情？餘生皈
佛戀桑下，敢望身及黃河清？圍城松栝日相見，輸汝歷歷
金元明。〔註178〕

　　比年輦轂苦旱潦，四海兵戈積瘡痏。欲蘇重困剩歲稔，
所憂不在臣朔米。激江何救鮒轍枯，見彈因思鴞炙美。旬
來中禁正齋禱，拂曙瞻天顏有喜。占豐消沴睠我民，親灑
丹毫詩一紙。〔註179〕

　　狂風呼嘯中夾雜著百姓叫苦連天的寒號聲，道旁累累的白骨更讓
人觸目驚心。連年旱災潦災，到處是飢寒交迫的百姓。更兼兵火連天、
生靈塗炭，人命如草芥。詩人的心裏充滿了憂時憫民的焦慮和憤懣。
北洋軍閥內部爭權奪利，混戰不休，時局仍舊混亂。陳寶琛深信是由
於大清王朝「大鈞失柄五紀舛」〔註180〕，才造成這「神州累棋更幅
裂」〔註181〕，「可奈子黎苦瘡痏」〔註182〕的局面。已年逾古稀的老
人渴望著海宇清平、社會安定。他反覆表達著：「倘及餘年見清晏，
相從一醉荔支陰」〔註183〕；「亂棋滿局須看竟，萬一殘年作幸民」〔註
184〕；「一壺處處可，所冀太平時」〔註185〕的願望。雖然他期待的始

〔註178〕　陳寶琛：《九月二十九夜大風不寐作》，陳寶琛著，劉永翔、許全勝
　　　　　校點：《滄趣樓詩文集》，上海古籍出版社2006，第152頁。

〔註179〕　陳寶琛：《次韻樊山喜雪詩》，陳寶琛著，劉永翔、許全勝校點：《滄
　　　　　趣樓詩文集》，上海古籍出版社2006，第171頁。

〔註180〕　陳寶琛：《九月二十九夜大風不寐作》，陳寶琛著，劉永翔、許全勝
　　　　　校點：《滄趣樓詩文集》，上海古籍出版社2006，第152頁。

〔註181〕　陳寶琛：《九月二十九夜大風不寐作》，陳寶琛著，劉永翔、許全勝
　　　　　校點：《滄趣樓詩文集》，上海古籍出版社2006，第152頁。

〔註182〕　陳寶琛：《再疊答匏庵並珍午熙民》，陳寶琛著，劉永翔、許全勝校
　　　　　點：《滄趣樓詩文集》，上海古籍出版社2006，第172頁。

〔註183〕　陳寶琛：《次韻答畏廬人日見寄》，陳寶琛著，劉永翔、許全勝校點：
　　　　　《滄趣樓詩文集》，上海古籍出版社2006，第154頁。

〔註184〕　陳寶琛：《次韻答旭莊》，陳寶琛著，劉永翔、許全勝校點：《滄趣
　　　　　樓詩文集》，上海古籍出版社2006，第169頁。

〔註185〕　陳寶琛：《力軒舉醫隱廬》，陳寶琛著，劉永翔、許全勝校點：《滄
　　　　　趣樓詩文集》，上海古籍出版社2006，第149頁。

終是儒家經典中由明君統治的理想盛世。他所希望的「黃河清」、「見清晏」也是希望退回到曾經的封建專制王朝。他的思想始終侷限於君主專制的模式，無法接受民主共和的制度。「葵藿枯死終向陽，松菊雖存忍歸里」〔註186〕；「君民堯舜誰曾見？治亂開天頗有知。賜沐亦思共幽討，西山何日轉春姿」〔註187〕。在這種逆歷史潮流的心態下，其思想日漸保守，侷限於自己期待的假象中：以爲共和以來戰亂不止民心思舊，正是清室復辟之機。「民國不過幾年，早已天怒人怨，國朝二百多年深仁厚澤，人心思清，終必天與人歸」〔註188〕。可是他還未來得及從溥儀重登大寶的歡欣中回過神來，「丁巳復辟」的鬧劇就迅速的破滅了。經此一擊，陳寶琛對「光復故業」頗爲心灰意冷：「元祐邈隔世，唏噓說垂簾」〔註189〕。此後他惟以維持小朝廷現有狀況爲務，守保傅之義盡心授讀，以盡臣節。在《梁節庵六十壽詩》中他感慨陳言、自明心跡：「平生盡信書，自笑不知量。只贏方寸地，未逐東去浪。君乎雲龍從，共此葵日向。危冠眾所怪，一賁不辭障」；「心知霜霰至，蘭艾等一萎。露根不改香，大鈞庸有私？故當儕寒松，無爲傷枯葵」〔註190〕。平生尊奉儒家綱常倫理，以忠君報國爲本務。在世人紛紛趨新逐時之際，甘冒迂腐頑固、不識時務之譏諷，不顧年老力微，猶自固守內心之風操節義，忠清之心如同永隨太陽的葵藿。堅貞之意亦如不畏嚴霜的寒松。陳寶琛秉持傳統的儒家綱常倫理，忠於廢帝，寧爲亡清之遺老。在社會轉型的巨變中，政治態度漸趨保守陳腐。其實，作爲傳統社會的精英，陳寶琛對社會大勢不是沒有體察，

〔註186〕　陳寶琛：《再疊答飽庵並珍午熙民》，陳寶琛著，劉永翔、許全勝校點：《滄趣樓詩文集》，上海古籍出版社2006，第172頁。

〔註187〕　陳寶琛：《次韻徐梧生》，陳寶琛著，劉永翔、許全勝校點：《滄趣樓詩文集》，上海古籍出版社2006，第160頁。

〔註188〕　愛新覺羅·溥儀著：《我的前半生》，群眾出版社2007年，第48頁。

〔註189〕　陳寶琛：《梁節庵六十壽詩》，陳寶琛著，劉永翔、許全勝校點：《滄趣樓詩文集》，上海古籍出版社2006，第175頁。

〔註190〕　陳寶琛：《梁節庵六十壽詩》，陳寶琛著，劉永翔、許全勝校點：《滄趣樓詩文集》上海古籍出版社2006，第174頁。

只是「此身已許高皇帝，刀鑊誰能攬寸丹」〔註191〕，故在「眾所怪」的形勢下，哪怕是「不自量」亦要堅持其「葵日向」之心。

歷史的車輪滾滾向前，而遺老們只是留戀著往昔的盛世，感歎唏噓，久久的不能忘懷清亡的哀痛。他們佇立在時代風潮之外，日益侷限於一隅，與主流格格不入。其平素交遊亦多為遺老，作為一種共同的精神寄託，他們承襲道咸以來文人修禊雅集的習俗，定期小聚。品書題畫、聯句賦詩，詩作內容多為感傷時事、懷念往昔，日漸脫離社會現實。格調消極低沉，時有暮氣老態。在新舊轉變之期，甚為不合時宜，故多為時人詬病指責。

陳寶琛在清末及民國之後所作詩，內容大抵為：眷戀前清盛世，以風節自持；抒發亡清哀思，自傷身世；感懷時事，表達對現狀之不滿，渴盼太平安定。以及對儒家思想文化淪亡之憂懼。其情感基調含蓄內斂，沉鬱低沉。讀來哀感頑豔，宛轉悱惻。《次韻遜敏齋主人落花四首》〔註192〕則為此期名篇：

> 樓臺風日憶年時，茵溷相憐等此悲。著地可應愁踏損，尋春只自怨來遲。繁華早懺三生業，衰謝難酬一顧知。豈獨漢宮傳燭感，滿城何限事如棋。

> 冶蜂癡蝶太猖狂，不替靈修惜眾芳。本意陰晴容養豔，那知風雨趣收場。昨宵秉燭猶張樂，別院飛英已命觴。油幕彩幡竟何用？空枝斜日百迴腸。

> 生滅元知色是空，可堪傾國付東風。喚醒綺夢憎啼鳥，冒入情絲奈網蟲。雨裏羅衾寒不耐，春闌金縷曲初終。返生香豈人間有，除奏通明問碧翁！

> 流水前溪去不留，餘香駘蕩碧池頭。燕啣魚唼能相厚，泥污苔遮各有由。委蛻大難求淨土，傷心最是近高樓。庇

〔註191〕 陳寶琛：《題研忱丈所藏石齋逸詩墨蹟》，陳寶琛著，劉永翔、許全勝校點：《滄趣樓詩文集》，上海古籍出版社2006，第175頁。
〔註192〕 陳寶琛：《次韻遜敏齋主人落花四首》，陳寶琛著，劉永翔、許全勝校點：《滄趣樓詩文集》，上海古籍出版社2006，第180頁。

根枝葉從來重，長夏陰成且小休。

這組詩多涉清末時事，故本事隱晦。黃濬認爲其「大抵皆爲哀清亡之作，自憾身世，以及洵濤擅權行樂、項城移國、隆裕晏駕之類」〔註193〕。其詩宛轉悽楚、倘怳迷離、寄慨遙深，含不盡之餘味。其中透露出濃鬱深重的亡國之悲、身世之感，非歷經滄桑之解人不足以有同感。詩中傳遞出的那種讓遺老們糾結纏繞，久久不能散去的共同愁緒，曾引起王國維強烈的共鳴。王氏在投湖前一日曾用三、四兩首詩爲人書扇，足見「相感之深，彌益於痛」〔註194〕。陳三立對此詩予以很高評價，稱其「感物造端，蘊藉綿邈，風度絕世，後山所稱『韻出百家上』者」〔註195〕。

對於遺老們來說，清王朝的滅亡和歷史上的改朝換代沒有本質區別，在儒家綱常倫理思想的主導下，他們認識不到封建專制王朝的結束是跨越時代的進步，民主共和開啓了歷史新紀元。他們習慣從歷史記憶中比附、尋求慰藉並獲得精神支撐。儘管深知「風義近今難」〔註196〕，卻依然執著於內心「綱常終古在」〔註197〕的信念：

藏身人海最堪隱，留命桑田儻可待。西山寒退聊一登，世人莫誤伯夷隘。〔註198〕

盧山維岳孰與高？介立千載潯陽陶。寄奴未篡賦歸去，寄興於菊兼濁醪。食薇飲水抱茲獨，義在桑海安所逃？杜陵詎會責子意，正似愚叟期兒曹。〔註199〕

〔註193〕黃濬著：《花隨人聖庵摭憶》，上海古籍出版社1983年，第51頁。
〔註194〕王逸塘著：《今傳是樓詩話》，第268頁，民國詩話叢編本第三冊。
〔註195〕陳三立：《滄趣樓詩集序》，陳三立著，李開軍校點：《散原精舍詩文集》，上海古籍出版社2003，第1113頁。
〔註196〕陳寶琛：《梁格莊會葬圖爲余樾園題》，陳寶琛著，劉永翔、許全勝校點：《滄趣樓詩文集》，上海古籍出版社2006，第189頁。
〔註197〕陳寶琛：《梁格莊會葬圖爲余樾園題》，陳寶琛著，劉永翔、許全勝校點：《滄趣樓詩文集》，上海古籍出版社2006，第189頁。
〔註198〕陳寶琛：《贈陳漳州嘉言》，陳寶琛著，劉永翔、許全勝校點：《滄趣樓詩文集》，上海古籍出版社2006，第178頁。
〔註199〕陳寶琛：《題劉雲樵封翁草書陶詩》，陳寶琛著，劉永翔、許全勝校點：《滄趣樓詩文集》，上海古籍出版社2006，第182頁。

　　　　承平凡卉亦精神，耆宿風流此一塵。八十九年蟲網遍，
　　衰殘及寫歲寒身。〔註200〕

　　亡國之民的幽憂隱痛，發之爲詩自「不離屈子之《漁父》、《卜居》、《懷沙》、《哀郢》、《天問》、《遠遊》者近是」〔註201〕。夷齊恥食周粟之風節、屈原忠心爲楚之堅貞、陶潛不仕劉宋之高義，這些歷代士人仰慕推崇的古之賢人都讓陳寶琛感到隔代的共鳴和由衷的安慰，由此更加堅定了篤守歲寒晚節的信念。

　　作爲忠於前朝的遺老，陳寶琛反反覆覆的思考著：「今日陸沉定誰過，可曾選舉勝科名」〔註202〕；「陵遷谷變古恒有，杜折維絕當誰尤」〔註203〕；滄流馳波去不駐，蘭芷變盡誰實芳」〔註204〕？面對著民初連年混戰，民不聊生的社會現狀，老人倍感時事的艱難：「南北方苦兵，如能及桑榆之年，褰裳高齋，縱讀長卷，以曲盡其變化神奇之妙，何幸如之」〔註205〕，益發的渴盼在其有生之年能夠看到太平安定的局面：「他山有日資攻錯，大地何年話太平」〔註206〕；「人間何世更商聲？忍死終思見太平」〔註207〕。只是這對太平的期盼永遠

〔註200〕　陳寶琛：《闇公得黃勤敏爲祈文端秋花紈扇屬爲寫松》，陳寶琛著，劉永翔、許全勝校點：《滄趣樓詩文集》，上海古籍出版社2006，第193頁。

〔註201〕　陳衍：《林天遺詩敘》，陳衍撰，陳步編：《陳石遺集》，福建人民出版社2001，第691頁。

〔註202〕　陳寶琛：《勞韌叟鄉舉重逢拜御書丹心黃髮之賜寄賀》，陳寶琛著，劉永翔、許全勝校點：《滄趣樓詩文集》，上海古籍出版社2006，第185頁。

〔註203〕　陳寶琛：《題林文直登岱圖》，陳寶琛著，劉永翔、許全勝校點：《滄趣樓詩文集》，上海古籍出版社2006，第190頁。

〔註204〕　陳寶琛：《劭子戊申乞假歸省厚齋將軍圖詠送別兩齋同人咸有贈章公子傲彬屬題》，陳寶琛著，劉永翔、許全勝校點：《滄趣樓詩文集》，上海古籍出版社2006，第194頁。

〔註205〕　陳寶琛：《米元暉瀟湘白雲圖卷跋》，陳寶琛著，劉永翔、許全勝校點：《滄趣樓詩文集》，上海古籍出版社2006，第318頁。

〔註206〕　陳寶琛：《贈日本內藤虎》，陳寶琛著，劉永翔、許全勝校點：《滄趣樓詩文集》，上海古籍出版社2006，第175頁。

〔註207〕　陳寶琛：《次韻蘇庵九日作》，陳寶琛著，劉永翔、許全勝校點：《滄

的停留在前朝的盛世：

> 畫亦幸存留比堪，乾嘉風物在人間。〔註208〕
>
> 乾嘉世遠風流盡，隔海欣來物茂卿。〔註209〕
>
> 同光追話怳夢寐，況溯文物思乾隆。〔註210〕
>
> 莫作尋常科第看，中興曾及見咸同。〔註211〕
>
> 盲僧能說同光盛，歌者何戡恐亦無。〔註212〕
>
> 不須遠溯乾嘉盛，說著同光已惘然！〔註213〕
>
> 隔巷春回又元夜，更誰鐙下說同光？〔註214〕
>
> 歷歷同光世，閒來並上心。〔註215〕

這些對前朝盛世的眷戀懷念，包含著複雜的思想內容。客觀的來說，遺老們念念不忘前朝的，不僅僅是君主專制的政治制度，更多的是傳統的思想文化。長久以來政教合一的社會形態、使得典章文物難以截然區分。作為封建王朝的官方意識形態，在漫長的歲月變遷中，儒家思想的方方面面已經滲透到人們的思想意識中，成為一種固有的民族心理和文化積澱。以現代人的眼光來看無疑是精華與糟粕共存雜

趣樓詩文集》，上海古籍出版社 2006，第 196 頁。

〔註208〕 陳寶琛：《潘蓮巢焦山畫軸爲袁珏生翰林勵準題》，陳寶琛著，劉永翔、許全勝校點：《滄趣樓詩文集》，上海古籍出版社 2006，第 120 頁。

〔註209〕 陳寶琛：《贈日本内藤虎》，陳寶琛著，劉永翔、許全勝校點：《滄趣樓詩文集》，上海古籍出版社 2006，第 175 頁。

〔註210〕 陳寶琛：《贈朱聘三》，陳寶琛著，劉永翔、許全勝校點：《滄趣樓詩文集》，上海古籍出版社 2006，第 181 頁。

〔註211〕 陳寶琛：《勞韌叟鄉舉重逢拜御書丹心黃髮之賜寄賀》，陳寶琛著，劉永翔、許全勝校點：《滄趣樓詩文集》，上海古籍出版社 2006，第 185 頁。

〔註212〕 陳寶琛：《畏盧愛蒼招集江亭》，陳寶琛著，劉永翔、許全勝校點：《滄趣樓詩文集》，上海古籍出版社 2006，第 114 頁。

〔註213〕 陳寶琛：《瑞臣屬題羅兩峰上元夜飲圖摹本》，陳寶琛著，劉永翔、許全勝校點：《滄趣樓詩文集》，上海古籍出版社 2006，第 133 頁。

〔註214〕 陳寶琛：《柯鳳孫上元留王靜庵夜話詩稿爲王復廬題》，陳寶琛著，劉永翔、許全勝校點：《滄趣樓詩文集》，上海古籍出版社 2006，第 258 頁。

〔註215〕 陳寶琛：《春寒》，陳寶琛著，劉永翔、許全勝校點：《滄趣樓詩文集》，上海古籍出版社 2006，第 213 頁。

糅，但對於不同時空下的特定人群而言，儒家的思想文化代表著「日月無私照，春秋有大防」〔註216〕的聖人之道，是與日月同輝，萬世不會變更的天理。綱常倫理、聲明文物緊緊相連、合不可分。清末蔚然興起的言新學西風潮，使傳統的政治制度、思想文化逐一受到質疑、衝擊、批判。中學與西學、舊學與新學之爭，最終以傳統政治制度的完結，傳統思想文化的被否定打倒告終。置身於這種歷史進程中，作爲儒家士人中的精英，陳寶琛又怎會無動於衷：

　　　　補袞故知時局異，張維誰信古經尊？〔註217〕
　　　　三綱漢後看眞絕，六籍秦餘恐卒焚。〔註218〕
　　　　天與朋簪忘老至，世傷王跡恐詩亡。〔註219〕
　　　　一藝可憐關世運，未應結習便能除。〔註220〕
　　　　三綱不信今眞絕，猶寶絲綸景泰年。〔註221〕
　　　　大道誰傳無盡火？群公自積後來薪。〔註222〕
　　　　僥倖風雅未卒淪，後六十年倘三此。〔註223〕

〔註216〕陳寶琛：《泗里末謁孔子廟》，陳寶琛著，劉永翔、許全勝校點：《滄趣樓詩文集》，上海古籍出版社2006，第93頁。

〔註217〕陳寶琛：《三月初九日召見養心殿》，陳寶琛著，劉永翔、許全勝校點：《滄趣樓詩文集》，上海古籍出版社2006，第113頁。

〔註218〕陳寶琛：《得幼雲青島書卻寄》，陳寶琛著，劉永翔、許全勝校點：《滄趣樓詩文集》，上海古籍出版社2006，第148頁。

〔註219〕陳寶琛：《六月再與校士之役瑞臣侍郎見和四月闈中作疊韻奉酬並呈春卿尚書》，陳寶琛著，劉永翔、許全勝校點：《滄趣樓詩文集》，上海古籍出版社2006，第125頁。

〔註220〕陳寶琛：《訪伯平吳門》，陳寶琛著，劉永翔、許全勝校點：《滄趣樓詩文集》，上海古籍出版社2006，第101頁。

〔註221〕陳寶琛：《任瑾存以其遠祖景泰七年誥軸屬題蓋其先德抱持於兵燹間謹存者》，陳寶琛著，劉永翔、許全勝校點：《滄趣樓詩文集》，上海古籍出版社2006，第257頁。

〔註222〕陳寶琛：《闈遊學廷試卷宿文華殿西廡懷鄧鐵香鴻臚同治甲戌殿試予爲收掌官鄧以御史監試》，陳寶琛著，劉永翔、許全勝校點：《滄趣樓詩文集》，上海古籍出版社2006，第138頁。

〔註223〕陳寶琛：《梁卓如招集萬生園修禊未赴有詩徵和分韻得此字》，陳寶琛著，劉永翔、許全勝校點：《滄趣樓詩文集》，上海古籍出版社2006，第156頁。

老尚溫經閒鬥韻，風流已是道咸人。〔註224〕
舉世笑迂惟通道，斯文留脈儻關天。〔註225〕

這些詩句表達出在「世論方賤儒」〔註226〕，「儒術世弗尚」〔註227〕的時代背景下，一個傳統士人對三綱要絕，六經將焚，風雅滅裂的憂懼擔心。「風氣日薄，後生小子喜新知、厭舊學，有能措意於本原之地者乎」〔註228〕；「道盡文喪，邪詖蜂起，十倍於楊墨，不盡人為禽獸不止，禍且有甚於亭林所云者，則又不僅《黍離》之悲、陸沉之痛已也」〔註229〕。儒家思想文化不斷的受到質疑衝擊，已難以維繫世道人心。昔日興盛一時的乾嘉風物、道咸風流而今只成追憶。世危時艱之際，誰又能接踵前賢薪火相傳？老人撫今追昔，思之黯然，不由感慨「斯文之悲，正在我輩」〔註230〕……

「三元甲子歲朝春，千歲猶難值此辰。不合乾坤長板蕩，卻留皮骨老風塵。桃蟲世難操心苦，芻狗科名拜賜新。早達晚成都夢囈，曾無毫末答君親」〔註231〕。1924年是罕見的元日立春，陳寶琛有感於此，寫下了這首《甲子元日立春書感》。前此不久老人因鄉舉重逢（清制中舉一甲子可重赴鹿鳴宴），被小朝廷賞用紫韁及御書匾額。詩中

〔註224〕　陳寶琛：《祁文恪詩卷爲何潤夫題》，陳寶琛著，劉永翔、許全勝校點：《滄趣樓詩文集》，上海古籍出版社2006，第133頁。

〔註225〕　陳寶琛：《題文叔瀛前輩手鈔近思錄》，陳寶琛著，劉永翔、許全勝校點：《滄趣樓詩文集》，上海古籍出版社2006，第234～235頁。

〔註226〕　陳寶琛：《寓齋雜述》，陳寶琛著，劉永翔、許全勝校點：《滄趣樓詩文集》，上海古籍出版社2006，第119頁。

〔註227〕　陳寶琛：《力軒舉醫隱廬》，陳寶琛著，劉永翔、許全勝校點：《滄趣樓詩文集》，上海古籍出版社2006，第149頁。

〔註228〕　陳寶琛：《王旭莊妻弟五十壽序》，陳寶琛著，劉永翔、許全勝校點：《滄趣樓詩文集》，上海古籍出版社2006，第354頁。

〔註229〕　陳寶琛：《匏庵詩存序》，陳寶琛著，劉永翔、許全勝校點：《滄趣樓詩文集》，上海古籍出版社2006，第307頁。

〔註230〕　陳寶琛：《謝枚如先生哀誄》，陳寶琛著，劉永翔、許全勝校點：《滄趣樓詩文集》，上海古籍出版社2006，第459頁。

〔註231〕　陳寶琛：《甲子元日立春書感》，陳寶琛著，劉永翔、許全勝校點：《滄趣樓詩文集》，上海古籍出版社2006，第193頁。

感慨自己仕途早達晚成，對晚年復出之後清室不斷給自己的禮遇益發感恩而思圖報。孰料不久之後，就連小朝廷裏這種按部就班的日子也走到了盡頭。直奉戰爭的硝煙燃到了紫禁城，廢帝溥儀被趕出了皇宮。由於小朝廷內部意見分歧，溥儀終究還是移居到天津日租界之張園。陳寶琛隨即也跟隨赴津。

> 麻鞋相見並霜顛，回首關山卅二年。
> 世以神州爲博局，天留我輩看桑田。
> 衰遲未盡平生意，瑣尾翻贏一覯緣。
> 何但黍離行道感，下車城郭已瞠然。〔註232〕

此詩是移居天津之後因故返京有感而作。神州動盪，君主蒙塵。遺臣惶惑，麻鞋奔赴。不期自己一生迭遭變故，閱盡滄海桑田。此番又入都門，心裏已滿是黍離之悲；「羲輪不趁魯戈回，萬事人間總可哀。未死宿心隨墓草，何年殘劫換池灰。舊廬蕭瑟空流歎，大陸瘡痍正費才。遼海茫茫華表鶴，塵沙滿眼爲誰來」〔註233〕，滄海橫流，世事已變，此時的陳寶琛也只能獨自咀嚼回天無力的悲哀。

溥儀遷到張園之後，陳寶琛仍舊履踐臣職，照常進講。只是此時的小朝廷已非舊時的紫禁城了。溥儀眼中「最稱穩健謹慎」、「最忠實於我，最忠實於『大清』的」陳寶琛已不再是其「唯一的智囊」〔註234〕。「小朝廷內分牛李，詩派相同卻解嘲」〔註235〕，居住在日租界的溥儀此時已在日本帝國主義的監控之下。對於是否要依靠外國勢力來「光復故業」，遺老之間意見分歧很大。陳寶琛力主遵時養晦，以能夠恢復清室優待條件，回到紫禁城爲務。他對日本的狼子野心一直

〔註232〕 陳寶琛：《秦子質來津奔問因同入都》，陳寶琛著，劉永翔、許全勝校點：《滄趣樓詩文集》，上海古籍出版社2006，第195頁。

〔註233〕 陳寶琛：《過張忠武宅同愔仲後園韻》，陳寶琛著，劉永翔、許全勝校點：《滄趣樓詩文集》，上海古籍出版社2006，第195～196頁。

〔註234〕 參看愛新覺羅·溥儀著：《我的前半生》，群眾出版社2007年，第47頁。

〔註235〕 汪辟疆：《光宣詩壇點將錄》，汪辟疆撰：《汪辟疆說近代詩》，上海古籍出版社2001，第55頁。

有所警惕：「時流弗貴子勿炫，識寶豪奪防東鄰」〔註236〕，反對依附日本。而在癸亥年溥儀大婚之時，由陳寶琛舉薦的同為閩派詩人的鄭孝胥則力主結日本以為外援，在外國勢力的蔭庇下復辟。二人各持己見，爭執不下。1926 年的除夕，已年近八旬的老人作了《除夕》一詩：「通宵爆竹似平時，八十衰殘不自知。何意蜷居一樓地，適來羅拜五男兒。君臣義在難歸老，弟妹情長奈遠離。混一車書終可待，天心人事正推移」〔註237〕。耄耋之年的老人依然惓惓於君臣之義，時時處處的表達著自己的忠心：「銜石初心終不改，向陽短發且常晞」〔註238〕；「既晚勖為霜下傑，不遷鑒此歲寒心」〔註239〕；「葵無早暮總傾陽，菊已衰殘尚耐霜」〔註240〕，希望他的皇帝學生能夠聽從他的勸諫，遵時養晦、等待時機，不要急躁冒進。

　　寓居沽上之後，其詩作之中寫松之句猶多：

　　　　海天閣外閒吟遍，聽水齋中寐宿深。吾契尚留聲叟在，
　　與君相喻歲寒心。〔註241〕

　　　　釣臺有松幹離立，圖此敢與雙梧衡？廿年苦語尚未
　　忘，相勖晚節仍堅貞。〔註242〕

〔註236〕　陳寶琛：《黃忠端畫報國寺前後庭四松應天郊壇左右各一漳浦楊摶九孝廉攜以入都屬題》，陳寶琛著，劉永翔、許全勝校點：《滄趣樓詩文集》，上海古籍出版社 2006，第 158 頁。

〔註237〕　陳寶琛：《除夕》，陳寶琛著，劉永翔、許全勝校點：《滄趣樓詩文集》，上海古籍出版社 2006，第 205 頁。

〔註238〕　陳寶琛：《贈黃石孫太守》，陳寶琛著，劉永翔、許全勝校點：《滄趣樓詩文集》，上海古籍出版社 2006，第 206～207 頁。

〔註239〕　陳寶琛：《臣寶琛八十二歲生辰蒙御書老圃黃花標晚節仙洲丹橘擁高門聯語並如意文綺以賜感悚恭紀》，陳寶琛著，劉永翔、許全勝校點：《滄趣樓詩文集》，上海古籍出版社 2006，第 221 頁。

〔註240〕　陳寶琛：《次韻愔仲》，陳寶琛著，劉永翔、許全勝校點：《滄趣樓詩文集》，上海古籍出版社 2006，第 250 頁。

〔註241〕　陳寶琛：《畫松寄吳郁生親家》，陳寶琛著，劉永翔、許全勝校點：《滄趣樓詩文集》，上海古籍出版社 2006，第 201 頁。

〔註242〕　陳寶琛：《為仲昭畫松感賦》，陳寶琛著，劉永翔、許全勝校點：《滄趣樓詩文集》，上海古籍出版社 2006，第 203 頁。

霜霰雖嚴松柏翠，未應負卻歲寒期。〔註 243〕

不惜道途老，終傷氣類孤。年來兵馬過，天幸免樵蘇。
〔註 244〕

喬木風霜久見侵，青青猶殿舊園林。莫嫌磈砢堅多節，正試平生捧日心。〔註 245〕

朔漠冰霜西域雪，煉成直幹故森森。重支大廈求梁棟，此木從來不二心。〔註 246〕

夢上西山選佛場，春回寒日總無光。天風吹下支離叟，來伴維摩住病坊。〔註 247〕

磈砢猶當中棟樑，廿年禁得幾滄桑？此心不死如寒木，試上勞山更北望。〔註 248〕

負雪凌霜不記年，多心多節自來堅。青青柯葉常如舊，閱遍人間海變田。〔註 249〕

這顆老松歷經風霜，磈砢多節，雖然是歲寒心依舊，卻已是「終傷氣類孤」了。

「剜肝為紙苦期期，猶抱朱書直講帷。眾嫉盍看無黨論，獨清元自畏人知」〔註 250〕，「九‧一八」事變之後，日本帝國主義加緊策劃

〔註 243〕 陳寶琛：《疊前韻均束宗白秋樓》，陳寶琛著，劉永翔、許全勝校點：《滄趣樓詩文集》，上海古籍出版社 2006，第 271 頁。

〔註 244〕 陳寶琛：《出永定門裏許有松橫僵子立道旁畫以傳之》，陳寶琛著，劉永翔、許全勝校點：《滄趣樓詩文集》，上海古籍出版社 2006，第 223 頁。

〔註 245〕 陳寶琛：《題畫松贈壽民》，陳寶琛著，劉永翔、許全勝校點：《滄趣樓詩文集》，上海古籍出版社 2006，第 228 頁。

〔註 246〕 陳寶琛：《畫松贈袁行南中丞》，陳寶琛著，劉永翔、許全勝校點：《滄趣樓詩文集》，上海古籍出版社 2006，第 231 頁。

〔註 247〕 陳寶琛：《自題畫松立春日病院作》，陳寶琛著，劉永翔、許全勝校點：《滄趣樓詩文集》，上海古籍出版社 2006，第 232 頁。

〔註 248〕 陳寶琛：《潛樓老弟病中乞為畫松予諾之猶期其愈也已而赴至意不可負寫此並係一絕》，陳寶琛著，劉永翔、許全勝校點：《滄趣樓詩文集》，上海古籍出版社 2006，第 268 頁。

〔註 249〕 陳寶琛：《題畫松為蒲生志中母謝太夫人作》，陳寶琛著，劉永翔、許全勝校點：《滄趣樓詩文集》，上海古籍出版社 2006，第 252 頁。

〔註 250〕 陳寶琛：《次韻答惜仲》，陳寶琛著，劉永翔、許全勝校點：《滄趣

在東三省建立由溥儀任執政的傀儡政權，小朝廷內部的分歧已至白熱化。溥儀的復辟野心日益膨脹，再也聽不進陳寶琛靜以待時的勸諫了。「御前會議」上，儘管陳寶琛與鄭孝胥針鋒相對、怒目相向，到了「傷尊害禮」〔註251〕的地步。可計議已定的溥儀，翌日便瞞著「忠心可嘉」卻已「迂腐不堪」〔註252〕的老師，跑到了東北。

過後才知消息的陳寶琛以八十四歲的高齡趕赴旅順猶望能再勸溥儀：「若非復位以正系統，何以對列祖列宗在天之靈」〔註253〕？並斥責鄭孝胥等人為一己私欲，陷帝於危地：「眩人作劇太離奇，囊底貪天失鏡機。豈有同舟心膽異，故應接壤輔車依。觸蠻抵死猶爭戰，堯桀平情孰是非？中壽何知臣服罪，事成早辦遂初衣」〔註254〕。翌年陳寶琛再赴長春，對溥儀被日人掌控毫無自主之權的傀儡處境痛心疾首：「陛下以不貲之軀，為人所居為奇貨，迫成不能進、不能退之局，而惟其所欲為。始則甘言逼挾，謂事可立成；既悟其誕矣，而經旬累月，恣為欺蒙」〔註255〕，希望溥儀迷途知返。二十多年追隨，君臣義深，老人始終都希望溥儀能幡然悔悟，脫離日本人控制回到舊都：「本意衝天待一飛，輕身如入白登圍。直成大錯誰實鑄，未遠迷途應覺非。荒漠盡煩藍縷啟，舊都猶盼翠華歸。同舟風急需心膽，不信陽春和者稀」〔註256〕，即指溥儀一廂情願的以為到了東北即可大

樓詩文集》，上海古籍出版社2006，第208頁。

〔註251〕參看愛新覺羅‧溥儀著：《我的前半生》，群眾出版社2007年，第206頁。

〔註252〕參看愛新覺羅‧溥儀著：《我的前半生》，群眾出版社2007年，第207頁。

〔註253〕張允僑：《閩縣陳公寶琛年譜》，陳寶琛著，劉永翔、許全勝校點：《滄趣樓詩文集》，上海古籍出版社2006，第769頁。

〔註254〕陳寶琛：《次韻仁先將之大連留別並示惜仲》，陳寶琛著，劉永翔、許全勝校點：《滄趣樓詩文集》，上海古籍出版社2006，第237頁。

〔註255〕陳寶琛：《壬申密摺》，陳寶琛著，劉永翔、許全勝校點：《滄趣樓詩文集》，上海古籍出版社2006，第897頁。

〔註256〕陳寶琛：《惜仲館丈寄示壬申除夕同復志作次韻以正》，陳寶琛著，劉永翔、許全勝校點：《滄趣樓詩文集》，上海古籍出版社2006，第267頁。

展宏圖、衝天一飛，恢復祖業。並用高祖白登被匈奴圍困之典喻溥儀已入日本帝國主義之重圍，大錯鑄成。

　　1935 年，八十八歲的老人病逝，臨危之際惟言「求爲陸秀夫而不可得」〔註 257〕，隱隱有對甘當傀儡的溥儀失望之意。陳寶琛一生忠於清室，堅守臣節。他雖政治態度上保守，希望溥儀復辟，但期待的卻是一個國家強盛、社會安定，獨立自主、不受外侮的太平盛世，他深知民族大義之重。縱不能「光復故業」，寧學陸秀夫背負幼主投海，亦不能背叛國家民族，徒留千古罵名。只可惜自己一腔忠心、惓惓君國，卻不能阻止溥儀依附日本，「素願未償，徒銜悲而入地」〔註 258〕，遺恨無窮。

　　「翰墨於公本餘事，風波當日正孤危」〔註 259〕，陳寶琛本意在治世，餘事爲詩，遂以詩名。其「詩學宋人，時有清氣拂其筆端，故出語皆脫越塵表。老年之詩，視壯年益精密，然亦簡重盤折」〔註 260〕。黃濬認爲其「六、七十所作最精，八十五後，則有老態」〔註 261〕。其晚遭世變，原本即欲以遺民終老。更親歷清末至民初數十年之板蕩，更增憂時傷亂、懷念前朝之心。垂暮之年所爲詩頗多老人絮語，或所難免。

　　　　家聲忠孝須能繼，祖德高曾未可忘。〔註262〕

〔註257〕　張允僑：《閩縣陳公寶琛年譜》，陳寶琛著，劉永翔、許全勝校點：《滄趣樓詩文集》，上海古籍出版社 2006，第 774 頁。

〔註258〕　陳寶琛：《遺摺》，陳寶琛著，劉永翔、許全勝校點：《滄趣樓詩文集》，上海古籍出版社 2006，第 899 頁。

〔註259〕　陳寶琛：《觀王文成書遊廬山開先寺聞瑞卿都諫亦往白露因簡詩題後》，陳寶琛著，劉永翔、許全勝校點：《滄趣樓詩文集》，上海古籍出版社 2006，第 157 頁。

〔註260〕　王森然：《記陳寶琛》，陳寶琛著，劉永翔、許全勝校點：《滄趣樓詩文集》附錄一，上海古籍出版社 2006，第 607 頁。

〔註261〕　黃濬著：《花隨人聖庵摭憶》，上海古籍出版社 1983 年，第 48 頁。

〔註262〕　陳寶琛：《可莊直上齋端午賜扇其孫小尹得之求題》，陳寶琛著，劉永翔、許全勝校點：《滄趣樓詩文集》，上海古籍出版社 2006，第 198 頁。

園葵不拔表傾陽，刻燭朋簪迭此堂。〔註263〕

葵無早暮總傾陽，菊已衰殘尚耐霜。〔註264〕

同抱冬心誰竟展？返魂香裏憶平生。〔註265〕

舊京容有陽春和，行殿能忘湛露恩？〔註266〕

　　作爲一個深受儒家思想影響的傳統士人，陳寶琛一生恪守傳統的綱常倫理：忠於一朝，不仕二姓。尤其在清亡特殊的歷史背景下，以「患難君臣骨肉同」〔註267〕之情，更不捨其君臣之義。其後追隨廢帝圖謀復辟，逆歷史潮流，固然有愚忠之嫌。但其在風雲變幻之時代，不盲目隨波逐流、不爲一己得失利害計，堅持操守有始有終，並最終能以民族大義爲重，甚爲難得。他始終關注時事民生，希望社會安定，百姓不再受塗炭之苦。詩集之中憂時憫亂之句處處可見：

人間何世更商聲？忍死終思見太平。〔註268〕

何辜世竟淪重劫，未死誰能刬積悲？〔註269〕

橫流何地爲安處，遑暇兵塵念故鄉？〔註270〕

歲運如環又在丁，萬方兵甲幾曾停。〔註271〕

〔註263〕陳寶琛：《題萬公雨葵園剪燭圖予寓居即公雨經宿處葵園前廳也》，陳寶琛著，劉永翔、許全勝校點：《滄趣樓詩文集》，上海古籍出版社2006，第245頁。

〔註264〕陳寶琛：《次韻悒仲》，陳寶琛著，劉永翔、許全勝校點：《滄趣樓詩文集》，上海古籍出版社2006，第250頁。

〔註265〕陳寶琛：《題吳憲齋爲羅稷臣畫梅》，陳寶琛著，劉永翔、許全勝校點：《滄趣樓詩文集》，上海古籍出版社2006，第253頁。

〔註266〕陳寶琛：《元夕次和子有入覲禮成之作》，陳寶琛著，劉永翔、許全勝校點：《滄趣樓詩文集》，上海古籍出版社2006，第259頁。

〔註267〕陳寶琛：《題仁先紀恩室》，陳寶琛著，劉永翔、許全勝校點：《滄趣樓詩文集》，上海古籍出版社2006，第241頁。

〔註268〕陳寶琛：《次韻蘇庵九日作》，陳寶琛著，劉永翔、許全勝校點：《滄趣樓詩文集》，上海古籍出版社2006，第196頁。

〔註269〕陳寶琛：《次韻悒仲五月十三日公雨酒座感賦》，陳寶琛著，劉永翔、許全勝校點：《滄趣樓詩文集》，上海古籍出版社2006，第201頁。

〔註270〕陳寶琛：《次韻悒仲丁卯元旦》，陳寶琛著，劉永翔、許全勝校點：《滄趣樓詩文集》，上海古籍出版社2006，第206頁。

〔註271〕陳寶琛：《五月十三日公雨招飲張忠武別業有詩次和》，陳寶琛著，劉永翔、許全勝校點：《滄趣樓詩文集》，上海古籍出版社2006，第208頁。

炳燭餘生更何冀，倘銷兵氣耀奎躔。﹝註 272﹞

遺黎倒懸難未已，熒惑犯鬥還播遷。﹝註 273﹞

卻爲鄉邦優長亂，開門節度亦無人。﹝註 274﹞

誰解倒懸蘇世患，忍持迂論責君難？﹝註 275﹞

又如這首《天津至勝芳舟中偶占》：「無月無燈坐一更，星光中帶候蟲聲。村居水宿吾都習，但祝年豐永息兵」﹝註 276﹞，船行在一個無月無燈的夜晚，老人獨坐舟中，耳邊傳來水邊小蟲的鳴叫聲，思及這兵荒馬亂的時世，不知何時能夠太平。惟願烽煙四息，百姓能安居樂業，不再受兵燹之苦。

清末數十年來，隨著西學東漸進程的加快，儒家思想文化不斷受到衝擊。清王朝滅亡之後，儒家思想文化受到了更爲猛烈的批判和否定，岌岌可危。「儒術能爲耆定功」﹝註 277﹞，「文字能關國廢興」﹝註 278﹞。陳寶琛素以儒家聖人之道爲安身立命之本。視儒家思想文化爲支撐傳統社會的根本，關乎國家興廢存亡。在人心浮動，新思潮湧動的民初，他篤守儒術：「舉世沸羹操古調，滿城豔冶抱孤芳。應求政以斯文重，衰耄猶難結習忘」﹝註 279﹞。在舉世皆非的社會形勢下，

﹝註 272﹞　陳寶琛：《瀨川淺之進廈門別後頃來主東方文化會事喜晤感贈》，陳寶琛著，劉永翔、許全勝校點：《滄趣樓詩文集》，上海古籍出版社 2006，第 216 頁。

﹝註 273﹞　陳寶琛：《贈鄭蘇庵》，陳寶琛著，劉永翔、許全勝校點：《滄趣樓詩文集》，上海古籍出版社 2006，第 219 頁。

﹝註 274﹞　陳寶琛：《庚午元旦》，陳寶琛著，劉永翔、許全勝校點：《滄趣樓詩文集》，上海古籍出版社 2006，第 224 頁。

﹝註 275﹞　陳寶琛：《次韻答松客》，陳寶琛著，劉永翔、許全勝校點：《滄趣樓詩文集》，上海古籍出版社 2006，第 251 頁。

﹝註 276﹞　陳寶琛：《天津至勝芳舟中偶占》，陳寶琛著，劉永翔、許全勝校點：《滄趣樓詩文集》，上海古籍出版社 2006，第 209 頁。

﹝註 277﹞　陳寶琛：《清宮良齊宗親黔遊得王文成 銅像其師三島中洲毅爲之記裝卷屬題》，陳寶琛著，劉永翔、許全勝校點：《滄趣樓詩文集》，上海古籍出版社 2006，第 244 頁。

﹝註 278﹞　陳寶琛：《姚惜抱先生使程日記爲袁伯夔題》，陳寶琛著，劉永翔、許全勝校點：《滄趣樓詩文集》，上海古籍出版社 2006，第 255 頁。

﹝註 279﹞　陳寶琛：《金靜庵毓黻黃黎雍來訪旋別卻寄》，陳寶琛著，劉永翔、

儼然以傳統文化的擔承者自荷：「吾道故應有消長，底須問卜向嚴遵」〔註 280〕；「危冠到老仍強項，吾道何傷舉世非」〔註 281〕。並堅信傳統文化的價值不會因一時一世之否定而消亡：「夫《六經》無終晦之理，世運有時盲塞，人心所繫，聖道常昭。世方以委巷話言摧折文字而誤後生，而海外學人轉以誦習先聖遺書而慕中國文教之美，是知《六籍》彌綸宙合，人類將賴以扶持，非中國所能私，亦非新學眾流所得掩也」〔註 282〕。

　　從封建王朝跨入民主共和時代，晚清士人經歷了亙古未有之大變局。雖然世易時移，但對陳寶琛而言，清王朝滅亡與歷史上之改朝換代一樣，沒有性質的不同。國變之後，士人如何對待出處仕隱之大節，能否持守遺民之風操仍是其衡量士人品行氣節之標準。故此對於在清亡後仍持守儒家綱常思想，履行忠孝節義的士人，陳寶琛總是以飽蘸遺民情懷的筆墨表達出自己的稱許敬重之意：

　　　　辛亥變作，避地淶水。淶水邇崇陵，公於奉安時臨哭，後遂徙居天津，益杜門不與人事。……卒前一日，猶與執友論事，哽咽不已，蓋九年中心憂君國，無一日釋也。〔註 283〕

　　　　時新學方興，已有排斥禮教者，故公在官，常以維持人紀汲汲也。……常以報恩無日，悉然中傷。播遷以來，仍歲時朝謁，雖扶疾無間。〔註 284〕

　　　　許全勝校點：《滄趣樓詩文集》，上海古籍出版社 2006，第 244 頁。

〔註 280〕　陳寶琛：《鶴亭招飲十剎海作荷花生日有詩次和》，陳寶琛著，劉永翔、許全勝校點：《滄趣樓詩文集》，上海古籍出版社 2006，第 226 頁。

〔註 281〕　陳寶琛：《和愔仲除夕即用其韻》，陳寶琛著，劉永翔、許全勝校點：《滄趣樓詩文集》，上海古籍出版社 2006，第 218 頁。

〔註 282〕　陳寶琛：《唐蔚芝侍郎十三經讀本序》，陳寶琛著，劉永翔、許全勝校點：《滄趣樓詩文集》上海古籍出版社 2006，第 297～298 頁。

〔註 283〕　陳寶琛：《張小帆中丞墓誌銘》，陳寶琛著，劉永翔、許全勝校點：《滄趣樓詩文集》，上海古籍出版社 2006，第 403～404 頁。

〔註 284〕　陳寶琛：《郭文安公墓誌銘》，陳寶琛著，劉永翔、許全勝校點：《滄趣樓詩文集》，上海古籍出版社 2006，第 413～414 頁。

特定的時代下，深受儒家思想文化濡染的傳統士人不會去懷疑心中如日月亙古常在的聖人之道。綱常倫理與思想文化在傳統士人看來是渾然一體，不可分割的。在清末特殊的時代背景下，他們秉持「中學爲體，西學爲用」的思想，只願在原有框架內作一些修補，根本不能接受對傳統儒家思想文化的全盤否定和徹底顛覆。毫無疑問，遺老們堅持的綱常倫理思想有其封建保守一面，其中不乏糟粕。但其對於道德品行的堅守亦不無可取之處。更爲重要的是在新舊交替、中西撞擊的時代風潮下，其作爲傳統文化的殉道者和擔承者，客觀上起到了保存傳統文化的作用。

陳寶琛固守其臣節，始終以復辟爲念，其政治態度之保守自當揚棄。但其不計個人利害得失，始終堅持道德操守，比起民初諸多利慾薰心、朝秦暮楚之輩，人格品行不啻千里之別。而且其在詩歌藝術上之成就頗可討論，不應當被淹沒忽視。

第三章　驀地黑風吹海去，世間原未有斯人——沈曾植心路歷程

沈曾植（1850～1922），字子培，號乙庵、乙龕，晚號寐叟。又有睡翁、睡庵、巽齋、東軒支離叟等諸多別號。浙江嘉興府人。同治癸酉鄉試舉人，光緒六年（1880）庚辰會試進士。居刑曹十八年、歷任主事、員外郎、郎中等職，並兼總理各國事務衙門俄國股章京。積極參與維新變法，曾助康有為開強學會。戊戌政變因丁憂歸里幸免於難。1898 年應張之洞之聘主兩湖書院史席，1900 年庚子事變起，曾參與籌劃「東南互保」之策。1902 年任外務部員外郎，旋即外放江西廣信府知府。歷任江西鹽法道、督糧道，後任安徽提學使、布政使、護理巡撫，1910 年辭官歸里。辛亥後為遺老，因參與丁巳復辟受人詬病。1922 年病逝於上海，享年 73 歲，歸葬嘉興。沈氏長於經、史、小學、西北南洋地理，書畫、金石、刑律、樂律、醫、佛、道無不精通，有「同、光朝第一大師」〔註1〕之稱。

沈曾植是同光體浙派代表詩人，被譽為「同光體魁傑」。其詩學取徑較寬，早年學李商隱、王安石、黃庭堅、韓愈諸家，復上溯謝靈運、顏延之；又承朱彝尊、錢載秀水一脈。其為詩不取一法、不壞一

〔註1〕 胡先驌：《海日樓詩跋》，沈曾植著，錢仲聯校注：《沈曾植集校注》，中華書局 2001，第 22 頁。

法，援玄學、經學、理學入詩，達到學人之詩的極致。陳三立曾評其詩曰：「寐叟於學無所不窺，道籙梵笈，並皆究習，故其詩沉博奧邃，陸離斑駁，如列古鼎彝法物，對之氣斂而神肅」〔註2〕。陳衍亦言沈氏「詩雅尚險奧，聱牙鉤棘中，時復清言見骨，訴真宰，蕩精靈」〔註3〕。錢仲聯先生更在《論近代詩四十家》中以博大真人、通天教主譽之。

第一節 「剛腸志士丹衷在，壯事愚公白髮休」〔註4〕
——勤學厚積有志維新的京官時期

  沈曾植先氏於明成化年間由鹽官遷嘉興，其家世守儒業、累代寒素。至其祖父維鐈始顯達，復遷於京城。沈維鐈治家嚴謹、深諳義理，「以理學儒行重於中朝」〔註5〕，爲時所稱。嘗立有「子孫不可一日不讀書」之家訓〔註6〕。其父沈宗涵秉承家學，「少成若性，風操淵整」〔註7〕。據沈曾植《家傳稿》中記載：「府君處事至詳愼，應時決定，所欲爲必達，無悠忽，無凝滯，無疾言遽色、窘步惰容。自少時服習司空公彝訓，若《曲禮》、《內則》、《少儀》、《弟子職》，若朱子、小學、家禮，習熟而心知其意，默識而實踐之。守司空公理學之傳。不讀非聖書，亦未嘗有所非薄。飲食起居，出入時節，有常度，經歲如一日」〔註8〕。沈宗涵一生七次會試不第，蹭蹬場屋二十餘年。然其

〔註2〕 陳三立：《海日樓詩集跋》，見沈曾植著，錢仲聯校注：《沈曾植集校注》，中華書局2001，第18頁。
〔註3〕 陳衍：《沈乙庵詩序》，陳衍撰、陳步編：《陳石遺集》，福建人民出版社2001，第507頁。
〔註4〕 沈曾植：《偕石遺渡江》，沈曾植著，錢仲聯校注：《沈曾植集校注》，中華書局2001年12月，第206頁。
〔註5〕 蔣艮：《沈宗涵墓誌銘》，許全勝著：《沈曾植年譜長編》，中華書局2007，第7頁。
〔註6〕 參見張儷霞撰：《沈曾植與海日樓》，《圖書館雜誌》2003年第1期。
〔註7〕 蔣艮：《沈宗涵墓誌銘》，許全勝著：《沈曾植年譜長編》，中華書局2007，第7頁。
〔註8〕 沈曾植：《家傳稿》，許全勝著：《沈曾植年譜長編》，中華書局2007，第10頁。

素以聖賢之道律己，言行舉止循規中距，並無牢騷抑鬱之氣溢於外。
而其學問淹雅，尤精於史。「府君好讀史，尤熟《通鑑》，人地名、事
蹟本末，隨問酬答，鉅細不遺。叔父連州公精治班、范兩《漢書》，
手校詳密，曾植讀而歎服，連州公曰：『吾不及汝父精熟也』」〔註9〕。
在此家風薰習之下，沈曾植自小即潛心義理，亦培養了對研治史籍的
濃厚興趣。

　　咸豐七年，沈曾植八歲之時，其父因時疫病沒。沈氏父祖居官清
廉，家無餘財，自此生計陷入困頓。「兄弟只長衣一襲，每易之而出。
無襪，常白足」〔註10〕。幸賴母親韓太夫人內外操持，沈曾植才得以
不輟學業。太夫人每於燈下親授義山詩，而沈曾植則識至成誦始寢，
漸通音韻之學。而韓夫人多病疾，沈曾植「終歲未嘗解衣安臥」〔註
11〕，親嘗醫藥，侍奉於側，遂諳醫學。

　　幼年喪父，家境貧寒，艱辛的少年生活砥礪了沈曾植求學的意
志，乃「盡通國初及乾、嘉諸家之說」〔註12〕，為「壯涉百家流」〔註
13〕奠定了堅實的基礎。沈曾植十二歲時師從俞功懋受小戴禮記、唐
人詩歌；復從母韓太夫人受《漁洋山人精華錄》。十三歲時又從高偉
曾（僊生）開筆，「平生詩詞門徑，及諸辭章應讀書，皆稟先生指授，
推類得之」〔註14〕；十九歲時又從羅學成遊。此外，沈曾植向師從多
人，如孫壂、周楨、王寶善、秦琛、阮堯恩、朱麟泰、周篔、王綍、
胞兄沈曾柒，可謂轉益多師，博採眾長。然其雖學有所成，卻不得志
於有司，困於場屋多年。沈曾植二十一歲應同治庚午鄉試未中，直至

〔註9〕　沈曾植：《家傳稿》，許全勝著：《沈曾植年譜長編》，中華書局2007，
　　　　第9頁。
〔註10〕　王蘧常編著：《沈寐叟年譜》，商務印書館1938，第10頁。
〔註11〕　趙爾巽撰：《清史稿·沈曾植傳》，中華書局1977，第12825頁。
〔註12〕　王蘧常編著：《沈寐叟年譜》，商務印書館1938，第10頁。
〔註13〕　沈曾植：《古詩》，沈曾植著，錢仲聯校注：《沈曾植集校注》，中華
　　　　書局2001年，第92頁。
〔註14〕　沈曾植：《業師兩先生傳》，錢仲聯輯：《沈曾植海日樓佚碑傳》，《文
　　　　獻》1993年第2期。

同治十二年癸酉科方中順天鄉試第二十二名舉人。接下來連赴同治甲戌、光緒丙子、丁丑會試皆不利。光緒六年，沈曾植年已三十一歲，始中庚辰科進士，簽發刑部以主事用。

沈曾植在未入仕之前，即以國家多故而留心邊事。沈氏幼年值英法聯軍進犯北京，遠避昌平猶聞圓明園之警。兵燹亂離之景象給少年沈曾植心裏留下了深刻慘痛的記憶。其曾在《題俞策臣師畫冊》一詩中憶及此段往事：「山氣闇無畫，慘慘雲而風。疲民魔若寐，危石支孤節。青阪曉棄師，甘泉夕傳烽。百里雷震驚，九天霧冥蒙。髫年識此境，播越軍都東。慈母撫諸孤，寒宵淚蹬紅。沙河長被夾，南寺毗沙雄。噩夢印不忘，童心弱能容。先生昔畫此，觸境膺忡忡。去之四十年，茲懷耿猶逢。我生遘多難，浩浩將焉窮」〔註15〕。並在詩後自注云：「記庚申歲，從叔父連州公、外舅寥生先生登昌平州城樓，四山黯黯，略如此畫，時初聞圓明園警，雖童幼甚慘怛也」。渴望強國禦侮之念，就此深植心中。

有感於世變之日亟、國事之日非，沈氏頗思致國富強之術。其承繼國初諸老遺風及道咸以來經世致用之風氣，考證史學掌故、深究輿地邊防。於光緒元年治蒙古史地，勤學之下終有所成。庚辰會試中，策問第五適問北徼事。沈氏得以盡發己見，遂以此登科，其在輿地方面之長才亦為世所知。帝師翁同龢閱其卷，以之為「通人」；大名鼎鼎心高氣傲的李慈銘也虛心推許，稱其：「讀書極細心，又有識見，近日罕覯也。其經文刻四首，皆博而有要；第五策言西北徼外諸國，鉤貫諸史，參證輿圖，辨音定方，具有心得，視余作為精密矣」〔註16〕，二人由是訂交。

入仕之後，沈曾植居刑部十八年，先後任主事、員外郎、郎中諸

〔註15〕沈曾植：《題俞策臣師畫冊》，沈曾植著，錢仲聯校注：《沈曾植集校注》，中華書局 2001 年，第 349～350 頁。

〔註16〕李慈銘著：《越縵堂日記》第三十五冊《荀學齋日記》乙集下，商務印書館 1920 年影印本。

職，並兼總理衙門章京。浮沉郎署，無所展布。光緒十九年考選御史未中。關於此次考選之因果，李慈銘曾有詳細記載：「作書致子培，以今日引見六部，考送御史，問其得否。……子培來言，記名者十四人，子培名在二十，自不得與。子培親老身弱，勤學贍古，今以刑部貴州司主稿兼在總理各國衙門行走，疲於吏事，故冀入臺，以謀息肩。此次試卷甚得意，以爲必首列矣。乃爲南皮所黜，蓋文義博奧，多不經見之字，又比它人多書一葉，故南皮深惡之，以卷中一處漬水跡如黍點，遂夾一簽，雲卷有污。蓋近來直隸三相，加專守道光間歛縣衣缽，力斥博辯宏偉之文，視學如仇，每主文試，以挽回風氣自命，原伯魯之子遍於天下矣」〔註17〕。縱使學富五車，不遇伯樂也枉然。沈氏雖沒能改變這種徒耗精力的冗曹生涯，然其天性好學，居刑曹遂研古今刑律，由明、宋、唐上溯漢魏，盡通律令。乃有《漢律輯補》、《晉書刑法志補》諸書行世。

　　十數年間，沈氏治西北輿地益發精深。光緒十一年（1885）曾爲廣東鄉試擬策問之題，時康有爲正應此科，始知沈氏之名。「是歲，應鄉試不售。時所問策，有宋元學案及蒙古事，場中無能對者，皆來抄問，粵城傳之。策爲沈刑部子培所擬。余之知沈子培以此也」〔註18〕。光緒十九年，俄國使臣喀西尼以《九姓回鶻可汗碑》、《闕特勤碑》、《苾伽可汗碑》影本送總理各國事務衙門，屬爲考釋。沈氏乃作《九姓回鶻可汗碑跋》、《闕特勤碑跋》、《苾伽可汗碑跋》回覆，俄人以此翻譯印行。此後西方學者著作中多所徵引沈氏之跋，沈曾植之名遂播於西方。沈氏在四十歲前後，復參禪悟道出入二氏，所學益爲廣博精深。沈曾植一生，勤學深思，於經、史、小學、西北南洋地理；書畫、金石、刑律、樂律、醫、佛、道諸學無不精通，綜貫百家，乃

〔註17〕李慈銘著：《越縵堂日記》第三十五冊《荀學齋日記》後丁集下，商務印書館 1920 年影印本。

〔註18〕康有爲：《康南海自編年譜》，楊家駱主編：《戊戌變法文獻彙編》第四冊，臺灣鼎文書局 1973，第 118 頁。

有「同、光朝第一大師」〔註19〕之譽。

　　同、光年間，京城文人雅集宴飲之風頗為盛行。諸多文人雅士呼朋引伴，相與詩歌酬唱、砥學論文、評書品畫、鑒賞金石碑版。這種交遊往還乃其時仕宦之人重要的社交生活，自然也是沈氏京官生涯的重要內容。光緒九年（1883），沈氏與李慈銘、袁昶、朱一新、黃紹箕、梁鼎芬、弟曾桐於崇效寺登高。李慈銘曾記此事：「午詣崇效寺，偕爽秋治具餞孺初。邀朱蓉生、黃仲弢、梁星海、沈子培、子封作陪，諸君皆已至。午後登藏經閣，有溫惠皇貴太妃長生祿位，其經紙印皆已舊，蓋北藏本也。其《華嚴經》有一卷後題云：「嘉靖三年七月宮內信女苗氏敬施」。崇效寺諸經柒式不一，亦有寫本，僧貧寺老，頗有散佚矣。又登寺西偏之西來閣，中祀文昌神，觀青松紅杏卷於靜觀堂。哺在堂設飲，日莫始散」〔註20〕。在這種朋儕往來之中，沈曾植之交遊日廣。光緒十一年（1885）三月，沈氏與李慈銘、袁昶、朱一新、施補華、瞿鴻機、王者馨諸人張飲於陶然亭，款待遠從喀什噶爾來京的施補華。五月張謇來京應試，亦與沈氏相識成友，並以「讀書敦行人也」〔註21〕之語評價沈曾植。同年七月，朱一新離京，沈氏兄弟、李慈銘、施補華、王者馨、朱福詵於陶然亭相送。重九日，諸人又於崇效寺雅集，餞送因彈劾李鴻章罷歸鄉里之王先謙、梁鼎芬。沈曾植與諸友秋赴登高會，冬做消寒集，夏則夜飲酒肆。寒來暑往中，這種經常性的宴飲雅集，使沈曾植結交了很多情感深摯的朋友。沈氏以其廣博深湛的學問、穩重謙和的個性、待人接物之誠摯篤厚，贏得了諸友朋的尊重和信賴。張謇就曾稱讚沈氏「深細慎篤」〔註22〕，而

<hr />

〔註19〕胡先驌：《海日樓詩跋》，沈曾植著，錢仲聯校注：《沈曾植集校注》，中華書局 2001 年，第 22 頁。

〔註20〕李慈銘著：《越縵堂日記》第四十一冊《荀學齋日記》戊集下，商務印書館 1920 年影印本。

〔註21〕張謇著：《張謇全集·日記》，光緒十一年六月八日，江蘇古籍出版社 1994，第 246 頁。

〔註22〕張謇著：《張謇全集·日記》，光緒十一年十二月一日，江蘇古籍出版社 1994，第 256 頁。

同樣自命不凡、心高氣傲的李慈銘、鄭孝胥雖互不相能，亦均與沈氏
交好。

　　鄭孝胥對李慈銘頗有微詞，曾在日記中記載其對李慈銘之觀感：
「王弢夫以李蒓客詩卷見示，看盡數卷，視近人誠為高許，惟其人褊
狹，故詩境亦如之」〔註23〕；「與可、旭同詣長椿寺，二席，坐中凡
十七人。李蒓客亦在坐，貌尙清癯，於坐間忽怒，囈語嫚罵。余與隔
席，不詳何語也」〔註24〕。而對於沈曾植則有相談甚洽之感，鄭孝胥
在京期間，與沈曾植往來甚密，幾無虛日：

　　　　日斜，子培、建伯來，弢甫亦來，攜詩去。子培留談，
　　二鼓始散。〔註25〕（1890 年 2 月 10 日）

　　　　作詩與子培，……夜，子培以二詩來。〔註 26〕（1890
　　年 2 月 12 日）

　　　　子培復來二詩，晚，以一律報之。〔註27〕（1890 年 2
　　月 13 日）

　　　　子培復來一律，欲報之，未就。〔註28〕（1890 年 2 月
　　14 日）

　　　　子培來談，攜詩去。〔註29〕（1890 年 2 月 21 日）

　　而後鄭孝胥遠赴日本，思及京中諸友款洽之情，嘗作有「城西朋

〔註23〕中國國家博物館編，勞祖德整理：《鄭孝胥日記》第一冊，中華書局
　　　　1993，第 182 頁。
〔註24〕中國國家博物館編，勞祖德整理：《鄭孝胥日記》第一冊，中華書局
　　　　1993，第 196 頁。
〔註25〕中國國家博物館編，勞祖德整理：《鄭孝胥日記》第一冊，中華書局
　　　　1993，第 159 頁。
〔註26〕中國國家博物館編，勞祖德整理：《鄭孝胥日記》第一冊，中華書局
　　　　1993，第 160 頁。
〔註27〕中國國家博物館編，勞祖德整理：《鄭孝胥日記》第一冊，中華書局
　　　　1993，第 160 頁。
〔註28〕中國國家博物館編，勞祖德整理：《鄭孝胥日記》第一冊，中華書局
　　　　1993，第 160 頁。
〔註29〕中國國家博物館編，勞祖德整理：《鄭孝胥日記》第一冊，中華書局
　　　　1993，第 161 頁。

好誰相憶？定是丁陳與沈黃」〔註30〕之句。沈曾植更是不遠萬里寄詩
於鄭：「竟罷春關狎海漚，夫君逸躅邈難求。神山縹緲凌方丈，海旭
蒼涼到祖州。日下雲間餘悵望，奇花秀竹澹淹留。鹿廬縱是仙人蹻，
會許朝眞絳闕遊。年來夔蚿總相憐，寂歷重陽菊秀前。好事斷無奇字
酒，移情虛想聽濤船。世間屈曲緣蝸角，書卷沉埋老蠹編。秋半有懷
憑海客，太虛明月近誰圓」〔註31〕。詩中既表達了懷人之思，亦有對
異域風情的想像，思情異景別具韻味。鄭孝胥得詩後，反覆吟詠，遂
將其理事署中之茅亭命名爲「懷人亭」。並作《望月懷子培》一詩答
之：「天風海氣颯成圍，獨倚三更萬籟稀。不覺肺肝生白露，空憐河
漢失流暉。東溟自竄誰還憶，北斗孤懸詎可依。今夕太虛便相見，屋
樑留照夢中歸」〔註32〕。沈、鄭二人以詩論交，彼此酬唱往還經數十
年未絕。

　　而李慈銘與沈曾植之交誼猶爲深篤。自庚辰會試同榜得中後，二
人乃時相過從，往來密切。同賞書畫碑版，相與砥學論文，縱談時事，
甚爲相得。李慈銘欽佩沈氏勤學善思、學問精湛，「於西北邊事，考
古證今，多有心得。尚論宋明學術，亦具有微言，此事知者尠矣」〔註
33〕，認爲沈氏乃「一時儔類，罕見其匹」〔註34〕。在李慈銘的日記
中，有關二人交往的記載頻頻出現：

　　　　得沈子培書，以陳蘭浦《東塾讀書記》、黎二樵《五百
　　四峰堂詩鈔》爲贈。〔註35〕（1881年12月17日）

〔註30〕鄭孝胥：《雜詩》，鄭孝胥著，黃坤、楊曉波校點：《海藏樓詩集》，
　　　　上海古籍出版社2003，第13頁。
〔註31〕沈曾植：《寄懷鄭蘇庵》，沈曾植著，錢仲聯校注：《沈曾植集校注》，
　　　　中華書局2001年，第149～150頁。
〔註32〕鄭孝胥：《望月懷子培》，鄭孝胥著，黃坤、楊曉波校點：《海藏樓詩
　　　　集》，上海古籍出版社2003，第31頁。
〔註33〕李慈銘著：《越縵堂日記》第四十五冊《荀學齋日記》庚集下，商務
　　　　印書館1920年影印本。
〔註34〕李慈銘著：《越縵堂日記》第四十五冊《荀學齋日記》庚集下，商務
　　　　印書館1920年影印本。
〔註35〕李慈銘著：《越縵堂日記》第三十六冊《荀學齋日記》丙集上，商務

得沈子培書，以江氏小學書八種送閱，歙縣江晉三（有浩）所著也。一、《詩經韻讀》，二、《群經韻讀》，三、《楚詞韻讀》，四、《先秦韻讀》，五、《唐韻四聲正》，六、《諧聲表》，七、《入聲表》，附《等韻叢說》爲八種。〔註36〕（1882年8月2日）

沈子培以小琅嬛仙館所刻《述學》等三種見詒，此余舊物，後失之。子培數年前於廠市購得，見有餘題識，仍以見反，可感也。〔註37〕（1883年2月21日）晴後，偕子培閱廠市，至火神廟，廟攤已收矣。至翰文齋閱書，以四金買得《苕溪漁飲叢話》一部，梁章鉅《論語旁證》一部，夜歸。〔註38〕（1887年2月2日）

子培來，固勸余入試，己丑、辛卯兩次，皆已決計不考差，皆爲子培強邀而往。辛卯是日，日已晡矣，騶僕皆已散去，子培至以袍強加余身，並約夌夫推挽上車，此良友之心，望以一差濟余之窮，亦冀主文得士，藉以報國，固可感也。〔註39〕（1893年5月29日）

此外，日記中如「子培來久談」、「詣子培久談」、「詣子培，談至夜歸」之類的記載更是多見。二人疑義相析，互通有無。沈氏酷嗜碑版，家貧無銀致之，李慈銘乃爲其諧價得之。而由沈曾植以李慈銘所失《述學》故物見還；督送李慈銘應試諸事，不但見出沈、李二人深相契厚之交誼，亦可見出沈氏待友朋之眞摯誠篤。

除卻諸友共聚之宴飲雅集，沈、李二人之間書信往還、詩歌酬唱

印書館 1920 年影印本。
〔註36〕李慈銘著：《越縵堂日記》第三十八冊《荀學齋日記》丁集上，商務印書館 1920 年影印本。
〔註37〕李慈銘著：《越縵堂日記》第三十九冊《荀學齋日記》丁集下，商務印書館 1920 年影印本。
〔註38〕李慈銘著：《越縵堂日記》第四十七冊《荀學齋日記》辛集下，商務印書館 1920 年影印本。
〔註39〕李慈銘著：《越縵堂日記》，《荀學齋日記》後丁集之下，商務印書館 1920 年影印本。

亦從未間斷。李慈銘咽痛失音、苦咳甚巨，沈曾植乃以詩相問：「依
然談笑卻熊羆，誰識先生示疾時。肝膽輪困老逾熱，奇胲形色候方奇。
稽山未許歸狂客，稷下新聞訝老師。卻笑畫人窮慕想，尋常驚怪見之
而」〔註40〕，即以維摩詰有疾，其國人往問，而維摩詰因以說法之佛
經典故來安慰李慈銘。李慈銘六十大壽時，沈氏連連作詩賀之：

> 高柳蕭森學士居，頻年几杖近相於。
> 珩璜新論書堪誦，薑桂剛腸老未舒。
> 仕隱半生詩史在，家儀一卷禮箋余。
> 周南留滯翻多幸，到及香山社集初。
> 金粟前生有勝因，偶憑絲竹遣蕭晨。
> 臥遊名岳常隨障，燕語天花不著身。
> 刪定禮堂千載業，從容洛社九皇民。
> 霞觴一酌彰眉壽，春向江梅日日新。〔註41〕

詩中對李慈銘推崇備至。詩從李慈銘京寓所植楊柳之氣象蕭森寫
起，極言自己對李慈銘的尊崇之意。《禮記》有云「謀於長者，必操
几杖以從之」，李慈銘年長沈氏二十餘歲，二人相交忘年，多年來過
從甚密，而沈氏對李一直敬若長者。三、四、五、六句贊李慈銘剛直
敢言，愈老彌辣；以仕為隱，而詩文自成一家皆足傳世。李氏常與諸
友雅集宴飲，亦有昔日白居易諸人結社之高致。李慈銘嘗言其前身為
僧，因此九、十句沈氏乃用金粟如來轉世之典稱其乃勝因生善道，而
今年已花甲，正應以絲竹自遣。接下來便是稱讚李氏高情逸致，以青
山碧水為意，已脫俗念。而文章之事已成，可以從容去過那種古之逸
民的逍遙生活，讓人欣羨。最後以《詩經》「為此春酒，以介眉壽」
之語作結，舉杯為其祝壽。在《再祝越縵老人壽》一詩中，沈曾植更
以「千載韓歐同想像，五龍庚甲恰周迴。貞元舊德劉郎健，稷下諸儒

〔註40〕 沈曾植：《問愛伯疾》，沈曾植著，錢仲聯校注：《沈曾植集校注》，
中華書局 2001 年，第 103～104 頁。
〔註41〕 沈曾植：《越縵老人六十壽詩》，沈曾植著，錢仲聯校注：《沈曾植集
校注》，中華書局，2001 年，第 108～109 頁。

祭酒推」〔註42〕之句，盛讚李慈銘的文章聲名可與韓愈、歐陽修相比，並以身體健朗、豪情不減的劉禹錫；講學櫺下、三爲祭酒的荀子爲例來表達對李慈銘壽辰的祝願。

李慈銘晚年多病，甲午戰爭爆發後，清政府節節敗退，李慈銘日夜感憤憂心，病情加劇遂不起，臨終以平生所寫日記託付於沈氏。沈曾植痛失摯友，慟哭而作挽詩哀之：「同歲論交十六年，知公知我兩聽然。神超齒德形骸外，意得談諧諍論先。師魯讀文情最許，秀之寫韻願終懸。難忘臨絕裴公願，懷抱冥冥竟未宜」〔註43〕。沈、李二人於庚辰年同赴會試，捲入闈中，分房座師王先謙（益吾）、朱逌然（肯甫）乃以「沈李經策冠場」稱之，自此並稱於時。二人從光緒庚辰年同中進士到甲午年李慈銘辭世，十數年交遊往還，相知莫逆。《世說新語》有「王長史云，劉尹知我，勝我自知」之故事，而沈李之情誼較之前賢亦不遑多讓。民國十一年，沈曾植得以將李慈銘日記影印出版，終於可以告慰故友在天之靈，了卻多年心事。

沈曾植於光緒六年（1880）入仕後，清王朝已經面臨著嚴重的邊疆危機。國門之外法、日伺機滋事，而朝廷之內官吏昏瞶無能，只圖個人私利。中法構釁之際，沈氏嘗與李慈銘論及時事，憂憤不已。內外交迫，國勢衰微之下，沈氏常思改變現狀、有補時局之策。光緒十四年（1888），康有爲赴京趕考，見沈曾植於黃紹箕處。康有爲久聞沈氏之名，一見即與之訂交。二人共憂國事，論及時局，所談甚洽。時隔不久，在沈曾植、黃紹箕、屠仁守的支持襄助下〔註44〕，康有爲

〔註42〕沈曾植：《再祝越縵老人壽》，沈曾植著，錢仲聯校注：《沈曾植集校注》，中華書局 2001，第 110 頁。

〔註43〕沈曾植：《越縵先生挽詩》，沈曾植著，錢仲聯校注：《沈曾植集校注》，中華書局，2001，第 161～162 頁。

〔註44〕康有爲：《康南海自編年譜》，「時講求中外事已久，……計自馬江敗後，國勢日蹙，中國發憤，只有此數年間閒暇，及時變法，猶可支持，過此不治，後欲爲之，外患日逼，勢無及矣。……乃發憤上書萬言，極言時危，請及時變法，黃仲弢編修紹箕、沈子培刑部曾植、屠梅君侍御仁守實左右其事。自黎純齋後，無以諸生上書者，當時

以諸生而上萬言書請求變法，致使「朝野大嘩，將逮捕，曾植力諍其括囊自晦得全」〔註45〕。對沈氏之救助保全之情，康有為嘗有詩云：「戊子初上書，變法樹齒牙。先生助相之，舉國大驚嘩。恫傳下刑部，紛來求聲暇。君力勸括囊，金石窮幽退」〔註46〕。康有為首次上書不果，為眾口所憎，遂聽從沈氏之建議以金石自遣。沈氏雖贊同維新、支持變法，並為康出謀劃策、積極奔走，但卻認為變法應循序漸進、徐圖緩行，並不贊成康有為的激進主張。因此在康有為第一次上書光緒未果之後，曾勸其穩健行事。審其「氣質之偏，而啟之以中和」〔註47〕，對於沈曾植之勸說，康有為特作長書答之：

> 子培賢兄：昨得書，並審僕氣質之偏，而啟之以中和……吾子之學，體則博大兼學，論則研析入微，往往以一二語下判詞便中款竅，卻非識抱奇特，好學深思，不能及此。生平所見人士，自亡友陳慶笙外，未之睹聞，誠一時寡儔也。但文理密察多而發強剛毅少，論說多而負荷少。積之既習，便成老氏之學，不為人先，因物自然，隨而不倡，見事太智，藏身甚巧，在己亦忘之矣。得無稟氣近是邪？……兄研諸儒之學，洞大道之精，總鄉先生東萊、永嘉、餘姚之長，既以本末兼該矣。今但當養直方剛大之氣，毅然自任，如禪者所謂一大事，日夜與有志講求激發之，以待復生。……僕愚不自量，竊慕先聖往賢之義，外度之天時人事，而有遲不及待之勢；內求之精神年力，而有時不我與之傷。又以為異教橫流，挾強敵之勢而行之，其患可駭；脫有非常之變，退處無所，雖欲為管寧、田疇、劉

大惡洋務，更未有請變法之人，吾以至微賤，首倡此論，朝士大攻之。」，見楊家駱主編：《戊戌變法文獻彙編》第四冊，臺灣鼎文書局1973，第120頁。

〔註45〕湯志均編著：《戊戌變法人物傳稿‧沈曾植》，近代中國史料叢刊續編第三十二輯，第156頁。

〔註46〕康有為著：《哭寐叟尚書四兄哀辭》，《康南海先生詩集》遊存盧詩集卷十五，中國近代史料叢刊續編本。

〔註47〕康有為撰：《與沈刑部子培書》，《康有為全集》第一集，中國人民大學出版社2007，第236～238頁。

因、顧亭林，何可得哉？去冬不揣猥賤，妄上封事，冀幸
一悟堯、舜之主，及今爲之，猶可及也。既格莫能達，又
察時事，諗風俗，宋人才，無可與有爲者。……兄謂僕冬
夏氣多，春秋氣少，是良然。從今力求盎瀾和樂之氣。但
流易而不峻截，則嗜欲又將中之……今略舉平生之志學相
告，惟琢之磨之，稍省吏事，相與往復。〔註48〕

　　面對內憂外患的時局，士人皆知非變法圖強無以振之。然而在維新變法以濟時艱的共同目標之下，就變法的內容、步驟和具體舉措，士人中卻存有分歧。沈氏認爲康有爲「冬夏氣多，春秋氣少」，不贊成其急圖躁進，而康有爲卻以「遲不及待」「時不我與」爲由，反駁沈氏「不爲人先，因物自然，隨而不倡，見事太智，藏身甚巧」，韜養以待時機的主張，反而勸沈氏「今但當養直方剛大之氣，毅然自任」。二人之秉性氣質不同、立身行事迥異，分歧乃漸大。

　　甲午戰敗後，群情激憤。國家危殆之際，朝野上下爭言維新變法。之前，沈曾植曾上書奕訢、李鴻章請速練兵備戰守。馬關條約簽訂後，沈曾植又與總理衙門同僚上書請遷都廢約、備兵再戰，公呈章奏之上，沈氏名列其首。未幾，沈氏又上書請借英款興建東三省鐵路，亦不果行。

　　光緒二十一年（1895）秋，康有爲入京會試，中試後任職工部。其屢上萬言書呼籲變法不果，本意南歸。在沈曾植與陳熾的勸阻下乃留〔註49〕。遂於京師辦《萬國公報》、開強學會，此舉得到沈曾植的大力支持，沈氏乃與陳熾同任正董，其弟曾桐與文廷式爲副董。沈氏任事審慎穩重，爲強學會之開辦順利，特舉張孝謙入會助之〔註50〕。

〔註48〕康有爲撰：《與沈刑部子培書》，《康有爲全集》第一集，中國人民大學出版社 2007，第 236～238 頁。

〔註49〕康有爲：《康南海自編年譜》，「陳次亮、沈子培皆以時有可爲，非僅講學著書之時，力爲挽留，於是少留」，見楊家駱主編：《戊戌變法文獻彙編》第四冊，臺灣鼎文書局 1973，第 132 頁。

〔註50〕康有爲：《康南海自編年譜》，「舉次亮（陳熾）爲提調，張巽之幫之。張爲人故反覆，而是時高陽（李鴻藻）當國，張爲其得意門生，故

強學會開辦後，聲勢浩大。一時之間士人影從，巨公名流紛紛加入列名，各地紛起仿傚。在舉國紛湧的變法思潮下，強學會之言論日益激進。不久即招致守舊者謗議彈劾而遭封禁。爲重開強學會，沈曾植不辭辛苦，前後奔走。「當事之發也，暢言恢復者僅二沈、楊、王、梁數君。……子培丈奔走於總理，張侍郎力榦之，張異之力陳於高陽。直署復奏請直省設學堂、報館上之。遲數日，乃允行，而命孫爕翁管理」〔註51〕。

沈曾植雖數度力援康有爲，但其對維新變法素持穩健態度，故對康有爲之狂飆突進作風不以爲然。沈氏在致汪康年之信中曾言：「毅力堅行，亦須觀瓜熟蒂落之機，徐徐著子，使長素舊歲知此意，則不至走且僵矣。兄非畏事，乃好事者，灼知今事少寬即變，爭之急則拒之極急」〔註52〕。光緒二十三年（1897），德國強佔膠州灣，中國面臨著被列強瓜分的狂潮，舉國上下洶洶而言變法。時局風雲變幻之際，沈曾植卻因母喪遵制丁憂。南歸之前，沈氏曾致書丁立鈞，詳述了其時朝局形勢：

> 承詢膠澳之事，此事近歸密辦，章京自一二要人外，
> 均不得其詳。或云將定密約，此甚似；或欲與俄密議。……
> 膠澳理不久據，亦未知能否即還。此舉大悖公法，開從來
> 未有之奇，說者謂爲分裂入手之著，誠不敢爲謂誕妄。……
> 康長素近復入都，頗欲以談鋒鼓動朝士，亦似虛衷以聽者。
> 然近歲以來，臺中尚公評，絀條陳，風習已成，殆難遽挽，
> 江河日下，尚不知明年何狀矣。事至今日，火已燃眉，和
> 戰二字均須撇開。紓外患只有講邦交之學，圖自強只有講
> 內治之學，不惟乾嘉綸綍爲陳言，惟咸同章奏亦爲宿物，

沈子培舉之，使其勿散壞也。」，見楊家駱主編：《戊戌變法文獻彙
編》第四冊，臺灣鼎文書局1973，第134頁。

〔註51〕 汪康年著，上海圖書館編：《汪康年師友書札・吳樵》，（第七函）上
海古籍出版社1986，第472頁。

〔註52〕 汪康年著，上海圖書館編：《汪康年師友書札・沈曾植》（第九函）
上海古籍出版社1986，第1140頁。

自非一新壁壘，無以易彼觀聽。變法二字，終不可諱，顧
吾曹力不能濟耳。時乎，時乎，爲日諒非久，第大臣乖離，
黨軋日以益深，竊有隱憂，不在須臾，冀斯言之不讎則幸
已。〔註53〕

　　時局危殆，瓜分豆剖之際，非變法無以「紓外患」、「圖自強」。
然而朝局弊政積習已久，朝臣乖離，黨爭不休，維新與守舊力量懸殊，
變法前景實難樂觀。次年，沈曾植帶著對時局的無限憂慮，護送父母
靈柩歸里。臨行特勸康有爲讀《唐順宗實錄》，猶冀其在變法之事上
周詳考慮、穩妥行事，毋蹈前人覆轍。6月，光緒帝頒布明定國是詔，
維新變法正式拉開帷幕。沈曾植雖遠離京師，卻密切關注著時局的動
向。他向時在上海的汪康年詢問朝中消息，對變法的態勢更加憂心：

……顧朝命中變，何以臺評輿議，乃竟寂無一言。魏
闕情形，眞不可思議，如何如何。滬上見聞較速，近又有
所得否？廿三大學堂之詔，自當係力闢新機，第詳其文體，
疑出司農臺省，黨議方滋，難必不遭齮齕。和調新舊，泯
絕異同，應終非秀才學究所能爲，天竟如何，情兼喜懼。
覈實言之，在上者苟無日月雙懸之臨照，寒暑迭代之機權，
發憲求善，亦未必遽能如志。在下者苟氣懾於文字語言之
末節（此與漢學家言小學而不通大義者何異），智窮於揚清
激濁之虛言，得位乘時，要終不免乎覆餗。世宙日卑，目
光如豆，安所得大風吹垢，一洗宇中猥瑣乎！〔註54〕

　　時隔不久，沈曾植至上海遇文廷式。言談之中論及康有爲，乃言
其必敗，且將牽累多人〔註55〕。未幾，**轟轟**烈烈一時的戊戌變法失敗，

〔註53〕見許全勝著：《沈曾植年譜長編》，中華書局 2007，第 192～193 頁。
〔註54〕汪康年著，上海圖書館編：《汪康年師友書札·沈曾植》（第十三函）
　　　　上海古籍出版社 1986，第 1143～1144 頁。
〔註55〕參見王蘧常編著：《沈寐叟年譜》，第 32 頁「論及康某。學士云：『此
　　　　儉耳，何能爲？』公曰：『世界益低，人才益瘁，僕至今日乃不敢輕
　　　　視一人。』學士微其故，曰：『此禪家所謂草賊也，草賊終須大敗，
　　　　第不知須費幾多棒喝。僕老矣，且去國以後，理亂罕聞，政恐意氣
　　　　褊激，諸公未免將爲此人鼓動耳。』」商務印書館 1938。

光緒帝囚禁瀛臺，康有爲遠避海外，參與維新者株連無數。離京丁憂的沈曾植雖幸免於難，但變法圖強大業的失敗，友朋同僚的殉難卻讓他扼腕痛惜，不能自己：

> 野哭荒荒月，靈歸黯黯魂。薰蕕寧共器，玉石慘同焚。
> 世界歸依報，衣冠及禍門。嵇琴與夏色，消息斷知聞。
>
> 烈士寧忘死，難甘此日名。信猶遲蜀道，命豈墮長平？
> 精爽虹應貫，虛無獄會明。信知全物理，亂世直難爭。
>
> 交己非劉柳，官寧到賈王。詩書敦雅德，刀劍劇鋒芒。
> 披髮天何叫，縅衣血不亡。辨奸遺論在，青史與評量。
>
> 草草投東市，冥冥望北辰。並無書牘語，虛望解環人。
> 天地微生苦，山河末劫眞。一衰終斷絕，千古爲酸辛。
>
> 悔禍寧無日，招魂已隔生。難窮瓜蔓跡，翻恨剚章名。
> 孰於收遺草，他年託誌銘。遙知梁廡下，涕淚並縱橫。〔註56〕

戊戌死難諸人中，劉光第與沈氏爲刑部同官，且劉光第爲人老成持重，在維新變法中亦主穩健行事，與沈氏之徐圖緩進主張相近。不若其他諸人之鋒芒太露，招忌取禍，而終與諸人同難。故此沈氏對劉光第之死猶爲惋惜，乃有「薰蕕寧共器，玉石慘同焚」之語。

扭轉時局之機，變法圖強之夢在保守勢力的阻遏下如曇花一現，迅速消歇。君國危殆、友朋遭厄，而自己爲生計奔波湘楚，獨居深念、憂從中來。身處這千古變局之下，自己又將何去何從？

沈曾植天性好學，自幼即對詩文著迷。其在《業師兩先生傳》中嘗憶及從高偉曾受學時之軼事：「先生館余家，在同治壬戌秋、癸亥春，不及一年，爲余開筆師。然平生詩詞門徑，及諸辭章應讀書，皆秉先生指授，推類得之。先生多交遊，……是時王硯香先生館舅家，二先生日爲詩詞唱和，余私摹仿爲之，匿書包布下，先生察得之，笑且戒曰：孺子可教，俟他日，此時不可分心也」〔註57〕。沈氏早年詩

〔註56〕 沈曾植：《野哭》，沈曾植著，錢仲聯校注：《沈曾植集校注》，中華書局2001，第195頁。
〔註57〕 沈曾植：《業師兩先生傳》，錢仲聯輯：《沈曾植海日樓佚碑傳》，《文獻》1993年第2期。

學秀水，曾在《定廬集序》中自述其詩學淵源：

曾植少孤，獨學無友。所由粗識爲學門徑，近代諸儒經師人師之淵源派別，文字利病得失，多得之武進李申耆及吾鄉錢衍石先生文集中。兩先生，吾私淑師也，而錢先生同鄉里爲尤親。先生與先司空公爲同年，又爲吾妻之外曾祖。先生少子徐山、子舟兩先生，皆得奉手承教，周旋累歲。舉凡先生之歟歷志事，與夫音容笑貌，性情嗜好，往往有小聞瑣語，覆而證諸文字空曲交會之中，先生之微尚淵思，若親接於馨咳，若從先生上丘陵而從其指向，其樂意乃每得之意外，而視俗尚所趨，當代聞人所標持爲職志而嘩寵一時者，又若先生時時爲吾抉其利弊。學在此，不在彼也。

同此志，同此樂者，則崑山李桔農廉使表弟與吾弟子封學使。光緒初元，甲乙丙丁之間，桔農子封治算學，余治地理書，三人各有專業，而文學指歸，一折衷於錢氏。荒庭寒日，步屐相過，往往想像李杏村、朱雲陸、童方立諸君與先生講習遊從時，意擬其性情賞會，以爲笑樂。境有所觸，則相與歌先生詩以自遣。若《寶眞齋法書贊》、《仲家淺》、《虞仲翔祠》諸篇，皆當時所遙吟俯唱，沉吟不已者也。顧獨恨刻本止《刻褚》、《旅逸》兩稿，全集闊且千餘篇，思之末由得見。吾宗谷成庶常、味佘孝廉，先生之外孫，多見未刻稿，嘗誦其名篇雋勉勵相誇示，又爲言先生所選《冰蔬集》中國初遺老戚嘯門、山東李少鶴詩，相與測其去取義例，寒燈永夜，去今四十年，謦咳猶在耳也。……先生鴻博偉麗，雲蒸海負之閎才，削骨落膚，超心煉冶，平生不肯與諸名士才華角逐。其於詩自律甚嚴，迄晚歲寫定篇章，完然成帙，而閟而不出，亦終未序述自意之所存，先生於詩，意豈尚有不自慊者耶？夫其造境之深，亦既極乎行遠而微至。自詩騷漢晉唐宋以來，世迭以降，亦世有其眞。有志者莫不欲反降以爲升，而升之所窮，仍各適其眞而止。吾鄉前輩，若竹吒，若撣石，則既然已，

> 雖先生亦胡獨不然，而且欲然常若有所不敢盡，則其不自
> 慊，乃其所以自得者耶。曾植讀先生書五十年，迄今披卷
> 籀尋，乃尚若有其始無首，其卒無尾，蕩蕩默默，乃不自
> 得者，泰山岩岩，魯邦所瞻。噫，遠矣！〔註58〕

　　沈氏以李兆洛與錢儀吉為私淑師，二人之中又以錢儀吉對其影響
較大。錢儀吉之為人、治學均以嚴謹自持，不務虛名。沈氏之文學乃
以錢儀吉為指歸，並常與表弟李傳元、弟沈曾桐相與論文，歌錢詩以
自遣。錢仲聯先生嘗言沈氏之詩學淵源：「堂堂海日樓，再傳吾或窺。
曾讀《投筆跋》，奇女頌柳姬。諸錢共里閈，派張秀水旗。尤於《定
廬集》，一序明指歸」〔註59〕。沈氏承繼秀水一脈，更由錢儀吉上窺
朱彝尊、錢載之堂奧，金蓉鏡在《論詩絕句寄李審言》中言及乃師之
詩學祈向，即指出沈氏深受秀水傳統影響，在取法前賢的基礎之上，
又有所新變：

> 　　乙庵硬句接朱翁（自注：謂竹垞），不怕新來火雨功。
> 未到崑崙誰信及，中天原有化人宮。（自注：乙庵師論詩，
> 不取一法，不壞一法，此為得髓。即竹垞詩不入名家意同
> 一關捩。）
>
> 　　三百年來論雅流，詩家王氣在吾州。丁辛撑石諸襄七，
> 晚有東軒筆跡遒。
>
> 　　先公手變秀州派，善用涪翁便契真。不見長吟吾汶句，
> 何嘗輕逐社中人。〔註60〕（自注：竹垞不喜涪翁，先公首
> 學涪翁，遂變秀水派，撑石、梓坡、柘坡、丁辛、襄七皆
> 以生硬為宗，後來吞松閣、雪杖山人兼攝長吉，其詞益恣，
> 然宗經不異竹翁。）

〔註58〕 沈曾植：《定廬集序》，見錢仲聯：《沈曾植海日樓文鈔佚序》（中），
　　　　《文獻》1990年第4期。

〔註59〕 錢仲聯：《顏詩屋曰攀雲拜石師竹室，紀之以詩》，錢仲聯著：《夢苕
　　　　庵詩詞》，北京圖書館2004，第205頁。

〔註60〕 金蓉鏡：《論詩絕句寄李審言》，見錢仲聯編著：《近代詩鈔》（二），
　　　　江蘇古籍出版社2001，第1029頁。

　　沈氏不但自己潛心揣摩秀水眞諦，而且在與詩友切磋交流時，亦不忘紹介揄揚自己的鄉里前賢。鄭孝胥日記中，有如下兩則記載：「子培送錢儀吉給諫全稿十二本，夜，覽文集二本，詩名《刻楮集》。給諫字新梧，號術石，其弟名泰吉，齊名於道光初年」〔註 61〕（1890年 3 月 8 日）；「作字與子培借《擇石齋詩集》」〔註62〕（1890 年 10月 5 日）。足見二人曾對秀水一派進行過深入的交流探討。

　　沈氏早年詩作尙學龔自珍，其部分詩歌即有龔詩風味。如《姚梅伯畫龍女圖爲黃仲弢題》：「漢上先生篋中物，江夏無雙欣得之。六甲五龍今幾易，洧槃窮石昔玄思。豈得玄珠從象罔，卻乘雲氣挹鴻蒙。飛騰百變隨無定，只墮神光離合中。直爲操蛇向北山，不曾窺首駭人間。雲光海氣入毫末，翠羽明珠非世顏。天壤相看有俊民，研雲濃拂九州春。剛風一撼凋文佩，要識靈飛最後身」〔註63〕，寫來即瑰麗奇詭、氣勢飛動。與其後來之詩學主張頗有差異。

第二節　「風前燭跋難乾淚，篆裏香灰不斷心」〔註64〕　——輾轉任職繫懷君國的宦遊時期

　　光緒二十四年（1898）夏，沈曾植應湖廣總督張之洞之聘，前往武昌主講兩湖書院史席。其時湖北賓客雲集、人才輻輳，張之洞幕中賢能之士極一時之盛，文酒之會乃無日不作。沈氏身預其中，得與良朋益友抵掌論學、疑義相析，而其詩學亦於此期臻於成熟。其時，陳衍與沈氏同住武昌紡紗局官寓，彼此久聞其名，相談之下乃歉晤面之

〔註61〕中國國家博物館編，勞祖德整理：《鄭孝胥日記》第一冊，中華書局
　　　　1993，第 163 頁。
〔註62〕中國國家博物館編，勞祖德整理：《鄭孝胥日記》第一冊，中華書局
　　　　1993，第 197 頁。
〔註63〕沈曾植：《姚梅伯畫龍女圖爲黃仲弢題》，沈曾植著，錢仲聯校注：《沈
　　　　曾植集校注》，中華書局 2001，第 105～106 頁。
〔註64〕沈曾植：《寄太夷》，沈曾植著，錢仲聯校注：《沈曾植集校注》，中
　　　　華書局，2001，第 445 頁。

晚。陳衍後在《沈乙庵詩序》中敘及二人相識情狀:「初投刺,乙庵張目視余曰:『吾走琉璃廠肆,以朱提一流,購君元詩紀事者。』余曰:『吾於癸未、丙戌間,聞可莊、蘇堪誦君詩,相與歎賞,以為同光體之魁傑也。』同光體者,蘇堪與余戲稱同光以來詩人不墨守盛唐者」〔註65〕。自是二人常常深夜論詩,切磋交流。沈氏坦言自己之不足,雖閱讀過大量前人詩作,但平素作詩甚少。陳衍亦指出沈氏詩作有「愛艱深,薄平易」〔註66〕之病,勸其學梅堯臣、王安石。沈曾植早年為學以有補世道人心、時局政事為意。認為詞章乃小道,不為措意。自遇陳衍相與談學論詩,對詩藝涵性情、蘊理致、抒懷抱、言大義的作用有了更為深刻的體悟,對詩藝之看法亦有轉變。寓居武昌期間,沈曾植乃頻頻作詩、創獲頗豐。其時鄭孝胥恰任蘆漢鐵路南段總辦,亦在鄂。沈曾植乃與陳衍、鄭孝胥二人頻繁過從、往來酬唱不絕。

　　如與鄭孝胥之唱和:

　　　　鄂州城南沆泇多,具足荇藻葭蒲荷。秋霜不嚴蘊潦縮,鬱綠敗紫盈池陂。隔衢潊隘萬市屋,行相其背翻委佗。長煙宛宛西郭突,拭眼政訝雙偷婆。鄭侯白鷗狎滄海,蟠胸鬱律千虬鼉。卜居面此一尺水,汪汪千頃無由波。朝來影瞥踏浪去,高樓濯足吞江沱。峨舸大艑足快眼,惜哉噫氣無由呵。天西新月玉鉤搯,朔風嘔啞鳴鴐鵝。扶輿相從約苦旱,買酒欲醉顏非酡。人生實難笑口稀,凍野正可供婆娑。新篇不抒會面左,大冬如此松梅何。蠟花坼香頗蘊藉,蜀茶鬥色矜妍娥。冥濛霜松稍濡瓦,窈窕陽燄仍浮河。文辭自從兒女戲,悲壯或動秋城歌。作箋不聊矢詩寫,報章瘦墨睎嵯峨〔註67〕。

〔註65〕陳衍:《沈乙庵詩序》,陳衍撰、陳步編:《陳石遺集》,福建人民出版社2001,第507頁。

〔註66〕陳衍:《沈乙庵詩序》,陳衍撰、陳步編:《陳石遺集》,福建人民出版社2001,第507頁。

〔註67〕沈曾植:《謁太夷新居不遇歸後簡之》,沈曾植著,錢仲聯校注:《沈曾植集校注》,中華書局2001,第252~253頁。

此詩乃沈曾植前往拜訪鄭孝胥不遇而作。其時鄭孝胥攜家移入武昌大潮街湖居，此詩即描寫了鄭孝胥之新居景況。鄭孝胥歸後見此詩，遂答詩一首：

> 我生安歸指菇蘆，美此積水來寄居。循灣常記一枯樹，到門猶隔千畦蔬。子知吾居第幾湖，枉用相存命肩輿。輿中萬態入詩眼，助子吟思清而姝。尋常叩門客有幾，自謂散老真吾徒。如何乘興適相左，此段堪畫誰能圖？街西道人微有須，湖壖居士晢且膜。武昌城中悄來往，孤絕頗似雙浮屠。市人或指訝二子，何許流落行垂枯。豈知閱世意皆倦，握手中有千欷歔。斜街諸鄰不可呼，存歿聚散痕欲無。當時癡腸那復熱，剩有世議窮揶揄。明年計君決北向，與我暫合終當疏。涪翁有語會記取，一面全應勝百書。〔註68〕

而與陳衍唱和亦是往來無虛日，詩情洋溢之時，更有雪中叩門邀約之興：「雪中打門來急遞，乙庵主人借行廚。來朝畫社設寒具，出觀石田山水圖」〔註69〕。陳衍曾作《冬述四首視子培》歷述此期二人往來諸事：

> 詣談無昏晨，積雨斷還往。途泥敗馳道，搏越可過潁。昨聞東山下，寒色足決洩。千松聚一壑，中有一泉響。稍為群赭山，一洗貌粗獷。駕言思出遊，懷哉幾吾黨。梁公勞教授，鄭老疲鞅掌。寬閒尚有子，合作馬曹賞。卻思去年雪，招手鶴樓上。薄寒中背呂，拳曲不可強。波及居士裝，披簑代鶴氅。今年詩逐癃，破膽到魍魎。烏頭時為帝，腰腳藉稍養。屢期闤市行，且抱樊口想。稍晴具三殤，聊用適莽蒼。（其一）

> 往余在京華，鄭君過我邸。告言子沈子，詩亦同光體。雜然見贈答，色味若棽釄。十年始會面，輒樂正讀禮。從

〔註68〕鄭孝胥：《答沈子培見訪湖舍不遇》，鄭孝胥著，黃坤、楊曉波校點：《海藏樓詩集》，上海古籍出版社2003，第104頁。

〔註69〕陳衍：《乙庵雪中招飲觀沈石田山水長卷》，陳衍撰、陳步編：《陳石遺集》，福建人民出版社2001，第110頁。

之索舊作，發篋空如洗。能者不自珍，翻悔筆輕泚。我言
詩教微，百喙乃爭啓。風雅道殆喪，厖言天方瘠。內輕感
外重，怨誹逐醜詆。何人抱微尚，不絕似追蠡。宋唐皆賢
劫，勝國空祖禰。當塗逮典午，導江僅至澧。先生特自牧，
頗謂語中綮。年來積懷抱，發淺出根柢。雖肆百態妍，石
瀨下見底。我雖不曉事，老去目未眯。諒有古性情，汨汨
任有彌。」〔註70〕（其三）

在這種志同道合的交遊往還、探討品評中，沈曾植的詩學思想正
式形成。其《寒雨悶甚雜書遣懷襞積成篇爲石遺居士一笑》即是標舉
了其詩學綱領的力作：

……吾思古詩人，心鬪日迎拒。程馬蛻形骸，杯盤代
尊俎。莫隨氣化運，孰自喙鳴主。開天啓疆域，元和判州
部。奇出日恢今，高攀不輸古。韓白劉柳鶱，郊島賀籍仵。
四河導昆極，萬派播溟諸。唐餘逮宋興，師說一香炷。勃
興元祐賢，奪嫡西江祖。尋際薪火傳，晳如斜上譜。中州
蘇黃餘，江湖張貫緒。譬彼鄱陽孫，七世肖王父。中泠一
勺泉，味自岷觴取。沿元虞範唱，涉明李何數。強欲判唐
宋，堅城捍樓槽。呰茲盛中晚，幟自閩巖樹。氏昧笱中行，
謂句弦偭矩。持茲不根說，一眇引群瞽。叢棘限牆闡，通
塗成岨峿。誰開人天眼，玉振待君拊。啁嘻寄揚搉，名相
遞參伍。零星寒具油，沾漬落毛塵。奈何細字箚，銜袖忽
持去。坐令誦茗人，倍文失言詁。鄭侯凌江來，高論天尺
五。畫地說三關，撰策籌九府。瘦顏戴火色，烈膽執彫虎。
蕩胸萬千字，得句故難吐。梁鴻瓜廬身，禮殿擊鼉鼓。滄
海浩橫流，中渾屹砥柱。可憐灌灌口，味肉失腒脯。那復
問尖叉，秋蟲振翅股。懷哉海陵生，江草胃柔觕。瘖瘖濟
陽跂，海燕對胥宇。季子踏京塵，尺書重圭珇。太陰沈暮
節，病叟侶寒女。出戶等夜行，焉將燎庭炬。百憂中繳繚，
四望眩方所。賴君排倡側，冰窟日諜諜。消此雨森森，蹋

〔註70〕陳衍：《冬述四首視子培》，陳衍撰、陳步編：《陳石遺集》，福建人
民出版社 2001，第 108～109 頁。

彼愁處處。天門開訣蕩，曷月日加午。城隅卓刀泉，中有
鐵花黗。樲枯百千株，夾道儼圍籬。樊口渺東望，松風冷
相語。千載漫郎遊，招招若呼侶。東坡眠食地，固是余所
行。鬱沒老涪皤，山空疇踵武。興來蚱蜢舟，徑欲掠江滸。
政恐回帆撾，商羊復跳舞〔註71〕

　　在與陳衍、鄭孝胥的共同探討下，「三元」說於此正式出爐。沈
曾植在此詩中歷述了詩歌從唐至宋至元明的傳承與發展流變，認爲
「開元」、「元和」、「元祐」三元均爲詩歌轉關之樞紐，「皆外國探險
家覓新世界、殖民政策開埠頭本領」〔註72〕。並在以後的詩學實踐中，
在「三元」說之基礎上易之爲更成熟的「三關」說，成爲「同光體」
詩派中一種完整系統的詩學理論。

　　沈曾植居鄂期間，曾應陳寶箴之請短赴湖南主校經書院。戊戌變
法失敗後，湖南新政亦隨之消歇。沈氏遂返。雖然教職生活閑適平靜，
朋儕往來融洽愜意，可是其內心卻難掩對變法失敗之憂憤、對莫測時
局之憂慮、及對維新思潮帶來的人心浮動之憂懼。

　　戊戌變法後，光緒帝被禁瀛臺。不久之後慈禧以光緒患病爲由，
議立端王載漪之子溥儁爲儲，欲行廢立之事。沈曾植雖處江湖之遠，
憂君之心不減：「新歲見新月，北人思北風。玉鉤太肖似，碧漢長冥
濛。流宕千生返，孩提一相同。黯然還下淚，歸臥夜堂空」〔註73〕。
戊戌變法的失敗使朝廷一度出現的奮發圖強的新氣象如曇花一現，朝
政又復陷入因循守舊、苟延殘喘的故窠。中興之夢的破滅、世道人心
的混亂，使沈曾植在極度苦悶之中倍感迷惘焦灼：

　　　遨遊在何所？乃在弇州之首，河出崑崙墟。駱承海人
餐海闊，前馬策大丙，後騎鉗且。摽然高馳氣承輿，徑超

〔註71〕沈曾植：《寒雨悶甚雜書遣懷褺積成篇爲石遺居士一笑》，沈曾植著，
　　　　錢仲聯校注：《沈曾植集校注》，中華書局 2001，第 262～274 頁。
〔註72〕陳衍：《石遺室詩話》，卷一，張寅彭、戴建國校點：《民國詩話叢編》
　　　　本，上海書店出版社 2002，第 20 頁。
〔註73〕沈曾植：《新月》，沈曾植著，錢仲聯校注：《沈曾植集校注》，中華
　　　　書局 2001，第 299 頁。

涼風帝下都。四百四門，列仙所居。問訊西王母，揖東王公。地二氣則泄藏，天二氣成虹。人壽無百年，陰陽錯其中。理亂迭代乘，孰哉不從容？目不兩視明，耳不兼聽聰。悲矣乎！世間朝食三斗醋，暮飲一石冰。越人責之射，胡奴操艨艟。巨蟹八跪躓，鼯鼠五技窮。南走且北馳，畫方復有圓，當西而更東。悲矣乎！世間曷不角者補以齒，翼者倍其足，日烏重輪地雙軸，人口歧舌面四目，蒿任棟樑木生谷？遨遊乎歸來，滄海卻西流，人頭化爲魚。魚羊食人不可居，精衛銜石徒區區。城頭有鳥尾畢逋，汝南雄雞喑不蘇。風雨晦且陰，啾啾來鬼車〔註74〕。

在這首古詩中，沈氏馳騁想像上天入地，筆下展現出一幅詭譎奇異的非人間圖景。詩人奔走於海上仙山，欲求治世之良方，卻發現在「人口歧舌面四目，蒿任棟樑木生谷」的情形下，一切努力只是南轅北轍，徒勞無功。遠遊歸來，身心疲敝，可眼前的世界已處於滄海逆流，大難將臨之前夕。風雨如晦，啾啾鬼鳴，雖有精衛銜石塡海之赤心，卻不知身往何處。

沈氏本精於佛學，此時繫心君國、憂居深念，無以遣懷，遂以佛學消解內心之苦悶憂愁：「病僧病臘不記年，臆對或自風壇前。……洗心劫來歸佛祖，縛律非律禪非禪」〔註75〕。其《病僧行》一詩頗有逃禪避世之意。只是作爲一個奉儒家聖賢之道爲圭臬的傳統士人，佛道思想只是一種紓解內心鬱結、求得精神解脫的手段，而這種內心鬱結正是源自於對現實世界的憂懼、困惑與無能爲力，其內心深處佔據主導地位的仍然是儒家的入世思想。其時戊戌變法雖遭鎮壓，宣揚激進變革的康有爲、梁啓超亡命海外，但由此掀起的維新啓蒙思潮卻在士人中間影響日大。西方自由、平等之思想日益衝擊著傳統儒家士人安身立命的綱常倫理準則。懷著對世道人心日變的擔心，沈氏寄望於

〔註74〕 沈曾植：《遨遊在何所行》，沈曾植著，錢仲聯校注：《沈曾植集校注》，中華書局 2001，第 210～212 頁。

〔註75〕 沈曾植：《病僧行》，沈曾植著，錢仲聯校注：《沈曾植集校注》，中華書局 2001，第 300～306 頁。

明綱常、固倫理。他在與黃紹箕的信中曾言：「今日世道之大患在少
陵長、賤犯貴，其捄之術曰：出則事公卿，入則事父兄。《論語》開
章首言學，舉世知之：第二章重言孝弟，乃舉世忽之。犯上之與作亂
相去幾何？而有子之言警切如此」〔註76〕。

　　光緒二十六年（1900）年夏，沈曾植歸鄉謁墓。返程中聽聞北方
義和團事起。時八國聯軍悍然進犯北京，慈禧令各地督撫率師勤王，
長江流域局勢亦隨之緊張。危急關頭爲避免戰火蔓延造成不可收拾之
局面，沈曾植乃留上海與盛宣懷等人籌劃「東南互保」之策。沈氏往
來奔走於劉坤一、張之洞等地方實力督撫之間，協商聯絡，出力甚多。

　　咸豐十年，英法聯軍入侵北京，年方十一歲的沈曾植避亂昌平，
親眼目睹戰火之中萬眾驚擾之亂離景象。那種慘痛的情形，直至多年
之後仍然記憶猶新。時隔四十年，帝都再次淪陷，京城百姓再度罹難。
沈氏自己雖遠離戰亂，但五弟子封卻爲官京城，身處險境。其時陳衍
次子聲漸亦陷北京，二人同病相憐，乃有詩作酬答以相互安慰。陳詩
曰：「別淚從來不浪彈，此回端覺徹心酸。倉皇烽火傳三元，辛苦麻
鞋累一官。避地依人行已老，自厓送子反良難。更將骨肉投豺虎，可
免磨牙吮血殘」〔註77〕。沈氏答詩曰：「浩劫微生聚散看，空江老眼
對辛酸。河山落日滄浪色，兄弟危時冗散官。腸繞薊門通夢遠，石窮
滇海化禽難。邗江鄂渚書郵返，疊鼓鳴笳燭淚殘」〔註78〕。作此詩時，
沈氏方往揚州，心裏掛念著遠隔萬里的兄弟。路遙難至、音問兩絕，
恨不能肋生雙翅飛往京城一探究竟。國勢衰微、外侮入侵，兵革不休、
戰火彌漫，致使骨肉離散、生靈塗炭。沈曾植的心裏充滿了焦灼、憤
懣和無能爲力的痛楚。庚子事變最終以清政府與列強簽訂喪權辱國的

〔註76〕沈曾植：《與羅振玉書》，參見許全勝著：《沈曾植年譜長編》，中華
　　　　書局2007，第210～211頁。
〔註77〕陳衍：《用蘇戡韻送子培時子培有弟余有兄有子均在北方亂中》，陳
　　　　衍撰、陳步編：《陳石遺集》，福建人民出版社2001，第112頁。
〔註78〕沈曾植：《石遺書來卻寄》，沈曾植著，錢仲聯校注：《沈曾植集校注》，
　　　　中華書局2001，第323頁。

辛丑合約結束，國家民族蒙辱，百姓蒼生蒙難。沈曾植之弟雖幸免於難，而家中之藏書則盡毀於戰亂，自此沈氏亦不復治蒙古史地。

庚子事變後，慈禧在倉皇西逃之際下詔行新政。面對著這付出巨大慘重代價而來的中樞決策，沈曾植感慨萬千，眼見國勢益發衰微，更感變法圖強迫在眉睫，非變法不足以振衰起溺，非變法江山社稷危在旦夕。他仔細的反思戊戌變法失敗之因，痛惜康、梁躁進致使變法失敗，錯失維新機遇。「以禮義誠恪之心行新政，新政仁政也；以憤時嫉俗之心行新政，新政虐政而已矣。戊戌之敗，本原在此」〔註79〕。沈氏一直主張變法要緩進徐圖，不能急求躁進，認爲「新政者將以求政道之開明，非以快人心之悁忿也。先布新而後除舊者人情安，先除舊而後布新者人心危」〔註80〕；「開新與守舊二說不必並提，興利與除弊兩事不可並進，新既開，不憂舊不去，利既興，不憂弊不除，此事理之自然。若囂囂然日以詬誶之聲聞天下，人匿其情，而爭心並起，則無一事可行，行而可成者矣。以開新爲樂者，文明之象也；以除弊爲快者，野蠻之習也」〔註81〕。因此對康梁之急求躁進，激起頑固守舊階層之激烈反對，最終導致維新失敗的做法非常不滿。同時，沈曾植還認爲變法應由朝廷中握有實權，位望足以服眾之大臣主持倡議，才可收到一呼百應之效。「議政之權在小臣，故事雜而言龐，利未行而害已先至。苟議政之權在大臣，則同治以來兵政財政製造商局諸事，創行變格之舉多，曷嘗有訛言繁興，物情駭異者乎……苟主茲事者，休休有容，一切商各省督撫而行，略如同治朝政體，亦可以徐爲布置，七年病蓄三年艾矣」〔註82〕。而戊戌變法中正因爲是小臣議政，

〔註79〕 沈曾植：《與南皮制軍書》，見王元化主編：《學術集林》卷三，上海遠東出版社1995，第110～111頁。

〔註80〕 沈曾植：《與陶製軍書》，見王元化主編：《學術集林》卷三，上海遠東出版社1995，第112頁。

〔註81〕 沈曾植：《與南皮制軍書》，見王元化主編：《學術集林》卷三，上海遠東出版社1995，第110～111頁。

〔註82〕 沈曾植：《與陶製軍書》，見王元化主編：《學術集林》卷三，上海遠東出版社1995，第112頁。

才會未及見變法之利，反而先招致反對之弊。庚子後，朝野上下復倡新政，這對於一直熱切期盼變法的沈曾植而言，自然是難得之機會，再不能錯過：「新政固平生延頸而望者，顧一誤豈可再誤」〔註83〕。故此他特製美芹四策，以「通志意」、「議奉行」、「議章程」、「劑名實」爲主要內容，倡論新政。並致書海內士人寄予重望的張之洞，希望張能爲天下先，力倡變法，以「保國民」、「保君權」、「存國教」。

沈曾植素以變法爲望，曾遍考西方諸國改革歷史，亦希望中國能吸取俄國、日本變法成功之經驗，擺脫外侮，走上富強之路。其嘗言「獨俄彼得藉戰功之偉，以用其君主之權，日本以將相之各，盡其臣民之用，是變法之最有效者。然日本於西法講求委曲，於國俗劑量分寸，其心思之微密，決非吾人之淺嘗暴發者所可同日而言」〔註84〕。然其變法維新的核心思想仍舊是傳統儒家的治國之道，以傳統的君主專制制度和綱常倫理思想爲本位，不脫「中學爲體，西學爲用」之範疇。在沈曾植的心裏，傳統儒家的聖人之道作爲穩固江山社稷、支撐社會秩序、維繫世道人心的支柱，是毋庸置疑不可動搖的。

光緒二十八年（1902）沈曾植丁憂期滿，遂回京任職。同年秋補外務部員外郎，次年2月放江西廣信府知府。此次入京僅一年有餘。沈氏三世京官，居京多年，雖非桑梓，實同故土。戊戌丁憂出京，癸卯外放離都，兩度出京，間隔不過四年，而朝中形勢卻已非復舊日，中樞雖有倡新政之議，實則積弊難除，時政日壞。戊戌出京時朝野高漲的變法形勢讓沈氏爲之振奮欣喜，但康有爲等人一意激進的言論行徑又讓沈氏憂心忡忡。時局之變幻難測、母喪之心痛慘怛，都使卸職歸里的沈曾植憂懷滿腹、心事重重。而今再度離京，雖是外放任職，卻是前路茫茫，諸事難知。撫今追昔，倍感世事無常，仍然是惘惘之懷，思慮重重。腸中百轉之際，一幅畫圖亦能勾起無限心事：

〔註83〕沈曾植：《與陶製軍書》，見王元化主編：《學術集林》卷三，上海遠東出版社 1995，第 112 頁。
〔註84〕沈曾植：《揚州與南皮制軍書》，見王元化主編：《學術集林》卷三，上海遠東出版社 1995，第 110 頁。

> 黃鵠高飛漢水長，柁樓山閣迥相望。華燈旋照彈棋局，勝地如遊選佛場。形勢古今論劇散，江流天海接空蒼。畫師妙有超遙思，一點歸帆入混芒。

> 昔遊我亦延緣寄，往事君增澹蕩思。入海算沙終底事，藏舟去壑已多時。兩都春望依喬木，三月離筵感鬢絲。重按燕歌回楚望，滔滔孟夏路何之？〔註85〕

　　一幅晴川閣圖，將沈曾植的思緒帶回到客居三年的楚地。名聞遐邇的黃鶴樓，總是給人無盡遐思。樓高閣迥之處本是仙人憩息之所在。傳說中振翅高飛，知曉天地山川情狀的黃鵠、跨鶴優游逍遙自適的仙人，都讓身陷塵俗煩憂的沈氏嚮往不已。世事如棋局，華燈只空照。處勝地之中，方覺入世不如悟禪得道。兩度離京皆為客，回思往事意闌珊。辛苦奔忙終成困，兩鬢斑白歲已晚。江漢迢迢，燕歌遠別，滔滔孟夏，路將何之？傷懷永哀，莫可言說。而這種憂傷悲苦之情、困惑茫然之感，直至離京始終籠罩在沈曾植的心上：

> 長途從此遠，天上有浮雲。一覽九州表，矯然雙鶴群。徘徊惜往日，太息對夫君。病馬悲歧路，蕭蕭晻夕曛。〔註86〕

　　沈曾植之詩素以博雅奧衍稱，而這首抒懷小詩卻並不晦澀難懂。此番出東門，帝都從此遠。雖在九州內，路遙渺歸期。一心憂君國，徘徊獨歎息。國家內憂外患、朝政千瘡百孔，而自己也已過知天命之年，盛年不再，垂垂老矣。雖有報效君國之志，卻無復志在千里之豪情。只如「病馬」，見歧路而傷悲，不知何之所之。黃昏落日，踽踽獨行於漫漫長途，空餘悲涼落寞的嘶鳴聲迴蕩在暮色蒼茫的天盡頭。整首詩充滿蕭索低沉的色調，正是沈氏此時苦悶黯淡心境的寫照。而此時大兄曾榘病重，沈曾植日夜兼程趕往揚州，卻仍未及見最後一

〔註85〕沈曾植：《為人題晴川閣圖》，沈曾植著，錢仲聯校注：《沈曾植集校注》，中華書局2001，第331～332頁。

〔註86〕沈曾植：《出東門》，沈曾植著，錢仲聯校注：《沈曾植集校注》，中華書局2001，第332頁。

面，長兄之逝讓本就心內悒悒的沈氏更感雪上加霜。

　　光緒二十九年（1903）夏，沈曾植來至任所。下車伊始即被江西巡撫柯逢時調至南昌。柯逢時對沈曾植甚爲禮遇，舉凡贛省大計，皆與商之。沈曾植亦勤於本職，兢兢業業，乃有疏濬東湖造福一方之舉。陳三立返鄉謁墓，道經南昌造訪沈氏時曾有詩頌之：「播蕩詩書氣，雍容士女謳。白蘇餘故事，郊島極幽憂」〔註87〕；「助公作健負腹否，況乃東湖落公手。穿下埤高刮淤垢，千夫邪許走黃耆。公且加餐利永久，賀成更致堨腳酒」〔註88〕，以此舉與昔日白居易築堤杭州以利百姓之事相媲美。

　　地方官事多政煩，勞心費力。居官閑暇之際，最爲沈氏所喜者莫過於與友人評賞書畫碑版，談詩論學。其時王闓運方主豫章書院，沈氏乃約集娛園，賓主盡歡：「詄蕩湖山偶主賓，危樓百尺謝風塵。江流不隔中原望，塔影難回萬劫春。閱世衣冠都似夢，會心魚鳥故親人。南來蘭浪誠何事，且伴先生一墊巾」〔註89〕，而陳衍的應邀來訪更讓沈曾植感到愜意快心。二人促膝長談、深相啓發，隨後，陳衍離南昌往遊廬山之時，沈曾植更贈遊資並以大舫送至南康。此次聚首，陳衍乃作《南昌別乙庵太守》一詩紀之：「去年別濤園，今年訪乙庵。……下榻南郡齋，藤架垂氄氄。巨樟青白桐，離立時往參。露臺出其杪，俯見江影涵。凌虛復超然，夜色碧潭潭。取彼四年事，償以七日談。賞此五夜眠，勝過百紙函。哲理我斷斷，群學公醰醰。坐我節目翁，詩骨聳瞿曇。食我五色瓜，詩味與同甘。局棋罷李遠，去船命劉惔。觀畫撤寒具，說部付白蟫。滄浪四萬錢，壓杖不可擔。連綿一紙書，爲覓异筍籃。良會瞥如電，別意夙所諳。願公述祖德，持節來閩南」

〔註87〕陳三立：《題贈沈子培太守》，陳三立著，李開軍校點：《散原精舍詩文集》，上海古籍出版社2003，第81頁。

〔註88〕陳三立：《題贈沈子培太守》，陳三立著，李開軍校點：《散原精舍詩文集》，上海古籍出版社2003，第81頁。

〔註89〕沈曾植《湖樓公宴奉呈湘綺》，沈曾植著，錢仲聯校注：《沈曾植集校注》，中華書局2001，第334頁。

〔註90〕。而沈曾植亦以「秋心周萬里，之子劇相思。獨往物無礙，苦吟天所私。三年江海別，七日義言奇。爲報匡君瀑，同遊後有期」〔註91〕一詩答之。

沈曾植在江西的仕途尚屬平順，光緒三十年（1904）擢督糧道，三十二年（1906）又署鹽法道。期間清政府爲籌備憲政，曾派載澤、端方等五大臣赴歐美考察憲法，沈曾植被調爲隨員。沈氏早已留意各國變法成例，此次能有機會實地考察，心裏自然欣喜萬分。孰料五大臣在火車站遭到革命黨襲擊，出洋之事卒不果行。沈氏失望之下，無奈南返，心中無限感慨：

> 爽籟肅深秋，澄川汎晴光。臨高縱遐覽，授簡傳嘉章。佳節詎不懷，沈憂喟難忘。滔滔湖漢流，肅肅駕鵝霜。鐘鼓響爰居，條枚散禎魴。水煩理不大，火烈功誰章？帝憲乞聃史，年豐賴庚桑。庶幾金玉音，麋餘愁饑腸。起廢有彈針，補贏待神方。願回枋榆翼，睎子南溟翔〔註92〕。

蕭索肅殺的深秋時節，自己受命出使他國，本欲遠遊以遐覽，爲國傳嘉章，孰料忽生變故，中途受阻。這內憂外患的時局，總讓人憂慮難安。可即使是一己之力有所不逮，仍然還是想尋得起死回生的神方以濟時艱，報君國。

回到任所的沈曾植，不久之後即署江西鹽法道。未幾，江西教案起。天主教徒王安之戕南昌知縣江召棠，引起民憤，群情洶湧之下百姓誤傷基督教徒，法美兩國遂派兵艦入鄱陽湖以武力相威脅。時任巡撫胡廷幹爲迅速解決爭端，避免事態擴大，欲隨便抓捕無辜百姓搪塞蒙混。沈曾植乃秉持公心、不畏權勢，與按察使余堯衢共同據理力爭，

〔註90〕陳衍：《南昌別乙庵太守》，陳衍撰、陳步編：《陳石遺集》，福建人民出版社2001，第128頁。

〔註91〕沈曾植：《石遺寄示廬山遊詩理富於都官韻高於白傅曠代奇作絕塵而奔矣吟諷不倦秋曉有懷寄呈四韻》，沈曾植著，錢仲聯校注：《沈曾植集校注》，中華書局2001，第339頁。

〔註92〕沈曾植：《秋集》，沈曾植著，錢仲聯校注：《沈曾植集校注》，中華書局2001，第344～345頁。

余堯衢卒以此去官。沈曾植力請罷己之官代余受過而不得。軟弱無能的政府對外委曲求全，對內獨裁專斷，以公心任事，爲民請命者反遭罷黜貶斥。日月昭昭、公理何存？沈曾植的滿腔悲憤之情在給即將歸里的余堯衢送行之際，一泄而出：

> 對案咽不食，揚帆暮何之？東南萬古愁，浩蕩今方滋。溪弩巧能中，棲苴薄難持。直木陰先凋，甘泉酌先嘶。重爲執袂別，無地褰裳隨。贛雨西北流，清風灑旌旗。送公一往情，迎公再來期。

> 凍雨七日零，黑月啼鬼車。哀哉萇叔血，濺此城南沙。哀我蠕蠕民，奔騰劇嚻虞。投身水火中，萬古羈一置。淫樂而勸是，孰居無事耶？天高不可論，史闕長諮嗟。

> 夕照在西山，紫翠鬱千色。長筵離坐久，有懷轉沉默。華燈照駃騠，深酌勝芳洌。鬚眉外景清，襟度中丹密。夫子超世心，昭懷朗晨霱。長依愛日暉，暫戢垂天翼。耦耕謝徵聘，養晦銷虁獂。形諜而光成，知非玉人質。

> 江水湛湛碧，江皋草芊綿。那無濯纓志，共泛滄浪船。彙議孰非罪？焦原君獨顯。送者返自崝，行者邈若仙。決事堅如山，感情浩如川。長揖郲亭君，南風起萍端。〔註93〕

臨別之際，心懷感傷。對案難食，觸目皆愁。今朝一別，揚帆何處。愁緒難消，浩蕩萬古。小人中傷，暗箭難防。木直遭伐，甘井先涸。執袂相別，懷思在心。歎子之遇，勉子之志。期待重聚，再話離情。

暴雨肆虐，世事堪憂。是非混淆，黑白顛倒。鬼車入室，大難將至。忠臣蒙冤，百姓惶惶。時局益危殆，當政仍噩噩。力難回天意，唯有長嗟歎。

〔註93〕沈曾植：《四月二十一日堯衢廉訪同年端發江城，言旋梓里索詩爲別敬呈四章意滿詞重殊慚昭晰悢悢之感彼此略同大雅諒微存其意焉可耳》，沈曾植著，錢仲聯校注：《沈曾植集校注》，中華書局2001，第345～348頁。

　　西山晚照，峰橫紫翠。華燈高照，酌酒話別。長筵終散，胸中悒悒。君子人歟，品行高潔。歸家侍親，隱忍待時。不屈其志，令名乃傳。

　　江水澄碧，江草豐茂。滌人俗念，相期逸世。眾議撓撓，獨君高義。送者終返，行者漸遠。剛直任事，不畏權勢。同歷危難，情如浩川。

　　沈、余二人共歷教案風波，而余堯衢竟以此得罪罷職，沈曾植力圖解救不果。良友遠別，送行之際，二人乃相顧感慨，心情沉重。沈曾植對余堯衢剛直不屈之高節深相讚賞，對其不公平之遭際深表同情，詩篇之中三致志焉。余堯衢悢悢而去，而留在沈曾植心頭的是對時局更為深重的憂慮。

　　余堯衢去官不久，沈曾植亦調離原任，初簡安徽提學使，復留江西署按察使。只是沈氏因教案事，不願繼續留任江西，旋即赴皖。提學使任內，最讓沈氏感到欣慰之事乃赴日本考察學務。沈氏欲出洋實地考察之願由來已久，早在光緒十九年（1893）鄭孝胥駐日之時，就在彼此詩歌唱和中表達出對異國文化的興趣：「神山縹緲凌方丈，海旭蒼涼到祖州。日下雲間餘悵望，奇花秀竹澹淹留。鹿盧縱是仙人蹻，會許朝眞絳闕遊」〔註94〕。而光緒三十一年（1905）本擬隨五大臣出洋考察憲政又因故擱淺。此番終於可以得償夙願，沈氏心中之喜悅自不待言。沈曾植日本之行，盡觀內府藏書，並對日本經由變法強國的經驗有了更直觀深入的瞭解。

　　沈曾植任職地方「知民情偽而持之以忠恕，故事治而民親」〔註95〕，他秉承儒家聖賢之道，為政寬和，重民生、尚禮治，事無鉅細皆親力親為，身先為範。其在提學使任上興學堂、育人才，鞠躬盡瘁不遺餘力。作為一個以儒家聖賢之道為立身行事之本的傳統士人，上

〔註94〕沈曾植：《寄懷鄭蘇庵》，沈曾植著，錢仲聯校注：《沈曾植集校注》，中華書局 2001，第 149～150 頁。

〔註95〕趙爾巽撰：《清史稿·沈曾植傳》卷四百七十二，列傳二百五十九，中華書局 1977，第 12825 頁。

報君國下濟黎庶，是其義不容辭的職責使命。而為官一任造福一方，亦是一個循吏所當為的職責本分。勸農桑、興水利、致民富足；決冤獄、平糾紛，使民無訟；興學堂、育人才，以固邦本。在百姓安居樂業的基礎上，再施以禮義教化，最後臻於治道。這是每一個任職地方的官員所希望達到的理想目標。在這種施政之道主導下，沈曾植在其任上盡職盡責、兢兢業業，百姓的憂樂疾苦，時時處處牽動著其悲天憫人的心。

　　光緒三十三年（1907）春，安徽境內暴雨成災。沈曾植日夜憂心：

　　　　閉關白日晚，徂春落花知。修眉皖公山，有蘦雲委迤。小雅闕華黍，楚聲有哀時。登高望玄雲，隱見龍鱗之。淮雨三日霖，淮堰千家危。捄荒如捄火，心急力不追。盧氂填已罄，監河貸何稀？妄想天雨金，不然地生肥。鳴哀驚野澤，計絀窮便宜。太息磨蠍翁，災凶天所施。坐令擊壤民，菜色無由毗。曉讀柏堂書，放心窮子歸。懷賢若旦暮，論世疑書詩。中興五六公，軒然接鬚眉。車有服重困，騎無不介馳。針我卞躁肝，瞑眩有瘳期。〔註96〕

　　皖公山橫亙長淮、逶迤綿延，遠望如美人修眉。落花時節，如此山景，本可賞心悅目。孰料水災突發，哀鴻遍野，百姓生計陷入困頓。登高遠望，觸目愁腸斷。黑雲密布，雨龍肆虐人間。霖雨霏霏，水勢沖決堰渠，橫掃一切。大災之後餓殍滿地急需救助，而肯援手者稀，徒令沈氏憂心如焚。情急之下，乃有「天雨金」、「地生肥」之想。災情慘重，民不聊生，沈氏乃積極設法，約集皖省鄉賢共商大計。並深以一己之力有限為憾，如能解民倒懸、拯民水火，即使自己傾家蕩產散盡家資亦甘心。時世艱難、民生凋敝，危難之際，亟須大賢振起濟世。一念及此，沈氏不由深深懷念「同治中興」時期立下赫赫功業的諸賢，斯人若在，當可力挽狂瀾，再造乾坤。如可再現升平盛世，自己即使老邁病羸力所不逮，亦當勉力為之以報君國。

〔註96〕沈曾植：《閉關》，沈曾植著，錢仲聯校注：《沈曾植集校注》，中華書局 2001，第 362～364 頁。

　　時局動盪不寧，清廷的統治已是危如累卵。革命風潮迭起、起義此起彼伏。光緒三十三年（1907），徐錫麟刺殺安徽巡撫恩銘一案轟動全國，安徽局勢危急。沈曾植乃招地方士紳共商大計以撫人心、定局勢。次年正月，沈曾植補授提學使、兼署布政使，八月護理巡撫之職，僅逾月即回本任。光緒帝和慈禧先後駕崩後，革命黨洶洶欲動。其時端方、蔭昌於太湖檢閱江、鄂、皖三省軍隊會操，士卒嘩變，局勢兇險。黨人熊成基率安徽炮營兵士夜攻安慶，危急關頭，沈曾植乃臨危不懼，親上城樓巡防，從容調度，迅速平亂。然沈氏此舉，雖使當地百姓免遭兵燹之苦，卻並未得到新任巡撫的認可，「事定，新撫飾報朝廷，朝廷錄靖難功，不及先生，先生亦終不自表襮」〔註97〕。沈曾植宦海沉浮數十年，深知官場險惡，此時自己又已年邁多病，心力交瘁之下，隱逸之心頓增：「峨眉汶嶺終難取，青李來禽尚可栽」〔註98〕，頗有寄情山水田園，優游林泉岩壑之思。

　　宣統元年，入京輔弼的張之洞因與把持朝政的皇族親貴論爭國事，以致急氣攻心吐血而亡。沈曾植一直對張寄予重望，視之為支撐將傾大廈的柱石，張之洞一死，沈氏更感心灰意冷，出世之心益重：「池上芙蓉臺上樓，樓高遙望海西頭。鴻飛逸侶歌招隱，蟬蛻騷人賦遠遊。顯晦世間區八士，荒唐孤夢幻千秋。維摩丈室蕭然在，萬朵黃華瀝茗甌」〔註99〕。官署美景雖悅目，心有逸思超凡塵。世事如夢幻千秋，唯有佛法解千憂。

　　宣統二年（1910），沈曾植召集方東樹、馬其昶、姚永樸、姚永概等皖省素有聲望之耆宿碩儒，創辦存古學堂。諸人時相遊從、「考

〔註97〕謝鳳孫：《學部尚書沈公墓誌銘》，汪兆鏞纂錄：《碑傳集三編》卷八，文海出版社 1980。

〔註98〕沈曾植：《失題》，沈曾植著，錢仲聯校注：《沈曾植集校注》，中華書局 2001，第 367 頁。

〔註99〕沈曾植：《六十歲成園留影自題》，沈曾植著，錢仲聯校注：《沈曾植集校注》，中華書局 2001，第 371 頁。

論文學」，時論以之爲數十年未有之盛況〔註100〕。只是此時之沈曾植已然意興闌珊，不復有昔年昂揚之意氣。登樓遠望，彌漫心底的滿是鄉關之思，歸去之念：「南雁有書傳客去，西風無語送潮回。丈夫訣蕩千秋意，未作江關庾信哀」〔註101〕。登樓晚望，秋氣浩蕩。鴻雁南來，西風送潮。遊子悲秋，乃思歸計。願得殘年守桑梓，不作庾信空望鄉。

其時，清王朝的統治已是搖搖欲墜，沈曾植日夜憂心，乃上書言事，希望能對時局有所匡救。然而朝中皇族當政、親貴弄權，只圖個人私利，不顧國家社稷安危。沈曾植這「不識時務」之舉自然被當政者所厭惡，根本不予理睬。痛心疾首之下，沈氏乃長歎「天乎！人力竟不足以挽之耶」〔註102〕，遂作長律以明心志、寫憂懷：

　　　　不待招邀入戶庭，龍山推分我忘形。流連未免耽光景，餔餟誰能較醉醒？雨後百科爭夏大，風前一葉警秋蕭。五更殘月難留影，起看蒼龍大角星。〔註103〕

蒼翠蜿蜒的青山終年巍然屹立，如同志行磊落的高人，從不會與時俯仰。北望青山、俗念漸消，頗願就此淡泊養志，不再計較世人是醒是醉。在當政者還汲汲於爭名奪利之際，大變已然到來。自己愁腸百結、一夜無眠，起身仰觀蒼穹，卻發現天際那顆帝王之星已是暗淡無光。

沒過多久，已萌去志的沈曾植又因嚴拒挪用鉅款款待貝子載振而開罪當道，遂決意求去：

〔註100〕 王蘧常編著：《沈寐叟年譜》，「先後招致者儒傑士，如程抑齋、方倫叔、方常季、馬通伯、鄧繩侯、胡季庵、徐鐵華、姚仲實、姚叔節、時時相從，考論文學。人謂自曾文正公治軍駐皖以後數十年，賓客遊從之盛，此其最矣。」商務印書館 1938，第 50～51 頁。
〔註101〕 沈曾植：《樓望》，沈曾植著，錢仲聯校注：《沈曾植集校注》，中華書局 2001，第 372 頁。
〔註102〕 李翊灼：《海日樓詩補編序》，見沈曾植著，錢仲聯校注：《沈曾植集校注》，中華書局 2001，第 21 頁。
〔註103〕 沈曾植：《閣夜示證剛》，沈曾植著，錢仲聯校注：《沈曾植集校注》，中華書局 2001，第 379～380 頁。

　　　　檢點琴書坐悄然，簟紋如水乍涼天。偶成平子歸田計，
　　已愧王家誓墓年。江上斷雲含雨去，沙頭征雁警秋光。浮
　　屠三宿能無意？莫作西河淚眼傳。〔註104〕

　　本應是高朋滿座歡飲暢談的宴席，卻因主人心緒的難寧而顯得沉重壓抑。小人得志，良臣遭厄，古今皆同。想起昔日張衡因姦佞用事，不願同流合污，作《歸田賦》而歸里；王羲之傷心國事，慨然去職，只能於父母墓前自抒鬱鬱之懷。前賢故事，歷歷在眼。而今，自己也只有效法前賢，高蹈歸去。斷雲含雨、征雁悲秋，一派衰颯蕭瑟之景，一如這江河日下之時局。江山社稷已然風雨飄搖、岌岌可危，而當政者猶自聽信讒言，排斥賢才，昔日吳起去西河而淚下，非因個人榮辱，只憂國勢從此衰微，大好河山終落敵手。自己久食君祿，受君國大恩，此番去職又豈能心無所念。無奈力有不逮，空餘一懷愁緒，寤寐長歎耳！

　　宣統二年（1910）秋，沈曾植乃上書辭官，黯然隱退。歸里之後「日惟萬卷埋身，不踰戶閾。及聞國事，又未嘗不廢書歎息，欷歔不能自已」〔註105〕。沈氏雖潛心學術但始終難忘國事，滿腹憂思無法消解遂借佛法開釋：「萬里歸來客，千災不壞身。願王依淨域，心史照芳春。瓔珞山纍發，琉璃鏡檻新。逃禪禪亦剩，只作看花人」〔註106〕。同年九月，沈氏與楊文會等人在江寧成立佛學研究會，藉以佛學感化人心，維繫崩壞之綱紀、將變之世道，應對其時洶洶而來、甚囂塵上之西方異質思想文化。沈氏後來在《上支那內學院緣起》一文中嘗言：「天發殺機，芸生劫劫。政治學殺機也；經濟學殺機也；文學哲學殺機也。分析此時代人心原質，一話言，一思想，一動作，一合會，無不抉『貪嗔癡』，三業以俱來。『貪嗔癡』者，殺種子與。抶

〔註104〕　沈曾植：《燕亭宴坐》，沈曾植著，錢仲聯校注：《沈曾植集校注》，
　　　　　中華書局 2001，第 380 頁。
〔註105〕　王蘧常編著：《沈寐叟年譜》，商務印書館 1938，第 56 頁。
〔註106〕　沈曾植：《東軒遠望》，沈曾植著，錢仲聯校注：《沈曾植集校注》，
　　　　　中華書局 2001，第 402 頁。

『貪嗔癡』者，其不可以『貪慎癡』，其當以清淨慈悲與。自皖歸即發此願」〔註107〕。

　　庚戌冬月，沈曾植與李翊灼同往杭州，踐期年共遊西湖之約。西湖之行乃是沈氏此期難得的一段快心暢意時光，心中鬱結已久之塊壘也爲之一解。「湖山幽閴，杳無遊人，靜對荒寒，宛若置身孄瓚畫幅中，叟笑曰：『余輩可謂孤芳共賞者已！』乃盡十日之力，遍攬湖山之勝，素妝西子，不禦鉛華，而風均天然，偏多眞趣。寒山詩所謂『皮骨脫落盡，惟有眞實在』著，良堪迻贈。叟有句云：『應心開淨域，凡聖無殊差。』蓋契證語也。而湖君好事，似憂嘉客墮入枯禪，十日之中，晴晦雨雪風月幾無不備，寂然境中，妙現神變，枯木寒巖，頓有生意」〔註108〕。偕合契同情之良朋、賞怡心悅目之勝景，自然不可少吟風弄月之雅興。詩意盎然之際，西湖風情之美隨即揮灑筆端：

　　　　殘年泛泛住虛舟，也作西湖十日留。

　　　　卅載童心淒不返，余官巷北阿姨樓。（其一）

　　　　湖上波光罨雪光，張祠清絕勝劉莊。

　　　　仙人自愛樓居好，六面山屏曉鏡妝。（其二）

　　　　石蟇苔花硃不枯，空巖乳水靜春揄。

　　　　楓林一葉弔霜豔，竹翠萬梢矜雪腴。（其六）

　　　　雪湖遊罷思月湖，月來可惜雲模糊。

　　　　天公不請亦饒假，放汝煙波充釣徒。（其七）

　　　　江門帆點夕陽明，江上愁心向晚生。

　　　　我寄悲懷東海若，要回骨種蕩蓬瀛。（十一）

　　　　是相非相非非相，羅漢金剛作麼生。

　　　　多事華嚴李長者，理公洞外覓題名。（十二）〔註109〕

〔註107〕　王蘧常編著：《沈寐叟年譜》，商務印書館1938，第56頁。
〔註108〕　李翊灼：《海日樓詩補編序》，見沈曾植著，錢仲聯校注：《沈曾植集校注》，中華書局2001，第21頁。
〔註109〕　沈曾植：《西湖雜詩》，沈曾植著，錢仲聯校注：《沈曾植集校注》，中華書局2001，第384～387頁。

秀美的西湖諸景使人流連忘返，徜徉於這風月無邊的湖光山色之間，秉天地之靈氣，眼前之一花一葉一草一木一亭一閣一榭一廊都似乎能導人開悟、明心證道，如佛經所云「一切所依性，是相則非相」。倘若真能滌除一切凡俗雜念，堪破世事紛擾，未嘗不是人生幸事。只是，沈曾植雖潛心內典邃於佛理，晚年也頗欲歸於佛學以求得心靈超脫，但其思想深處佔據主宰的始終是儒家聖人之道，以佛解心卻是以儒立命。懷著這份堅執不變的信念與情懷，身處中與西、舊與新碰撞、雜糅、交替的大變局之下，注定了其悲涼落寞的命運，無法獲得真正的解脫。

歸里之後的沈曾植往來於滬、禾兩地，訪友論學。宣統三年（1911）清政府炮製的皇族內閣出爐後，舉國大嘩。沈氏亦曾聯合張謇、湯壽潛、趙鳳昌等人上書直諫。然而清王朝的統治行將崩潰，再無起死回生之術。武昌首義後，各地紛起相應。浙江獨立、隨後江寧失守，沈曾植乃避亂滬上，邀集同仁亟商補救之策。孰料革命形勢高漲，迅速席捲全國。1912 年 2 月 12 日清帝宣布退位，最後一個封建王朝就此結束。沈曾植雖對積弊已久、積重難返之王朝統治痛心疾首，乃至憤而辭職歸里。但這種痛切正是源於其發自肺腑的忠君愛國。其自幼沉潛義理，熟諳墳典，儒家綱常倫理思想早已銘刻於心，矢志不改。當宣統帝退位的消息傳來，海上諸人如聞驚天霹靂「乃同起北面而跪，叩首哀號。閩人王叔莊（旭莊）跪地不起，大呼曰：『國破君亡，臣不欲生矣』」〔註110〕。當辜鴻銘詢之沈曾植應如何自處時，沈氏淚流滿面而言：「世受國恩，死生以之，他非所知也」〔註111〕。忠於前朝故主乃是沈曾植的必然選擇，而且這種遺民情結在其心中經久彌深，至死不渝。

〔註110〕 辜鴻銘：《碩儒沈子培先生行略》，見許全勝著：《沈曾植年譜長編》附錄三，中華書局 2007，第 524 頁。
〔註111〕 辜鴻銘：《碩儒沈子培先生行略》，見許全勝著：《沈曾植年譜長編》附錄三，中華書局 2007，第 524 頁。

第三節　「驀地黑風吹海去，世間原未有斯人」〔註112〕
——羈留滬瀆心緒難寧的遺老時期

「淚雨晴無日，冤霜結未期。身應隨劫盡，發悔入山遲。闇夜荒荒月，魂徠儚儚帷。百年同旦暮，甘自立枯枝」〔註113〕。清王朝滅亡後，沈曾植避居海上足不出戶，更不用民國紀年。獨自咀嚼著內心的亡國之痛，久久不能釋懷。陳三立向隨後至滬的胡思敬介紹海上遺民情況時就曾說「子培僞稱足疾，已數月不下樓矣」〔註114〕。其眷戀舊朝、忠於故主的思想時有流露：「衣邊河朔風塵色，身自清都帝所回。片石冤禽懷耿耿，五陵佳氣望焞焞。孤臣下拜鵑啼苦，率土精誠馬角催。我愧杜門薇蕨飽，行縢無分共崔嵬」〔註115〕。通過對光緒皇帝的悼念，寄託其孤臣哀思，表達了自己沒能像伯夷叔齊那樣爲前朝盡死節的愧疚；對於死在革命風潮中的陸鍾琦、端方、志銳等人，沈氏亦有物傷其類的傷悼：「傷哉陸大夫，繫纓喻戔弁」〔註116〕；「碧血化珠隨杜魄，青天無朕辨張驢。英靈蕙子西飛鵲，淚盡機中織錦書」〔註117〕；「堂堂馮君卿，碎身豺虎窟。叱吒作風雷，長留耿恭壁」〔註118〕，字裏行間表露出對這些以死盡節之臣的欽敬之情。1913年隆裕太后去世，沈氏又作《大行皇太后輓歌辭》哀之：「華蓋淒無色，齊

〔註112〕　沈曾植：《病起自壽詩》，沈曾植著，錢仲聯校注：《沈曾植集校注》，中華書局2001，第1140頁。

〔註113〕　沈曾植：《淚雨》，沈曾植著，錢仲聯校注：《沈曾植集校注》，中華書局2001，第426頁。

〔註114〕　胡思敬著：《退廬全集》卷二，近代中國史料叢刊本，第216頁。

〔註115〕　沈曾植：《葵霜謁陵貽余片石》，沈曾植著，錢仲聯校注：《沈曾植集校注》，中華書局2001，第504頁。

〔註116〕　沈曾植：《洞下六日兀不成眠無用繫心輒步柬韻奉答金句丞》，沈曾植著，錢仲聯校注：《沈曾植集校注》，中華書局2001，第407頁。

〔註117〕　沈曾植：《無題》，沈曾植著，錢仲聯校注：《沈曾植集校注》，中華書局2001，第425頁。

〔註118〕　沈曾植：《旅居近市鬱鬱不聊春夏之交霧晨延望萬室濛濛如在煙海憬然悟曰此與峨眉黃山雲海何異汪社耆持此圖來乃名之曰山居約散原同賦散原先成余用其韻》，沈曾植著，錢仲聯校注：《沈曾植集校注》，中華書局2001，第457頁。

州黯不春。雪寒聞鶴語，地老泣蟲人。無分陪臨位，超遙望帝晨。空傳朝夕奠，窮海蟄孤臣」〔註119〕。隨著時間的推移，初聞王朝覆亡消息的震撼和驚悸漸漸平復。想到紫禁城裏依然存在的小朝廷，沈曾植的心裏又燃起殘存的希望：「宵光熠耀星爭出，妄想圓成日再中」〔註120〕；「北斗京華五夜思，露囊金鏡萬年枝。遙知紫陌皇州客，共有今周後漢期。太歲重光回氣象，仙雲留影見鬢眉。繡書恰會中興字，待繕猗玗第二碑」〔註121〕。此後，期待宣統「中興」的夢想就成爲沈曾植遺民生涯的信念支撐。

　　辛亥革命的風潮席捲全國後，各地硝煙彌漫，烽火連天。爲避兵燹之亂，許多士紳先後來到上海。如胡思敬在其《吳中訪舊記》記載：

　　　　予既蒞滬，則從陳考功伯嚴訪故人居址。伯嚴一一爲
　　予述之曰：「梁按察節庵、秦學使右衡、左兵備笏卿、麥孝
　　廉蛻庵，皆至自廣州。李藩司梅庵、樊藩司雲門、吳學使
　　康伯、楊太守子勤，皆至自江寧。趙侍郎堯生、陳侍御仁
　　先、吳學使子修，皆至自北京。朱古微侍郎，新自蘇州至。
　　陳叔伊部郎，新自福州至。鄭蘇庵藩司、李孟符部郎、沈
　　子培巡撫，皆舊寓於此。」又曰：「蘇庵居海藏樓，避不見
　　客。節庵爲粵人所忌，謀欲殺之，狼狽走免，身無一錢，
　　僦小屋以居。子培僞稱足疾，已數月不下樓矣。」〔註122〕

　　這些羈留滬上的前清士紳在鼎革後皆以遺民自居，時相往來過從，互抒其黍離之悲、興亡之感，羈旅之愁、鄉關之思，彼此以道義風節相砥礪。沈曾植在與陳三立、鄭孝胥的詩歌唱和中就強烈表明自己忠於亡清，絕不做貳臣之決心：

〔註119〕　沈曾植：《大行皇太后輓歌辭》，沈曾植著，錢仲聯校注：《沈曾植
　　　　　集校注》，中華書局 2001，第 538～539 頁。
〔註120〕　沈曾植：《樓上》，沈曾植著，錢仲聯校注：《沈曾植集校注》，中華
　　　　　書局 2001，第 441 頁。
〔註121〕　沈曾植：《萬壽節晴初仁先自杭來酌諸公於海日樓》，沈曾植著，錢
　　　　　仲聯校注：《沈曾植集校注》，中華書局 2001，第 1395 頁。
〔註122〕　胡思敬：《退廬全集》卷二，近代中國史料叢刊本，第 216 頁。

「壯士願成為厲鬼，病夫老後立枯枝」，「無弦琴裏陶潛在，跛腳南窗午暑移」〔註123〕。《北魏書·顯和傳》記載顯和曾言「乃可死作惡鬼，不能生為叛臣」！沈氏用此典表明清室雖亡，但自己卻要傚仿歸隱田園，不仕亂世的陶淵明。忠於故主，以遺民終世。「風前燭跋難乾淚，篆裏香灰不斷心。棄婦家亡悲手爪，孤鴻天遠警弦音」〔註124〕。自己這老劬疲病之軀，雖如風前殘燭，但仍舊心向前朝，至死不渝。古詩云「新人雖言好，未若故人姝。顏色類相似，手爪不相如」。民國雖興，孤臣之心難忘前朝。撫今追昔，只覺自己猶如失群悲雁，聞弦而下，悲愴悽楚之感油然而生。

居滬日久，海濱遺老們乃自發的約集聚會，評書品畫，往來酬唱。「先是，旅滬諸同志歲暮無聊，嘗間月一聚，或一月再聚，每聚各資番銀五角，充釀飲貲，謂之五角會，其寒儉如此。是日，人各攜一圓，共得二十餘圓，詫為豪舉。同人互相嘲謔，咸謂此會為十角會也」〔註125〕。這種間或為之的聚會成為遺老們重要的交往形式。壬子年冬（1913年1月），王闓運的滬瀆之行，成為遺老圈中一大盛事。其時王闓運實欲北上應袁世凱之聘，但心中尚存顧慮，故先赴上海以覘形勢。其在日記中寫道：「至夜秘書官黎承福來，送其都督公文，云袁世凱遣迎。正欲送女往北，怯於盤纏，即欣然應之」〔註126〕。王闓運至滬後，受到了樊增祥、易順鼎、陳三立、瞿鴻機、沈曾植、曾廣鈞、李瑞清等滬上遺老的隆重接待，宴飲酬唱幾無虛日。次年春（1913年2月）王闓運離滬返湘之際，沈曾植又與樊增祥特意饋贈重金：「雲門、子培送二百元，訝其無因，又自送來，留受其半，且宜詰問子培」

〔註123〕 沈曾植：《簡伯嚴》，沈曾植著，錢仲聯校注：《沈曾植集校注》，中華書局 2001，第 420～421 頁。

〔註124〕 沈曾植《寄太夷》，沈曾植著，錢仲聯校注：《沈曾植集校注》，中華書局 2001，第 445 頁。

〔註125〕 胡思敬著：《退廬全集》卷二，近代中國史料叢刊本，第 217～218 頁。

〔註126〕 王闓運著，吳容甫點校：《湘綺樓日記》，民國元年十一月十六日，嶽麓書社 1997，第 3210 頁。

〔註127〕。臨行時，一眾遺老均有詩贈別，沈詩云：

> 岳秀蟠元氣，儒林仰大師。松心珍晚節，蘭露入清辭。
> 楚醴幾何早？商音識在茲。相逢耿無語，相別若爲思。

> 老眼寧無淚，長江湛湛回。申徒沈石憤，庾信小園哀。
> 地缺江河沸，龍移岸谷摧。五行留大傳，還待伏生裁。

> 去去仙人杖，花源在楚都。朱陵通宛委，瞿鵲問長
> 梧。一老天留住，三綱世要扶。未妨藏壁簡，正待啓河
> 圖。〔註128〕

詩中盛讚王闓運高年耆宿、儒林前輩，乃士子模楷。委婉勸其當保松心晚節，自惜名聲。以《禮記》「明乎商之音者，臨事兒屢斷」之典，諷其臨事明斷，勿爲士林不齒之舉。「五行留大傳，還待伏生裁」；「未妨藏壁簡，正待啓河圖」，沈氏又將王闓運比作力存聖人經籍的伏生，希望其以扶持綱紀爲己任，隱忍待時。雖然清室滅亡幼帝遜位，但君臣大義猶存，士人風節當持。沈氏雖未明言阻止王闓運北上，出仕民國。但通篇勸諫之意，彼此心照不宣耳。

不久，樊增祥約集諸遺老成立超然吟社。其《超然吟社第一集致同人啓》中日：

> 吾屬海上寓公，殷墟黎老，因磋陀而得壽，求自在以
> 偷閒。本乏出人頭地之思，而惟廢我嘯歌是懼。此超然吟
> 社所由立也。先是，止菴相公致政歸田，築超覽樓於長沙。
> 今者公爲晉公，客皆劉白，超然之義，取諸超覽。人生多
> 事則思閒暇，無事又苦岑寥。閉戶著書者，少朋簪之樂；
> 征逐酒食者，罕風雅之致。惟茲吟社，略仿月泉。友有十
> 人，月凡再舉。晝夜兼卜，賓主盡歡。或縱情清談，或觀
> 書畫，或作打鐘之戲，或爲擊缽之吟。即席分題，下期納
> 卷。視眞率之一蔬一肉，適口有餘；若禮經之五飲五羹，

〔註127〕 王闓運著，吳容甫點校：《湘綺樓日記》，民國二年正月十七日，嶽
麓書社1997，第3226頁。
〔註128〕 沈曾植：《聞湘綺有行期病阻未出作詩詢之》，沈曾植著，錢仲聯校
注：《沈曾植集校注》，中華書局2001，第534～535頁。

　　取足而止。〔註129〕

　　在封建王朝覆亡，民主共和成為大勢所趨的時代，這些仍然固守綱常倫理，不仕二主的前清遺老們，困居海上一隅，不但日漸脫離主流社會，也意味著從此與政治絕緣。「士之仕也，猶農夫之耕也」〔註130〕，失去了安身立命的職業，遺老們也就只能無所事事的度日。出於同氣相求的心理需要，又加之人生「無事又苦岑寥」，宴飲雅集這種傳統士人最為熟悉的交往方式，自然就成為消遣閑暇時光的最好途徑。

　　本擬二月十二日小花朝日舉行的超社第一集，因隆裕太后的喪禮而改期，諸遺老紛寫挽詞致哀。隆裕之喪，又使沈曾植內心深藏的亡國之痛被觸發，其後來致書羅振玉曾言此期心境：「鄙人精魄已亡，而世運非無可挽，守先待後，終屬吾公。凡所欲舉揚者，苟以簡短之語相示，或尚可以簡短之語相酬，洋洋千言，則力不從心矣。……亦作詩，止於和韻；亦對客，止於自言；亦讀書，掩卷即忘；亦構思，虛空無盡」〔註131〕。意態蕭索、神思恍惚，滿紙衰颯之氣。這種哀傷的情緒一直如影隨形，始終縈繞心底。二月二十日，超社第一次雅集。聚會之中，樊增祥的興致最高，以67歲高齡與林開謩在梅叢中穿梭賭跳。相形於「樊侯距躍氣尚雄，林逋梅下搴衣從」〔註132〕之舉，沈曾植則顯得心事重重，鬱鬱寡歡：「長箋卷舒無綺語，芳樹徙倚成悲翁。酒闌出戶弧矢直，鹿車蠟屐分西東」〔註133〕。仲春時節，春和景明，觸詠品題，本乃怡情雅事。可在這熱鬧歡快的氣氛中，沈

〔註129〕樊增祥著，涂曉馬、陳宇俊校點：《樊樊山詩集》，上海古籍出版社2004，第1982～1983頁。

〔註130〕《孟子·滕文公下》，楊伯峻編著：《孟子譯注》，中華書局1960，第142頁。

〔註131〕沈曾植：《與羅振玉書》，見許全勝著：《沈曾植年譜長編》中華書局2007，第408頁。

〔註132〕沈曾植：《超社春集看杏花和雲門韻》，沈曾植著，錢仲聯校注：《沈曾植集校注》，中華書局2001，第554頁。

〔註133〕沈曾植：《超社春集看杏花和雲門韻》，沈曾植著，錢仲聯校注：《沈曾植集校注》，中華書局2001，第555頁。

氏心頭浮現的卻是亡國之悲、黍離之思，乃至鋪卷賦詩無綺語，徒對芳樹成悲翁。

三月三日，超社同仁仿昔日蘭亭修禊事再集樊園。此時桃花開得正盛，千朵萬朵絢麗多姿。置身其間，恍如進入和平安寧、無憂無慮的世外桃源，不知有漢遑論魏晉，頓消世俗之憂。只是這短暫的沉醉，終究還是被無情的現實擊碎。「題卷豈非天祐歲，正冠不墊林宗巾。酒狂忽發歌絕倫，起捋花須花不瞋」〔註134〕。「天祐」乃唐昭宗李曄之年號，其時皇權旁落，節度使朱全忠把持朝政，終弒昭宗以自立。沈氏以此典借指袁世凱逼迫清帝退位之狼子野心。權臣逞威、姦佞橫行之世，自己卻終究不能忘懷世事，做不到如郭林宗般高蹈避世之灑脫，酒入愁腸唯有黯然長歎矣。

每一次「殷墟黎老」們的這種宴集酬唱，似乎都能讓沈曾植得到片刻的安慰，暫時紓解一下心底的悲哀。可每一次也正是這些宴集酬唱、同仁聚首，時時刻刻觸動著其亡國之民的記憶，反而更加深了其內心的痛楚：「二老長庚殘月對，諸天寶樹香城壞。滔滔孟夏去安之，歷歷開元眼猶在」〔註135〕。感歎著現實的黯淡，緬懷著往昔的盛世，徘徊於出世與入世之間，是如超脫凡俗、逍遙海上的安期生？還是做甘殉國難、自投汨羅的屈靈均？「入海安期寧有遇，懷沙正則是長悲。神侯司命遙傳語，可是騰根食蠱時」〔註136〕，沈氏的心裏依舊徨徨。

只是這種終日鬱鬱的偷安生活也並沒能持續多久，1913年7月革命軍討袁的二次革命爆發，這種短暫的平靜又在隆隆的炮聲中粉碎。7月22日沈曾植尚約鄭孝胥晤談，是夜戰火即起，鄭孝胥在其

〔註134〕 沈曾植：《超社第二集癸丑修禊於樊園，用杜詩麗人行韻》，沈曾植著，錢仲聯校注：《沈曾植集校注》，中華書局2001，第559頁。

〔註135〕 沈曾植：《浴佛日超社第五集伯嚴爲主席送健齋樞相遊泰山》，沈曾植著，錢仲聯校注：《沈曾植集校注》，中華書局 2001，第588頁。

〔註136〕 沈曾植：《浴佛日超社第五集伯嚴爲主即席送健齋樞相遊泰山》，沈曾植著，錢仲聯校注：《沈曾植集校注》，中華書局 2001，第590頁。

日記中記載：「夜，月極明。四鼓，爲炮聲驚醒。起視，探海燈四射，巨彈向西北飛越吾樓。槍聲如急雨，登氣樓望之，製造局已在戰雲中矣。已而稍寂。東方欲明，屬聲又作，日高乃息」〔註 137〕。沈曾植親歷戰禍，生靈塗炭、屍橫遍野之慘狀讓其觸目驚心：「南風髑髏生齒牙，川原白骨亂如麻。大猛火聚一燔炳，塗毒鼓聞空痛嗟。天狗有聲雷墮地，鬼目相看血是花。如何日月眼長閉，忍蠹蟠腹長爬沙」〔註138〕。目睹戰爭對百姓造成的巨大災難，沈曾植憤而感慨：「江南竟無乾淨土」〔註 139〕，何時「曷月披雲日當午」〔註 140〕？民初時局的混亂動盪、戰火的綿延不休，使本就眷戀前朝、懷念故國的沈曾植，益發的對民國政局不滿，心裏更加期待著清室中興了。

深秋時分硝煙漸散，而沈曾植心裏的愁緒卻是久久難消。想到自己流寓滬瀆已有三年，三載之間，經歷巨變，天崩地坼。而今時局依然擾攘、兵燹難息。又值秋風起，羈旅之人又怎能不生思鄉之意：

　　授衣還八月，流寓已三年。秋思明於日，鄉心勁若弦。豈能忘柏性，何日謝萍緣。大廈傾欹極，殘黎喘息延。纖兒能破壞，老革逐騰騫。瞎馬盲人去，青山白水前。高樓頻送目，上氣不成眠。徒倚歸雲遠，凋傷錦樹先。白鷗偕伴侶，黃鵠困迍邅。沈痼逃公幹，音辭愴仲玄。義娥雙轂轉，魁紀六龍旋。裂石精誠箭，迴帆誓願船。悵悵身老矣，板板雅終焉。呵壁寧無對，三閭更問天。〔註 141〕

羈旅之人如浮萍無根終思故土，而致使自己顛沛流離的，正是這

〔註 137〕　中國國家博物館編，勞祖德整理：《鄭孝胥日記》第三冊，中華書局 1993，第 1476 頁。

〔註 138〕　沈曾植：《南風》，沈曾植著，錢仲聯校注：《沈曾植集校注》，中華書局 2001，第 632 頁。

〔註 139〕　沈曾植：《和子修用山穀城南即事韻社作》，沈曾植著，錢仲聯校注：《沈曾植集校注》，中華書局 2001，第 634 頁。

〔註 140〕　沈曾植：《和子修用山穀城南即事韻社作》，沈曾植著，錢仲聯校注：《沈曾植集校注》，中華書局 2001，第 634 頁。

〔註 141〕　沈曾植：《授衣》，沈曾植著，錢仲聯校注：《沈曾植集校注》，中華書局 2001，第 641～642 頁。

亂離的時世。王朝滅亡了，可黎民百姓仍然生活在水深火熱中。而今大奸竊國局勢難明，自己登樓遠望，心憂難眠。可歎雖有精誠之心，卻難入解脫之城。此局如何解，悵惘唯問天。

鎮壓了二次革命後，袁世凱之氣焰一時薰天，乃積極籌劃洪憲帝制。其大肆網羅前清士人，許多遺老聞風而動。沈曾植在致羅振玉之信中談到此事：「臘底乃聞修史之說，都人網羅吾黨，亦有爲所動者，（其實未必有特秀才輩自相推舉耳）。乃知公前信所云鄭昭宋聾，爲之噱然一笑。世豈有出世於未亂之先者，乃入世於大亂之後耶？輕薄朝官，斷斷不容天地間有獨醒獨清之士，公固超然物外者，或當信此非奇特不情事也」〔註142〕。沈氏對此固然不屑一顧，然而讓他意想不到的是繼王闓運最終出任國史館館長之職後，平素往來頻繁，酬唱不斷的超社同仁樊增祥亦難耐寂寞，將要北上應聘。愕然之下，數日之中乃頻頻作詩勸阻：

> 便作無心出岫雲，胥濤八月正渾渾。前車倘有昆閬客，負劍無勞雒誦孫。玉宇瓊樓重入夢，佩蘭服艾不同根。澄清攬轡今何向，惆悵驪駒卻在門」。〔註143〕

> 春明夢外樹詩壇，笑解東坡適越冠。見設禮羅候梟鳥，由來食禁薄雞肝。掉頭煙霧談何易，濯足滄浪世共看。朋比薰蕕牢記取，歸帆常相北風竿。〔註144〕

白雲出岫雖自無心，但前路波濤洶湧，暗流重重。時局變幻難定，干戈四起之際並非文人效力之時。即使心有用世之意，但香蘭艾草不同根，君子小人道不同。而你還是執意奔功名而去，看著你登車攬轡意態昂昂的神情，我亦只能滿懷惆悵的爲你送行；袁世凱以高官厚祿羅致士人，其實是別有用心。你今北上入其彀中，他日再想置身事外

〔註142〕 沈曾植：《與羅振玉書》，參見許全勝著：《沈曾植年譜長編》，中華書局 2007，第 395 頁。

〔註143〕 沈曾植：《樊山寫示留別詩和韻》，沈曾植著，錢仲聯校注：《沈曾植集校注》，中華書局 2001，第 820 頁。

〔註144〕 沈曾植：《再和韻送樊山》，沈曾植著，錢仲聯校注：《沈曾植集校注》，中華書局 2001，第 824～825 頁。

爲世外逸民恐非易事。希望你勿忘友朋款洽之情，及早回頭。

只是此時的樊增祥去意已決。遺民生活的平淡岑寥，早讓久已心猿意馬的樊增祥感到厭倦。此時遺老們苦心孤詣的勸阻自難抵擋春明城內滿眼繁華的誘惑。人各有志、道不同者不相謀，注視著「大士能爲普眼觀」〔註145〕的昔日盟友漸行漸遠，沈曾植益發的堅定了自己「小儒終戀楚臣冠」〔註146〕的立場。

1915 年初，沈曾植與瞿鴻禨、繆荃孫、陳三立、吳慶坻、王仁東、沈瑜慶、林開謩、楊鍾羲、張彬、馮煦、陳夔龍、朱祖謀、王乃徵等遺老再舉逸社。此次雅集在沈氏新居舉行，沈曾植即席賦詩三首：

> 春風駘宕來，朝氣在巾屨。川上逝不留，吾生眇焉住？
> 平生五嶽願，跛者不忘步。屛跡土室隅，萬象入傴僂。身是古荓民，甘寢世無曙。群公排闥入，有酒忽成醹。有俎雞驚兼，有邊肴核旅。衣冠今四皓，朋簪昔三署。或拍洪厓肩，恣浮魏王瓠。青冥馳野馬，訊鬱不容馭。竹素倘相容，焉能閟情語。錄公喟遐想，題目此欣遇。字說一揶聱，析言勞介甫。
>
> 逸禮不臺記，逸書不師傳。逸品畫不聖，逸曲琴無弦。天壤廓無際，逸者象其先。古今邈無朕，逸者遊其玄。坐作鯤溟運，立當鼇極掀。神依少廣母，室在崑崙巓。焉識麼蟲聚，中有雷闐闐。焉識修羅孔，日有刀輪旋。埋照不忘照，鏡空群動前。吾方耽逸病，放意懷與安。鑿齒人且半，壺丘鯢有潘。新陽感積悴，哀樂環無端。庶以長者言，將持日車邅。酒闌積絳算，優唈吾生觀。
>
> 霽雪照江邑，不能濡海漘。餘寒獨滲骨，襲我羊裘人。秀樹迥含綠，鳴禽亦懷新。天光延午景，草色晞遙畛。花事可蠟屐，雨行隨墊巾。豈無塡海石，噫此無懷民。夕照

〔註145〕沈曾植：《樊山寫示留別詩和韻》，沈曾植著，錢仲聯校注：《沈曾植集校注》，中華書局，2001，第821頁。
〔註146〕沈曾植：《樊山寫示留別詩和韻》，沈曾植著，錢仲聯校注：《沈曾植集校注》，中華書局2001，第821頁。

　　散車轍，長煙凌塞氛。還將洛生詠，付與臨川論。〔註147〕

　　自己僻居一隅，似乎已經與世隔絕。在這春風徐來，生氣頓生的時節，幸有逸友來聚，乃有朋簪之樂。酒美肴佳，精神亦增。相談論學，亦是人生樂事。「天壤廓無際，逸者象其先」，世亂道不行的時代，唯有逸者立於天地之間，持道義、守風節，輕富貴、傲王侯，吾輩今乃獨標高格，為世之先。「豈無填海石，噫此無懷民」；「還將洛生詠，付與臨川論」，在這世道人心丕變之際，非無一腔濟世之心，怎奈力不足以挽橫流。姑且秉承古聖先賢之志意，守己待人，守道待時。

　　「閒共山翁論甲子，長留心史映山河。華胥節物都成夢，元老新書記若何」〔註148〕。時光飛逝，沈曾植的海上流寓生活似乎一如既往的平淡閒適，閒暇之時三五衰翁相與往還，緬懷往日盛景，慨歎今世全非，然後在相對欷歔感慨中送走夕陽。然而這表面的平靜下，難以掩藏的卻是沈氏對於中興大業虔誠執著的期待。時局的風雲變幻、波濤洶湧，每每讓沈曾植的內心也隨之起起伏伏。

　　1915 年底袁世凱倒行逆施復辟帝制，護國戰爭隨之爆發。1916年 6 月袁氏在萬人唾罵聲中一命嗚呼後，中國進入北洋軍閥統治時期。各派軍閥割據混戰、爭奪不休，時局異常混亂。這種動盪不安的局面讓久對民初以來兵荒馬亂、民生凋敝之現狀不滿的沈曾植更加覺得清室中興乃是天與人歸。其在致羅振玉函中提到袁世凱死後之政治形勢，言曰：「莽誅而赤眉大熾……然天下事非無可為，恨書生無手段耳」〔註149〕。在沈曾植看來，此時局勢亦如漢末。漢末權臣（外戚）柄國、主幼臣強，乃至王莽竊國。綠林、赤眉起義，天下大亂。幸賴光武中興平定叛亂恢復河山，再延漢祚。沈氏乃以漢末比此時，

〔註147〕　沈曾植：《逸社第一集止菴相國觴同社諸公於敝齋相國與庸庵尚書詩先成曾植繼作》，沈曾植著，錢仲聯校注：《沈曾植集校注》，中華書局 2001，第 864～867 頁。

〔註148〕　沈曾植：《和庸庵尚書異鄉偏聚故人多》，沈曾植著，錢仲聯校注：《沈曾植集校注》，中華書局 2001，第 912 頁。

〔註149〕　沈曾植：《與羅振玉書》，見許全勝著：《沈曾植年譜長編》，中華書局 2007，第 426 頁。

視袁世凱爲今日之王莽、革命軍爲今日之赤眉，作爲一個深受儒家思想濡染的傳統士人，其心中的正統思想根深蒂固。江山社稷乃一家一姓之基業，無論亂臣姦佞之篡權，還是賊子叛黨之作亂，都是以下犯上大逆不道，都是違背綱常天理，名不正言不順。因此，袁世凱的失敗乃是理故亦然，而並非是民主共和思想深入人心之故。沈曾植認爲由前清廢帝恢復故業、收拾殘局、再造太平盛世，才是天經地義。

儒家士人心目中的理想政治莫過於明君賢臣模式下的太平盛世。處於中西撞擊、新舊交替的歷史大變局中，沈氏亦主張吸取西方可資借鑒之思想文化、制度技術。但這種借鑒是有本有末、主次分明的，是在「中學爲體」前提之下的一種權變。在沈曾植看來，國家覆亡之後，作爲前朝遺民，盡忠於故主，奔走於復國大業理所應當是爲人臣子之本分。而袁世凱死後，北洋各系爭權奪利，北京城裏反反覆覆上演的你方唱罷我登場的戲碼更讓沈曾植覺得清室復辟有望。

1917 年元日，沈曾植特爲其新得之元人摹靈武勸進圖賦詩一首：

天迴地轉中興圖，披卷如聞萬歲呼。國有君矣民後蘇，是日日月重光乎。白雲在天白鶴趨，奇祥異瑞集徵應，未若前後茲讓毚。孝宣之孝史具疏，禪位議在兵興初。貴妃銜塊事以寢，馬嵬復有傳宣攄。遮道留行曰天意，分龍廄馬無蹢躅。靈武南樓涕欷歔，復復指期期不需。前甲後甲六旬耳，威聲已撼東西都。唐家再造斯權輿，趣取大物何言歟？上箋裴冕杜鴻漸，授璽見素房琯俱。圖中班聯雜父老，太子有戚顏非愉。不得已懷畫史喻，鄭侯表意同懷懷。圖後亭池大官廚，憑欄有美容莊妹。固知少游供張盛，寶鞍良娣初安居。天生民而立之君，王在春秋帝典謨。孰非尊號克戡亂，戲論我不馮新書。涪皤詩襲小宋餘，次山頌美無加諸。拾遺洗兵有正議，今周後漢昌於脅。及櫻桃薦端歸歟？中興新數年強梧。〔註150〕

〔註150〕　沈曾植：《丁巳元旦試筆題元朱玉摹唐人靈武勸進圖》，沈曾植著，
　　　　　錢仲聯校注：《沈曾植集校注》，中華書局 2001，第 1011～1014 頁。

「天迴地轉中興圖，披卷如聞萬歲呼。國有君矣民徯蘇，是曰日月重光乎」，沈氏以飽滿的熱情描繪了這幅靈武勸進圖，起筆即能感覺到其內心潛藏的欣喜之情。隨後沈氏詳細的描述了安史之亂發生後，肅宗繼位前後經歷之波折。得出了「天生民而立之君，王在春秋帝典謨」的結論。君權天授乃亙古不變之天理，真命之主終將得民心擁護而登大寶。但沈氏話鋒一轉卻又提到僖宗時之黃巢起義，「孰非尊號克戡亂，戲論我不憑新書」。安史之亂時，唐之威勢猶存，綱紀未墜，故肅宗親自治兵討賊，戡定大亂，中興唐室。而到了僖宗時，國勢衰落、藩鎮割據，僖宗出奔至蜀卻只能依靠藩鎮之兵力來平亂。此處似隱喻宣統復辟亦需借助武人兵力之意。「今周後漢昌於胥」，「中興新數年強梧」這兩句用杜詩「後漢今周喜再昌」，「今朝漢社稷，新數中興年」意，表達出其內心對中興在望之熱切期待。

其時一戰爆發，北洋政府中黎元洪與段祺瑞因參戰問題相持不下，張勳乘隙提兵入京調停。1917 年夏，沈曾植亦與康有為、王乃徵一同北上。7 月 1 日清室復辟之鬧劇粉墨登場。沈曾植沉浸在中興的喜悅中還沒來得及緩過神，7 月 12 日，丁巳復辟就在舉國反對聲中黯然收場。在民主共和已是大勢所趨的時候，恢復帝制已然是逆潮流而動，不得人心。世易時移、今非昔比，時勢已非沈氏記憶中任何一個歷史成例可以比附。設想之中天與人歸、萬眾響應的場景在一瞬間轟然倒塌，就此摧毀了長久以來支撐沈氏的精神信念。

返滬之後，沈曾植意興闌珊，杜門謝客，且暮年多病，心境落寞，孤臣孽子之心更增窮愁淒苦之氣：

> 病榻沉綿又一時，赤山岱獄眇何之？相逢徒侶皆龍伯，豈有神仙度馬師。七反定難超色界，再生或恐誤雄兒。四恩三劫塵沙障，到此分明不了疑。
>
> 識字向來憂患始，多聞何用總持求。一忘真作宋華子，兩語不知阿菟樓。白地光明成解脫，青陽受謝寒淹留。如何一寸關元路，竟阻先生掉臂遊。

亦元亦史亦畸民，亦宰官身長者身。成住壞空看已盡，黃農虞夏沒焉陳。平生師友多仙佛，至竟形神孰主賓？驀地黑風吹海去，世間原未有斯人。

歷歷來時頓宿程，閉門合眼數分明。甘瓜苦瓠何滋味，旁死哉生熱性情。反覆豈能逃易意，婆娑還得俟河清。何方鬭歷霆霓起，雪爾虛空粉碎聲。

無生話裏借生生，取次東風散策行。樂意鳴鳩偕乳燕，上春寒食近清明。他鄉吾土都長語，柳眼花須不世情。寄語漚鄉諸父老，海山兜率要同盟。〔註151〕

　　復辟無望，心事成空。老劬疲病之軀，經日沉綿病榻。黯然神傷之際不禁傷歎自己來日無多，不知他日魂靈歸處？想來凡俗之人終有一死，唯有得道修仙之人可得長生。人生識字憂患始，或只佛法能解心。貪戀嗔癡一朝盡，數十年前原無我。爭奈塵根捨不去，長留悵惘在心頭。滿紙的孤寂惆悵，充滿了無奈迷茫。而在接下來的日子裏，沈曾植引爲同道的遺老們接二連三的離開人世，接踵而來的打擊讓沈氏飽嘗雪上加霜的痛苦。1918 年 4 月瞿鴻磯過世，6 月王仁東病逝，10 月沈瑜慶復病逝，12 月俞明震卒於杭州。1919 年繆荃孫逝，1920年梁鼎芬又卒於北京。「楓林蕭瑟淚襟滋，又聽鄰春輆相時。鬼伯苦邀遺老去，輓歌如課月泉詩。衰年隱約同文字，近局招邀斷夢思。幾日春風迎杖履，有懷未盡默長辭」〔註152〕。一時之間，往日交遊凋零殆盡，人事全非。1921 年 5 月仲弟曾桐卒於京，聞此噩耗，沈曾植更覺摧心裂肝，生趣已無。其常枯坐涕泗，心神恍惚：「悲來六氣皆成病，病裏千心並是悲。是病是悲難判釋，佛前寫作禮魂詞」〔註153〕。1922

〔註151〕　沈曾植：《病起自壽詩》，沈曾植著，錢仲聯校注：《沈曾植集校注》，中華書局 2001，第 1138～1141 頁。

〔註152〕　沈曾植：《朱湛卿太守挽詩》，沈曾植著，錢仲聯校注：《沈曾植集校注》，中華書局 2001，第 1205～1206 頁。

〔註153〕　沈曾植：《七月廿七日爲騋宦百日禮懺於清涼下院病不能興哭不成聲詩不成句魂兮歸來哀此病叟》，沈曾植著，錢仲聯校注：《沈曾植集校注》，中華書局 2001，第 1443 頁。

年 5 月季弟曾樾又卒。沈氏一兄兩弟皆先其而亡，耄耋之年，手足盡喪。天地之間，唯餘自己孑然獨立。顧影茫茫，不勝孤淒悲涼之感。1922 年 11 月 21 日，沈曾植的生命終於走到了盡頭。而其眷戀舊朝之心，至死不休：「黃葉飄如蝶，青冥逝不遐。秋心停病榻，缺月皎窗紗。藥議煩良友，杯瓷溢乳花。聊將清夜思，不盡報君家」〔註 154〕。

　　沈曾植天性嗜學，一生勤學不倦，無書不觀。長於經、史、小學、西北南洋地理，此外書畫、金石、刑律、樂律、醫、佛、道無不精通，素有「同、光朝第一大師」〔註 155〕之稱。1919 年沈氏七十壽辰之際，王國維更是親致長序，對其一生學問大端予以高度評價：

> 先生少年固已盡通國初及乾嘉諸家之說，中年治遼金元三史，治四裔地理，又爲道咸以降之學，然一秉先正法，無或逾越。其於人心世道之污隆，政事之利病，必窮其原委，似國初諸老。其視經史爲獨立之學，而益探其奧窔，拓其區宇，不讓乾嘉諸先生。至於綜覽百家，旁及二氏，一以治經史之法治之，則又爲自來學者所未及。……學者得其片言，具其一體，猶足以名一家，立一說。其所以繼承前哲者以此，其所以開創來學者亦以此。使後之學術，變而不失其正鵠者，其必由先生之道矣」。〔註 156〕

　　其於詩學一道，倡以「三關」之說，亦爲一家之言。其在與金蓉鏡論詩時嘗言：

> 吾嘗謂詩有元祐、元和、元嘉三關，公於前二關均已通過，但著意通第三關，自有解脫月在。元嘉關如何通法？但將右軍蘭亭詩與康樂山水詩，打並一氣讀。劉彥和言：「莊老告退，而山水方滋。」意存軒輊，此二語便隳齊、梁人

〔註 154〕　沈曾植：《每日至戌亥子時神情特定口占小詩奉呈倦翁目力則盹盹大損也》，沈曾植著，錢仲聯校注：《沈曾植集校注》，中華書局 2001，第 1491 頁。

〔註 155〕　胡先驌：《海日樓詩跋》，沈曾植著，錢仲聯校注：《沈曾植集校注》，中華書局 2001，第 22 頁。

〔註 156〕　王國維著：《沈乙庵尚書七十壽序》，《王國維遺書》，《觀堂集林》卷二十三，上海古籍出版社 1983。

身（分）。須知以來書意筆色三語判之，山水即是色，莊老
即是意；色即是境，意即是智；色即是事，意即是理；筆
則空、假、中三諦之中，亦即遍計、依他、圓成三性之圓
成實（性）也。〔註157〕

其將「三元」說上溯至元嘉，要求融玄學、經學、理學入詩，以
求爲古典詩歌拓一新境。在古典詩歌固有的體式內，沈氏以自己淵博
的學識作爲詩料，達到了以學問入詩的極致，「凡稗編脞錄、書評畫
鑒，下及四裔之書，三洞之笈，神經怪牒，紛綸在手，而一用以資爲
詩。故其於詩也，不取一法而亦不捨一法。其蓄之也厚，故其出之也
富」〔註158〕。「適去不自我，有來孰非天。寓形同庶物，觀化循徂年。
復此赤奮紀，緬懷永和篇。東風煦庭戶，巾履來群賢。仰見太虛淨，
俯玩晨葩鮮。彭殤齊可論，堯桀忘誰先。雲藻發談麈，時珍樂嘉筵。
偶然具觴詠，久已屏管絃。今視喟殊昔，後感寧同前。樂緣茲土盡，
冥寄他方延」〔註159〕。這首《三日再賦五言分韻得天字》，就受到同
時代詩人樊增祥的特別推崇，認爲有古晉宋詩風範。

從清末至民初，西學東漸的進程加快。中西文化的碰撞下，傳統
的儒家思想已無法有效的制約道德人心。在傳統文化式微之際，沈曾
植深以爲慮。其在致金蓉鏡函中嘗言：「近世歐華糅合，貪嗔癡相，
倍倍增多。曰路德之嗔，曰羅斯伯爾之嗔，曰托爾斯泰之嗔，曰馬克
斯之嗔。吾國天性主讓，而近世學說貴爭，既集合上四者而用之，變
其名曰專制之嗔、官僚之嗔、軍閥之嗔、資本之嗔，又爲之枝葉曰涼
血之嗔，曰不順潮流之嗔，曰迷信之嗔，曰頑舊腐敗之嗔，曰民智不
開之嗔，廣張八萬四千鈞，而吾華四萬萬民，無一非可嗔之物矣。惟
政客爲造嗔之主；唯報爲嗔傳之媒。仆於歐亞之嗔辨之至微，而於雜

〔註157〕　沈曾植：《與金甸臣太守論詩書》，見王元化主編：《學術集林》卷
　　　　　三，上海遠東出版社1994，第116～117頁。
〔註158〕　張爾田：《海日樓詩注序》，沈曾植著，錢仲聯校注：《沈曾植集校
　　　　　注》，中華書局2001，第1頁。
〔註159〕　沈曾植：《三日再賦五言分韻得天字》，沈曾植著，錢仲聯校注：《沈
　　　　　曾植集校注》，中華書局2001，第561～562頁。

糅之嗔尤視之若風馬耳」〔註160〕。憂懼之餘至有憤激之語:「吾國人今日罪惡,殆與希臘、羅馬、印度亡年無異,其崇拜歐風,談說歐學者,亦與希臘、羅馬、印度之崇拜神話無異,以酒爲漿,以妄爲常,此程度之暴漲,乃與今日寒暑表無異。識病而後能醫病,雖有舊學,固無能識,安自得醫?此團體之變態心理,益演進而爲無數個人之變態心理」〔註161〕。在傳統文化岌岌可危之情形下,沈曾植乃言:「文藝末事,顧亂世幽國,所藉以寄茲微尚者,捨此未由。平生有儒林文苑之分,貞元之際,儒道且藉文以存一線,議論風旨,所以不可自貶降也」〔註162〕。其苦心孤詣的守護著傳統文化,只是當時代的洪流大潮洶洶而過,沈氏這種在當時已是不合時宜的堅守顯得多少有些蒼白無力。其嘗與王國維言,今時今日亦要學昔日孔鮒、伏生那樣藏書以待後人,留後世。在獨木難撐的悲哀和無奈下,沈氏心裏也只能有留一線傳統文化命脈,藏之名山以待後世的想法了。

　　沈曾植生前名動天下。羅振玉、王國維皆以師事之,執弟子禮甚恭。1913 年,俄國哲學家凱沙林訪華,慕名至上海拜訪。過後撰文盛讚沈氏「其丰采、其氣概,一見即令人永永不能去懷。溫而厲,威而不猛,恭而安,其一舉一動,莫不合乎禮、適乎儀,彼華孔子之所謂君子人者,先生實當之無愧。發言明易而意深,語語沁入人心,論及他國事而明晰正確如先生者,余未之見也」〔註163〕;1916 年,法國漢學家伯希和至滬。沈氏乃與其縱談西北史地、印度諸教源流,令其驚歎不已〔註164〕。然而由於沈氏在民主共和的時代,仍然堅執儒

〔註160〕　沈曾植:《與金蓉鏡書》,見王蘧常編著:《沈寐叟年譜》,商務印書
　　　　　館 1938,第 75 頁。

〔註161〕　沈曾植:《與羅振玉書》見許全勝著:《沈曾植年譜長編》,中華書
　　　　　局 2007,第 401 頁。

〔註162〕　沈曾植:《海日樓遺箚》,《同聲月刊》1945 年第四卷第三期。

〔註163〕　辜鴻銘:《碩儒沈子培先生行略》,參見許全勝著:《沈曾植年譜長
　　　　　編》附錄三,中華書局 2007,第 523 頁。

〔註164〕　葉昌熾:《緣督廬日記抄》卷十六「廿二日晨起,案上有書,張菊
　　　　　生京卿招晚酌,言有法國友人畢利和,即在敦煌石室得古書攜歸其

家的綱常倫理，又曾在丁巳復辟中北上參預。因此落人口實、遭人詬病，影響到其學術聲名，乃至死後長期湮沒無聞。沈曾植處於封建時代的完結時期，感受著西學洶湧的大潮，在新舊轉換之交，沒能跟上時代的步伐，最終選擇固守傳統。其雖有固執保守之處，但其堅守的道德操守和學術成就卻不應該被抹殺。王國維曾言：「國家與學術為存亡，天而未厭中國也，必不亡其學術；天不欲亡中國之學術，則於學術所寄之人，必因而篤之。世變愈亟，則所以篤之者愈至。……若先生者，非所謂學術所寄者歟？……固可由天之不亡中國學術卜之矣」〔註165〕。知人論世，才能更好的瞭解那個已經逝去的舊時代。

國者，今來中土研究古學，甚願與吾國通人相見，能操華語。亦有一函招翰怡，未知其在苦也。六點鐘如約往，陪客尚有藝風、乙庵、張石銘、蔣孟蘋。乙庵與客談契丹、蒙古、畏兀兒圖書及末尼、婆羅門諸教源流，滔滔不絕，坐中亦無可攙言」，顧廷龍主編：《續修四庫全書》五七六·史部傳記類，上海古籍出版社 2002。

〔註165〕　王國維著：《沈乙庵尚書七十壽序》，《王國維遺書》，《觀堂集林》卷二十三，上海古籍出版社 1983。